Abbé J.-B. LABORDE

LA CONGRÉGATION

DES

BOURGEOIS ET ARTISANS

DE LA

VILLE DE PAU

PAU

G. LESCHER-MOUTOUÉ, IMPRIMEUR

11, RUE DE LA PRÉFECTURE

1911

Abbé J.-B. LABORDE

LA CONGRÉGATION

DES

BOURGEOIS ET ARTISANS

DE LA

VILLE DE PAU

PAU

IMPRIMERIE G. LESCHER-MOUTOUÉ

11, RUE DE LA PRÉFECTURE

1910

LA CONGRÉGATION

DES

BOURGEOIS ET ARTISANS

DE LA VILLE DE PAU

(1693-1910)

Forcé, pour présenter un rapport dans un Congrès, de pré-
ciser l'origine de certaines œuvres établies dans la paroisse
Saint-Jacques de Pau, je me mis à la recherche de documents
relatifs à une pieuse association encore vivante à l'heure actuelle. Je croyais ne recueillir que des notes rapides, mais
ce qui m'avait paru d'abord imprécis et informe a pris plus
de consistance et l'ébauche vague que j'avais entrevue s'est
peu à peu transformée en un travail, encore incomplet cer-
tes, mais où l'on trouvera cependant quelques points précis,
quelques conclusions définitives.

Ce n'est pas que des détails de ce genre aient une grande
importance en eux-mêmes. Beaucoup jugeront puérile la reconstitution d'une trame si ténue et de si secondaire qualité,
mais comme certains de ces évènements ont été intimement
liés à des épisodes importants de la vie paloise, comme ils
ont été surtout un des principaux éléments dans cette vie
religieuse qui s'épanouit autrefois en une floraison riche
et variée de pieuses fondations et d'œuvres charitables, il
m'a paru intéressant de ne pas laisser tomber dans l'oubli
ces manifestations d'une époque lointaine.

Outre le charme tout particulier que procure la fréquentation des choses et des hommes disparus, il y a une leçon
réconfortante de douce philosophie qui se dégage des conflits
passés. Quand on considère des œuvres d'apparence solide,
anéanties plusieurs fois, et plusieurs fois aussi reconstituées
avec plus de vigueur, malgré toutes les prévisions, on en
vient à conclure que les passions humaines ont toujours ap-

paru avec les mêmes caractères, qu'elles ont abouti aux mêmes violences, mais que la vie a réservé aussi, à la longue, de sûres revanches : aux moments de crise ont succédé les calmes tranquilles. On puise donc une leçon de sérénité, de foi dans le présent, de confiance dans l'avenir, à étudier le passé et à faire la comparaison d'autrefois avec aujourd'hui. Ce conseil de sagesse n'est pas chose nouvelle. « Qu'est-ce qui sera ? » demandait Salomon... Et il répondait lui-même : « Ce qui sera ?... Mais, ce qui est... mais, ce qui a été ! »

L'histoire de la *Congrégation des Bourgeois et Artisans* se divise en trois périodes bien distinctes : la première depuis la fondation du collège des Jésuites jusqu'à l'expulsion de ces religieux en 1763 ; le seconde, très courte, qui va du premier rétablissement en 1779 jusqu'à la Révolution française ; enfin la troisième, qui embrasse la vie de la Congrégation rétablie à Saint-Jacques, en 1805, et se continuant jusqu'à nos jours.

Pour les deux premières périodes les documents sont rares. Ils consistent en quelques mentions dans les pièces d'archives, en particulier dans la série des registres du Parlement; nous avons aussi les « Statuts et Règlemens de la Congrégation » édités en 1784, où se trouvent des indications historiques nombreuses, surtout dans une note contenant des « Observations sur la fondation et le rétablissement de la Congrégation ». Pour la troisième période, les sources sont plus riches : elles consistent dans deux registres in-f° où toutes les délibérations et tous les comptes ont été couchés ; l'un va de 1805 à 1897 et l'autre, commencé en 1897 se continue encore : ils sont déposés aux archives de la Congrégation. A mentionner aussi les catalogues des membres de la Société, où se trouvent consignés les noms et qualités des Congréganistes, avec le chiffre de leur cotisation annuelle ; ces catalogues sont au nombre de soixante environ : deux pour la période d'avant la Révolution (1785 et 1791) ; les autres pour le xix° siècle (de 1806 à 1870).

De la fondation de la Congrégation à l'expulsion des Jésuites (1693-1763).

CHAPITRE Ier

LES ORIGINES

Rétablissement du culte catholique en Béarn après la Réforme. — Le Conseil Souverain et les Jésuites. — Louis XIII à Pau. — — Fondation du Collège. — La Congrégation des Ecoliers. — La « Prima Primaria » de Rome. — Lettres et Bulles des Papes. — La Chapelle de la « Congrégation des Ecoliers » au collège de Pau. — Les Jésuites prédicateurs. — Conversions en Béarn. — La Congrégation des Artisans. — Sa Chapelle. — Premiers bienfaiteurs.

Parmi les épisodes divers qui marquèrent le rétablisse-ment du culte dans notre pays de Béarn, les plus curieux et les plus caractéristiques peut-être sont les luttes que les Pro-testants soutinrent pour empêcher les Jésuites de s'établir dans la province (1). C'était par la violence que l'hérésie était parvenue à dominer, c'était contre tout droit et toute justice que Jeanne d'Albret avait fait entrer une majorité protestan-te dans les Etats du pays et dans le Conseil Souverain. Aussi voyons-nous ce Conseil et ces Etats essayer de maintenir le pays dans le *statu quo* protestant, par tous les moyens, la révolte violente comprise, et se défendre pied à pied contre les ordonnances royales qui rétablissaient peu à peu le Béarn dans son vieux culte plusieurs fois séculaire.

L'édit de Fontainebleau du 15 avril 1599 publié par Henri IV en faveur des catholiques du Béarn et qui marquait pour eux l'aurore de la liberté, rencontra une opposition

---

(1) Pour tout ce qui concerne le rétablissement du culte, nous avons utilisé les renseignements fournis par l'excellent ouvrage de M. l'abbé DUBARAT : *Le Protestantisme en Béarn et au Pays Basque.* Pau, 1905, ch. XXVI et XXVII.

acharnée auprès des membres protestants du Conseil Souverain. Ceux-ci envoyèrent une protestation au roi sous forme de remontrances. Entre autres remarques, ils exprimaient la crainte que, sous prétexte de visiter les malades, on ne voulût introduire les Jésuites dans la province ; ils demandaient que ces religieux ne fussent reçus « à faire aucun exercice dans le pays ». Dans la réponse du roi à cette protestation, le 11 septembre suivant, il fut fait droit à cette demande. Aussi le Conseil Souverain, fier de son succès, déclara, le 25 octobre 1599, que les Jésuites ne seraient pas reçus « pour faire exercice de religion ou résidence, ordonnant aux évêques et à tous autres d'y tenir la main ».

Il eût été piquant de voir les évêques obéir sur ce point à des magistrats huguenots. Bien au contraire, les prélats qui venaient d'être nommés aux sièges de Lescar et d'Oloron étaient loin de vouloir tenir compte de ces ordonnances sectaires et ils devaient employer tout leur zèle à introduire en Béarn le plus grand nombre possible de missionnaires et tout spécialement les Jésuites. Les réclamations et les doléances d'Arnaud de Maytie auprès du roi furent particulièrement pressantes et, le 19 février 1608, Henri IV levait pour le Béarn l'interdiction portée contre les Jésuites, en avril 1599. Le Conseil Souverain homologua ces Lettres Patentes du roi, mais — ce qui prouve qu'il cédait à la force et avec mauvaise humeur, — il mettait comme condition que ces religieux en entrant en Béarn, prêteraient le serment exigé par l'édit de Rouen de 1603 et *promettraient de ne pas confesser*. Cette dernière clause assez inattendue n'eut point d'effet pratique ; la défense tomba par la force même des choses. Les Jésuites s'établirent d'abord à Oloron, au nombre de deux, et ils furent parmi les collaborateurs de l'évêque dans son œuvre de conversion.

Si les protestants avaient fait une campagne acharnée d'opposition dans l'affaire des Jésuites, quand des intérêts spirituels seuls étaient en jeu, ils devaient crier encore plus fort, quand, sur les instances des évêques, le roi ordonna la main levée des biens ecclésiastiques : il fallait restituer à leurs premiers et légitimes maîtres les églises détournées de leur destination et les biens usurpés par la violence. Ces édits

royaux, le Conseil refusa de les enregistrer; la situation prit
une telle forme de révolte ouverte envers l'autorité royale
que Louis XIII décida, en 1620, de venir dans notre pays, à
la tête d'une armée pour assurer l'exécution de ses volontés (1).

Après avoir restauré solennellement le culte dans la vieille
église de Saint-Martin, Louis XIII décida d'établir à Pau un
collège de Jésuites, afin d'atténuer les mauvais effets de
l'Université protestante d'Orthez. Cet établissement ne se fit
pas immédiatement. Les lettres patentes par lesquelles les
Jésuites furent autorisés à fonder ici un collège sont datées
de 1622. « Qu'il leur soit loisible, dit une copie de ces lettres,
de fonder, bastir et rebastir en nostre ville de Pau une maison et collège de leur Ordre » (2). Les travaux de construction
commencèrent aussitôt (3). Dès 1624, nous raconte l'Histoire
générale de la Compagnie (4) le collège était en pleine activité ; les protestants eux-mêmes envoyaient leurs enfants aux
cours des Jésuites et l'influence des nouveaux éducateurs sur
ces enfants d'hérétiques s'affirma aussitôt. Un de ces élèves
protestants fut l'objet d'une guérison miraculeuse et se con-
vertit, en 1625. Ses parents l'empêchaient d'abjurer ; or voici
qu'un jour l'enfant tombe malade, passe trois jours sans
parler, au grand effroi de sa famille qui appelle aussitôt des
médecins et le ministre protestant. L'enfant recouvre la parole pour s'écrier : « Allez me chercher un Jésuite ! » On fait
appeler son professeur qui lui passe une médaille au cou et
l'enfant recouvre ses sens et sa santé. Le lendemain l'élève
reprenait le chemin du collège et quelques temps après il
se faisait catholique (5).

L'un des principaux moyens d'action et d'influence pour
les Jésuites fut d'organiser une Congrégation parmi les écoliers. Partout où surgissait en effet un collège de la Compa-

(1) Voir pour les détails du voyage de Louis XIII en Béarn : DUBARAT. op. cit.,
et Mgr PUYOL. Louis XIII et le Béarn. Paris, de Soye, 1872.
(2) Arch. com. de Pau, GG. 211.
(3) Pour tous les détails concernant l'installation des Jésuites au collège de
Pau, voir J. DELFOUR. Histoire du Lycée de Pau. Pau. Garet. 1890, ch. I et II.
(4) Historiæ Societatis Jesu pars sexta, auctore J. Cordara, S. J. Romæ,
1750 p. 510.
(5) Ibid., p. 590.

gnie, on voyait fleurir immédiatement une ou plusieurs Congrégations.

L'histoire de ces associations est connue (1). Vers l'année 1563, un professeur du Collège Romain, le P. Léon, voulant affermir ses élèves dans leur amour de la piété et de l'étude, réunit les meilleurs d'entr'eux après les classes pour leur faire quelques lectures sérieuses et leur donner quelques conseils de direction. Ces jeunes gens se mirent sous la protection plus spéciale de la Vierge et se donnèrent un règlement qui a servi de base à tous les statuts ultérieurs. En voici la substance :

« La fin qu'on se propose est le progrès dans la piété et les Lettres. Chaque semaine on devait confesser ses péchés ; chaque mois (chose nouvelle alors), recevoir le corps de N.-S.; chaque jour, assister à la messe et réciter en l'honneur de la Sainte Vierge soit le Rosaire, soit les prières d'un manuel. Le soir, au sortir de la classe, méditation d'un quart d'heure, préparation de celle du lendemain, échange de bonnes résolutions ou inspirations. Les jours fériés, après avoir chanté vêpres, les uns allaient visiter les malades, les autres honorer les saintes reliques ou se livrer à de pieuses occupations de tout genre, avec un admirable entrain. Un religieux de la Compagnie les présidait, gouvernait tout et leur adressait, chaque dimanche, une instruction spirituelle. Parmi les congréganistes, on en choisit un pour être à la tête de tous avec le titre de Préfet, et douze autres auxquels on distribua le soin des restants, pour que personne ne fut délaissé et que le partage des responsabilités facilitât la bonne marche de l'ensemble. L'un des plus importants avantages de cette Congrégation fut que ces jeunes gens, vivant entre eux dans les mêmes bons sentiments et la même piété, échappaient au contact des mauvais, cause ordinaire de la perte de cet âge faible et imprudent » (2).

Six ans plus tard, en 1569, l'institution avait fait ses preuves et groupé un si grand nombre de membres, qu'on jugea bon de partager la congrégation en deux. Les jeunes

(1) *Histoire des Congrégations de la Sainte Vierge* par le P. L. DELPLACE. Lille, Desclée, 1884.
(2) *Hist. Soc. Jesu.* ad a. 1563. (Cité dans la brochure de P. BRUCKER, *Les Congrégations Mariales*, p. 25)

gens au-dessous de dix-huit ans restèrent dans la première, qui fut la *Prima Primaria* ; les autres, rhétoriciens, philosophes et théologiens, composèrent la *Secunda Primaria.*

Les Souverains Pontifes accordèrent des faveurs spirituelles à ces sodalités. Grégoire XIII, qui monta sur le trône de Saint-Pierre en 1572, déclare lui-même qu'il avait accordé, dès le début de son pontificat, aux pieux jeunes gens du Collège Romain diverses indulgences, contenues tout au long dans les Lettres données à cette occasion. Ces Lettres n'existent plus, mais nous possédons encore celles qu'il octroya, le 25 mars 1580, sur la demande de Saint Charles Borromée, aux Congrégations d'étudiants qui fleurissaient au Collège des Suisses, fondé à Milan par l'archevêque (Bulle *Salvatoris et Domini*) (1).

D'autres Congrégations n'avaient pas tardé à se former un peu partout. Certaines avaient demandé et obtenu des indulgences spéciales, mais la plupart en restaient privées, à cause de la difficulté de recourir à Rome. D'autre part, si plusieurs avaient adopté l'organisation de la *Prima Primaria*, un plus grand nombre s'étaient constituées d'une façon indépendante et avec le temps, elles risquaient de dévier de l'esprit qui avait pu présider à leur fondation. Pour remédier à ces inconvénients, Grégoire XIII, sur la prière du P. Claude Aquaviva, général des Jésuites, publia (5 décembre 1584) sa bulle *Omnipotentis Dei*, par laquelle il constituait la *Prima Primaria* comme centre et accordait à toutes les congrégations qui voudraient s'y rattacher une existence canonique et la participation aux riches indulgences qu'il lui conférait. C'est de la publication de cette Bulle que la Congrégation date sa naissance officielle et c'est la raison de l'inscription gravée au-dessus de la porte d'entrée des séances de la Congrégation romaine :

PRIMA PRIMARIA
CONGREGATIO
OMNIUM CONGREGATIONUM
TOTO ORBE DIFFUSARUM
MATER ET CAPUT   (2)

---

(1) P. DELPLACE, *op. cit.* p. 52 et 55.
(2) P. BRUCKER. *Les Congrégations mariales*, p. 26 ; P. DELPLACE. *op. cit.* p. 66 ; GEOFFROY DE GRANDMAISON, *La Congrégation*, Paris, Plon, 1889, p. 4.

Ainsi constituée l'œuvre allait former comme un vaste réseau dont tous les fils se relieraient à un même nœud central, comme une vaste association de prières ayant son centre à Rome et s'étendant de là jusque dans les moindres collèges. Mais elle ne devait avoir toute son influence que le jour où, sortant de l'enceinte des cours d'études, elle enrôlerait les jeunes gens déjà sortis des collèges et les hommes pris dans toutes les classes de la société. On espérait même davantage des réunions d'hommes parvenus à l'âge mûr que des associations d'une jeunesse facilement légère et inconstante (1). C'est ce qui engagea le P. Aquaviva à solliciter une nouvelle faveur du pape Sixte-Quint, successeur de Grégoire XIII. Il lui représenta que dans diverses villes il s'était formé des solidarités absolument distinctes de celle des écoliers; il désirait cependant, tout en leur laissant leur titre et leur caractère particuliers, les affilier à la Congrégation primaire de Rome, afin de les rendre participantes de ses indulgences. Sixte-Quint accorda tout par la bulle *Superna dispositione* du 5 janvier 1586 ; l'année suivante (29 septembre 1587), il en confirma la teneur par une nouvelle bulle *Romanum decet Pontificem* (2).

D'autres rescrits pontificaux étendirent encore les pouvoirs du Général de la Compagnie de Jésus. Ainsi Clément VIII et Grégoire XV par leurs lettres *Cum sicut nobis* (30 août 1602), et *Alias pro parte* (15 avril 1621), non contents de confirmer les privilèges déjà accordés, autorisèrent le Général à constituer des Congrégations dans toutes les maisons de l'ordre, y compris les simples résidences, et décidèrent que la diversité des titres qu'elles pourraient porter ne serait pas un obstacle à l'affiliation ; cette dernière clause révoquait en faveur des congrégations, les bulles par lesquelles semblables communications de faveurs avaient été formellement prohibées.

Dès 1585, le P. Aquaviva avait fait connaître aux Provinciaux les faveurs accordées par Grégoire XIII ; il leur transmit de même la substance des brefs de Sixte-Quint et de Clément VIII et fit insérer dans l'Institut (3) des dispositions

---

(1) *Historia Societatis Jesu.* a. 1587, 4.
(2) P. DELPLACE, *op. cit.*, p. 67 et 68.
(3) *Institutum Societatis Jesu.* Ordinationes præpos. generalium, cap. XXI.

particulières concernant les formalités à observer dans l'érection des sodalités ; nous donnons le résumé de deux seulement de ces dispositions :

1° Toute Congrégation, pour être agrégée à la Prima Primaria, doit en faire la demande par une double lettre, l'une adressée au Général de la Compagnie, l'autre au préfet et aux assistants de la Congrégation Primaire.

2° Les Congrégations ne peuvent en aucune façon, ni posséder des biens immeubles, ni jouir de revenus déterminés.

Cette dernière clause est intéressante à noter. Si les Congrégations avaient possédé des biens quelconques, elles auraient perdu le privilège de l'exemption et auraient été directement soumises aux Ordinaires (1).

Si nous donnons tous ces détails — que quelques-uns regarderont peut-être comme un hors-d'œuvre — c'est pour bien établir l'esprit et le caractère des Congrégations. D'ailleurs, au point de vue spécial de la Société qui s'établit à Pau et dont nous voulons faire l'histoire, ces précisions ont leur intérêt ; car nous verrons le Parlement de Navarre discuter toutes ces Bulles de fondation et chercher dans l'examen des privilèges accordés des raisons pour supprimer la Congrégation d'abord et surtout la Compagnie de Jésus.

Il est certain que ces encouragements et ces faveurs du Souverain Pontife imprimèrent un magnifique élan à l'œuvre des Congrégations. Les sodalités, qui, sous des noms divers, s'étaient établies depuis plusieurs années dans un grand nombre de villes, sollicitèrent les avantages de l'affiliation. Il n'y eut plus bientôt un seul des collèges de la Compagnie (et vers 1600 elle en comptait déjà plus de 200) où les Congrégations de la Vierge ne fussent florissantes.

Dans le collège des Jésuites de Pau, à quel moment fut organisée la Congrégation des Écoliers ? Nous n'avons pas de précisions à ce sujet, mais quand on connaît l'empressement que mettaient les Pères de la Compagnie à former ces pieuses associations, on peut croire que ce fut bien vite après la fondation. Les documents qui nous révèlent l'existence de cette Congrégation sont rares et tous appartiennent au XVIIIe

---

(1) P. DELPLACE, *op. cit.*, p. 69 et 70.

siècle. Un registre manuscrit (1) où se trouvent les noms des scolastiques qui prononcèrent leurs premiers vœux dans la maison de Pau, mentionne à plusieurs reprises la « chapelle des Echoliers ». Nous savons dans quelle partie du collège se trouvait cette chapelle. Un inventaire (2) nous indique dans le corps de bâtiment faisant suite au pavillon nord-ouest, au-dessus des classes, « une chambre appelée la Congrégation des Ecoliers ». Un autre inventaire des ornements d'église qui se trouvaient au collège des Jésuites, nous donne le détail des « vases sacrés et effets dépendans de la Congrégation des Ecoliers ». Quant à la vie intime de cette pieuse société nous n'en connaissons absolument rien.

Mais l'établissement des Jésuites à Pau n'avait pas pour objet seulement de travailler à l'instruction et à l'éducation de la jeunesse. Nous avons vu que l'évêque d'Oloron désirait posséder ces religieux, surtout à titre de missionnaires. Dans la résidence de Pau nous trouvons aussi que parmi les Pères il y avait plus de prédicateurs que de professeurs. En 1700, d'après le mémoire de l'intendant Le Bret, le nombre des religieux était de soixante-deux, dont douze seulement s'occupaient de l'enseignement ; les autres étaient chargés des missions (3). En 1744, l'intendant de Sérilly constatait que le collège de Pau était composé de cinquante religieux (4); la plus grande partie était destinée aux prédications.

Dans les commencements même de la maison de Pau, en 1625, les Annales des Jésuites nous montrent un de leurs théologiens provoquant à une discussion publique un ministre auteur d'un livre contre l'Eglise Romaine. Après avoir accepté en principe la controverse, ainsi que le jour et le lieu de l'entrevue, le ministre ne se présenta pas au moment voulu, ce qui tourna à sa confusion et à celle de son parti (5). Les

(1) *Archives des B.-P.*, D. 5. (Ce registre note. du 22 décembre 1715 au 31 janvier 1762, cent-vingt-sept scolastiques qui firent ces premiers vœux). Voir J. DELFOUR, *op. cit.*, p. 75.

(2) *Arch. des B.-P.*, D. 10. C'est le corps de bâtiment du Lycée, le long de la rue Léon Daran, qui fait suite au Pavillon nord-ouest. Cette « chapelle des Ecoliers » est occupée aujourd'hui par une salle de dessin ou un dortoir.

(3) A. DUGENNE. *Panorama historique et descriptif de Pau*, 2ᵉ édition, Pau, Vignancour, 1847, p. 253.

(4) J. DELFOUR, *op. cit.*, p. 42.

(5) *Historiæ Societatis Jesu pars sexta*, p. 590.

évêques trouvèrent donc des auxiliaires précieux dans les Pères de la Compagnie et l'on peut dire que c'est à ces religieux que revient la principale part dans les conversions qui marquèrent tout spécialement la fin du xviie siècle. Leur zèle et leurs succès sont souvent mis en relief, en particulier dans les lettres de l'intendant Foucault (1).

Mais il ne suffisait pas de provoquer des conversions· Il arrivait que beaucoup de protestants abandonnaient la Réforme en apparence seulement et faisaient mauvaise figure dans l'Eglise. C'est la remarque que fait Pinon, dans son Mémoire de 1698 : « on ne peut pas dissimuler que la plupart de ces nouveaux convertis ont, jusqu'à présent, mal fait leur devoir » (2). Il fallait donc travailler à développer les pratiques de piété populaire, il fallait enrôler les nouvelles recrues catholiques dans des associations analogues aux pieuses fraternités du moyen-âge, afin que la ferveur première se maintînt. La forme de ces associations était toute trouvée pour les Pères Jésuites : c'était la Congrégation.

Elle avait fait ses preuves ailleurs. Dans les Pays-Bas, le P. Costerus, à la fin du xvie siècle, avait fondé partout des Sodalités de la Sainte-Vierge et son intention était de combattre l'hérésie protestante, en ranimant la foi catholique par le culte de Marie, et en ramenant les peuples à la fréquentation des sacrements. On peut dire que ces Congrégations furent un des plus puissants moyens de régénération religieuse dont l'Eglise se servît contre les protestants (3).

On comprend dès lors qu'après une retraite donnée dans la ville de Pau, dans les premiers jours de 1693, par les Pères Jésuites, l'idée d'une Congrégation, en dehors de celle des écoliers, ait été conçue et mise immédiatement à exécution. Cette date coïncide d'ailleurs avec une mouvement de conversion très accentué en Béarn. « En 1694, écrivait l'intendant Pinon, il y avait encore la moitié des habitants du Béarn qui étaient de la Religion prétendue Réformée ; cette

(1) Voy. L'Intendant Foucault et la Révocation en Béarn, par L. SOULICE ; (Bulletin de la Société des Sciences, Lettres et Arts de Pau, tome XIV).

(2) Mémoire dressé par Pinon, intendant en 1698. (Bulletin de la Société des Sciences, Lettres et Arts de Pau, tome XXXIII).

(3) L. DELPLACE, op. cit., p. 18 et ss.

même année ils embrassèrent tous la Religion catholique » (1).

On suivit à Pau l'exemple de ce qui s'était fait ailleurs, à Rome en particulier. Le P. Simon Franco avait formé deux congrégations pour la condition ouvrière, l'une pour les maîtres, l'autre pour les jeunes artisans et pour animer le zèle du directeur, le P. Aquaviva lui avait cédé un local du Collège Romain (2). De même, à Pau, la jeune « Congrégation des écoliers » donna asile dans sa chapelle à sa sœur « la Congrégation des Artisans », en attendant qu'un local spécial lui fut attribué dans l'intérieur même du collège.

La nouvelle Congrégation demanda et obtint son affiliation à la Prima Primaria et, le 14 mars 1693, le Général de la Compagnie lui envoya ses Lettres d'agrégation. Depuis, chaque année, les Congréganistes avaient soin de célébrer « le troisième dimanche de Janvier, l'anniversaire de leur institution, en renouvelant leur promesse, le flambeau à la main et cela de trois en trois, ou de quatre en quatre » (3).

Cette sodalité ne s'appela probablement tout d'abord que *Congrégation des Artisans*. Du moins c'est sous ce nom qu'elle est uniquement désignée par le Parlement, dans les actes de certains procès dont nous parlerons plus loin. Nous ne rencontrons le titre de *Congrégation des Bourgeois et Artisans* qu'en 1779, lors de la première restauration. Ce qui permettrait d'ailleurs de supposer que, sous les Jésuites, les bourgeois ne firent pas partie de cette association c'est que les conseillers du Parlement, chargés de faire un rapport contre les Jésuites, lors de leur expulsion, disent positivement que « la vocation ne s'est pas encore communiquée aux classes supérieures des citoyens ».

Cependant dans ce même rapport, on trouve l'expression de *Congrégation des habitans de Pau*. Or les « voisins » ou « habitans » étaient indistinctement des bourgeois ou des paysans (4). Le plus probable c'est que cette sodalité se

---

(1) Cité par P. MOULONGUET. *La Souveraineté de Béarn à la fin de l'ancien régime*. E. Privat, Toulouse, 1908, p. 49.

(2) L. DELPLACE, *op. cit.*, p. 97 et 98.

(3) *Statuts et Règlemens de la Congrégation* (édition de 1784) p. 36.

(4) Être *voisin*, c'était posséder le *jus civitatis*, et ce droit était fort estimé à Pau, à cause des avantages qui y étaient attachés. Les voisins de Pau se divi-

recruta surtout parmi les artisans, d'où le nom plus spécial de *Congrégation des Artisans*. Les bourgeois, bien qu'en droit ils pussent en faire partie, ne se soucièrent guère de frayer avec la plèbe ; il y avait d'ailleurs dans la même ville des Confréries composées de préférence par les hommes de condition plus élevée, gens de robe ou bourgeois : c'étaient les Pénitents blancs (1) et surtout les Pénitents bleus (2).

La Congrégation nouvelle ne resta pas longtemps dans la chapelle des Ecoliers. Dès le commencement du XVIII° siècle, elle posséda un local spécial.

Quand on débouche des rues Lamothe, Gambetta, des Arts, ou Latapie qui aboutissent sur la place Saint-Louis-de-Gonzague, on se trouve en face d'un corps de bâtiment du Lycée, monacal d'aspect, dont l'allure revêche s'harmonise peu avec les élégants immeubles d'alentour, au mur duquel on a récemment adossé une bizarre fontaine publique. C'est le pavillon de l'ancienne Université de Pau (3). Au rez-de-chaussée se trouvait la « salle de tragédie » des Jésuites, appelée aussi « la salle destinée pour soutenir les thèses » — aujourd'hui « salle des exercices ou de Distribution des prix » ; — au premier étage, on avait installé en 1726, plutôt mal que bien, les salles des cours de l'Université. Enfin la salle supérieure du pavillon, « au très haut », fut destinée à devenir « la chapelle de la Congrégation des artisans » et le resta jusqu'à la Révolution (4). Voici d'ailleurs la description assez sèche que nous en donne une estimation du collège conser-

saient en deux classes : les *voisins bourgeois* et les *voisins paysans*. On obtenait ce droit soit par la naissance, soit par la réception. Le droit de réception pour le voisinage dans la ville de Pau était de 500 livres pour les bourgeois et 50 livres pour les paysans ; en 1744, le corps de ville fixa à 1.000 livres pour les bourgeois le droit de réception comme voisins. (Voir. dans la *Revue de Béarn, Navarre et Lannes*, tome VI. p. 105. une note de l'*Armorial de Béarn* par A. DE DUFAU DE MALUQUER et J. B. DE JAURGAIN). Pour le détail des privilèges possédés par les voisins de Pau, voir A. DUGENNE. *op. cit.*, p. 351.

(1) Leur histoire a été écrite par M. l'abbé BORDEDARRÈRE. *La Confrérie du Saint-Sacrement et des Pénitents blancs de Pau*. Pau, Ribaut, 1905, in-octavo, 232 p. Cette confrérie existait depuis 1630 à l'église Saint-Martin ; ses membres prirent le nom nouveau de « Pénitents blancs » en 1718.

(2) En l'année 1615 s'était fondée à Pau la Confrérie des Pénitents Bleus, sous le vocable de Saint-Jérôme. avec une chapelle spéciale située dans la rue des Arts actuelle. (Voir L. LACAZE. *Recherches sur la ville de Pau*, Pau, Ribaut, 1888, p. 148).

(3) Voir la *Faculté de Droit de l'Université de Pau*, par J. MAISONNIER, Bordeaux, Cadoret. 1902.

(4) J. DELFOUR, *op. cit.*, p. 19 et 20.

vée aux Archives départementales. « La chapelle de la Congrégation des Artisans, au très haut, est éclairée par six croisées, sçavoir deux au nord, deux au midy et une au levant;... avons reconnu que le vitrage et menuiserie de quatre croisées qui éclairent lad. chapelle Congrégation des Artisans, et salle des professeurs de l'Université au-dessous, de même que celles qui éclairent la salle pour la tragédie au rez-de-chaussée, les unes et les autres ont été dégradées et ébranlées par les ouragans et doivent être réparées, etc. » (1).

Cette chapelle fut ornée grâce à la libéralité de plusieurs congréganistes. On ne pouvait pas faire de legs en argent ou en nature, en faveur de l'association, — la règle était formelle, — mais on pouvait donner des ornements et des meubles pour le service de la chapelle. Le nom de l'un des congréganistes, bienfaiteurs de la chapelle, nous est connu: c'est Jean Tourongé. Dans une instruction (2) sur les solennités célébrées dans la Chapelle de la Congrégation, nous trouvons l'avis suivant : « Le troisième dimanche du mois de juin de chaque année, on annonce pour un jour de la semaine une messe pour le repos de l'âme de feu Jean Tourongé, ancien confrère et bienfaiteur de la Congrégation » (3).

Ainsi organisée, logée et dotée, la nouvelle société prenait rang parmi les nombreuses confréries et communautés qui existaient dans la ville de Pau.

---

(1) *Archives des B.-P..* D. 10 et 11. fos 135 et 136.
Cette description, pour ce qui est du nombre et de la disposition des croisées, est parfaitement conforme à l'état actuel des lieux ; mais si l'aspect extérieur de cette chapelle a peu changé en deux siècles, en revanche la distribution intérieure est profondément modifiée. Cependant le large et massif escalier qui se trouve dans cette partie du Lycée est le même peut-être, ou du moins l'exacte copie de celui qui, à cette époque, conduisait de la « cour des classes » aux salles de l'Université et à la chapelle des Artisans. Quant à la chapelle, on n'en trouve plus de traces dans le cabinet de physique et dans la classe de sciences qui occupent aujourd'hui le second étage de ce pavillon.

(2) *Statuts et Règlemens de la Congrégation* (édition de 1784) p. 61.

(3) Nous avons trouvé l'acte de décès de Jean Tourongé, dit Montauban, qui mourut le 22 juin 1723, âgé de 82 ans, et qui fut enseveli au cimetière Notre-Dame. (*Archives communales de Pau.* GG, 13, fo 49).

CHAPITRE II

AFFAIRES INTIMES ET EXERCICES DE LA CONGRÉGATION

*Démêlés au sujet d'une nomination. — Un cagot peut-il être Con-
gréganiste ? — Participation aux fêtes de la canonisation de
Saint Vincent de Paul. — Procession du Jeudi-Saint. — Communion mensuelle. — Fêtes de la Vierge. — Retraite annuelle.
— L'esprit religieux à Pau en 1773.*

Il serait intéressant de pouvoir pénétrer dans la vie intime
de la Congrégation des Artisans et d'en suivre tous les déve-
loppements et toutes les manifestations. Malheureusement
nous manquons de documents. Les vieux registres de délibérations que ce corps tenait religieusement, comme d'ailleurs
toutes les confréries d'autrefois, n'existent plus. La tourmente qui vint s'abattre sur les Jésuites en 1763 et, quelques
années après, les excès de la Révolution ont fait disparaître
ces témoins d'une vie qui fut certainement très active, si
nous en jugeons par les échos que nous pouvons recueillir
indirectement de-ci de-là. Nous en sommes réduits en effet
à nous contenter d'indications plus ou moins vagues et qui
nous renseignent d'ailleurs sur les côtés les moins édifiants,
contenues dans les pièces des procès que la Congrégation eût
à soutenir, à une certaine époque, devant le Parlement de
Navarre.

Dans l'un de ces procès il s'agit d'une nomination faite au sein de la Congrégation et que certains membres, ambitieux sans doute, contestent et veulent faire annuler. Même en Béarn, où les États étaient ouverts au peuple et où les jurats des communes et des vallées étaient appelés de temps immémorial à concourir au gouvernement et à l'administration du pays, les artisans avaient un rôle assez effacé. Ils formaient la classe la moins appréciée de la société .Les paysans, — les laboureurs, comme on disait plutôt à cette époque, — occupaient un rang choisi et, parmi les habitants de Pau, les terriens du Hameau avaient une place honorable ; ils étaient considérés comme des notables, à côté des voisins nobles ou bourgeois. Quant aux artisans ils étaient bien moins considérés et même les dignités du corps de ville leur étaient fermées.

Aussi comprend-on l'importance des confréries à cette époque. Là, l'artisan pouvait prétendre à occuper une place, modeste c'est vrai, mais quelque peu privilégiée. La confrérie formait comme une sorte de grande famille où les distinctions et les différences de hiérarchie disparaissaient, et il pouvait arriver que patrons et ouvriers, bourgeois et artisans se coudoyassent fraternellement et que parfois même un simple ouvrier devînt dignitaire, par conséquent supérieur à d'autres simples confrères, qui cependant étaient dans la vie ordinaire d'une condition plus élevée. Arriver à être bâtonnier de sa confrérie était une ambition à laquelle plus d'un rêvait et on conçoit que ce désir ait suscité parfois des rivalités et des contestations (1).

Il y eut dans notre Congrégation des visées ambitieuses de ce genre et des oppositions apportées à certaines nominations qui avaient brisé peut-être des espoirs agréablement caressés.

Le 23 mai 1729, « Jean Laporte (2), maître tailleur d'habits et Bernard Haugueron, boutonnier, de Pau » présentaient au

(1) A. BABEAU. *Les Artisans et les Domestiques d'autrefois*, Paris, Didot, 1886, p. 225 et 243.

(2) Ce Jean Laporte, tailleur, habitait la rue des Pénitents, dans une maison dont il était propriétaire. Il est taxé pour la somme de 4 livres dans le rôle de capitation de 1729. Quant à Bernard Haugueron, maître boutonnier, il habitait au faubourg de la Fontaine, dans une maison de M. de Lezons et payait 1 livre, 10 sols de capitation en 1729. (*Arch. des B.-P.*, B. 6032).
Jean Laporte mourut le 6 juin 1762. (*Arch. com. de Pau*, GG 105.)

Parlement une requête « pour faire ordonner à M. de Duvivier (1) préfet et aux officiers de la Congrégaton des Artisans
de lad. ville de porter en la Cour certaine nomination faite le
6 janvier dernier, avec deffences aud. préfet, acistans et
consulteurs de siéger ny prendre aucune sorte de délibération » (2). Cette question occupa plusieurs audiences de la
Cour et traîna pendant trois ans. Les Plumitifs du Parlement
nous renseignent très laconiquement, mais d'une façon
suffisante cependant, pour nous montrer l'acharnement des
parties en cause.

Le 20 août 1729, il est ordonné que le procureur Tomiu,
représentant la Congrégation, communiquera les pièces et
que les parties iront au Parquet. L'affaire paraît encore à
l'audience du 15 décembre 1729. Le 11 janvier 1730, le procureur Tomiu n'a pas encore satisfait à l'ordonnance de 'a
cour. Dans des audiences successives, deux en mars 1730,
deux en mai, une en septembre, les plaidoiries et les rappels
de l'affaire se succèdent, et finalement, le 14 mai 1731, le
Plumitif note « les parties ayant comparu, ouy Faget, avocat-
général, la Cour ordonne que pour estre fait droit aux parties
elles metront leurs requettes et pièces sur le bureau » (3).

Nous ne savons pas comment cette affaire se termina.
L'incendie du 21 nov. 1908, qui a détruit des documents bien
plus importants, à brûlé aussi le registre (4) qui aurait pu
nous renseigner et nous ignorons par conséquent si l'élection
ou nomination, cause de ce procès, fut ou non invalidée.

Si le dossier Laporte, — comme on dit au Palais, — est incomplet, en revanche c'est dans toutes ses péripéties que nous
avons pu suivre une autre affaire curieuse qui se déroula, à
peu près à la même époque, au sujet de la Congrégation. Il

---

(1) Ce Duvivier dont le nom est orthographié de différentes façons (Duvivé, du
Vivié) fut préfet de la Congrégation des Artisans entre 1724 et 1731. Il était
armurier et propriétaire dans la « Grande Rue de Morláas » ; le rôle de la capitation pour 1729 porte : « Maison Duvivé — le sieur Duvivé, armurier, 8 livres. »
(Arch. des B. P., B. 6032).

(2) Arch. des B.-P., B. 6363, f° 97.

(3) Arch. des B. P., B. 4694. f° 150 et 356; B. 4695, f° 9, 140, 167, 268, 276,
521 ; B. 4696, f° 144, v°.

(4) Le registre des présentations de 1729, à la suite de la supplique de Jean
Laporte et de Bernard Haugueron, indique un renvoi à l'Extraordinaire de
Pau de 1731. f° 113. C'est ce registre qui est détruit.

s'agit d'un procès intenté par un artisan de Pau au préfet et
aux officiers de la Congrégation qui avaient refusé de l'admettre au nombre des membres, sous prétexte qu'il était
cagot. Nous ne prétendons pas donner à cette affaire plus
d'importance qu'elle n'en a, au point de vue de l'histoire
générale, — car les procès pour raisons de cagoterie ne sont
pas rares à cette époque, — mais puisqu'elle fut certainement
bien passionnante pour les Congréganistes d'alors, nous
croyons intéressant de nous y arrêter.

Nombreux sont les écrivains qui ont étudié la question des
Cagots, sans arriver à des conclusions absolument indiscuta-
bles et l'ouvrage remarquable que le Dr Fay vient de publier (1) est loin d'éclairer toutes les obscurités qui entourent
ce problème historique.

Quelle que soit l'origine des Cagots, un fait est certain,
c'est qu'ils étaient considérés comme une race maudite, avec
laquelle il fallait éviter toute alliance et même tout contact,
toute relation dans la vie journalière. Aussi les parquait-on
dans des quartiers séparés du reste des habitations, leur
imposait-on des marques extérieures apparentes, leur per-
mettait-on l'exercice de certains métiers spéciaux seulement,
tel que celui de charpentier. La vieille législation béarnaise des Fors était très dure pour les pauvres Cagots.

L'ostracisme s'étendait jusque dans les rapports religieux.
Dans les églises, les Cagots avaient une place à part, une
porte spéciale, aujourd'hui murée, et un bénitier particulier
que l'on voit encore en plus d'un endroit, notamment dans la
cathédrale de Sainte-Marie d'Oloron. Rien d'étonnant dès lors
que les confréries, qui constituaient une association plus
intime que la grande Société chrétienne, une vie de famille plus étroite, leur fussent rigoureusement fermées. Tant
que les articles des Fors contre les Cagots eurent leur pleine
application, les statuts des Confréries purent facilement se
montrer exclusifs, sans que ces pauvres malheureux pussent
se pourvoir devant une juridiction quelconque. Il ne restait aux Cagots d'autre alternative que de vivre isolés ou de
former des confréries entre-eux, — des Cagoteries pieuses,
si l'on veut. — C'est ce qu'ils firent et, à Oloron en particu-

(1) Dr FAY. *Lépreux et Cagots du Sud-Ouest.* Paris, Champion, 1909.

lier, la confrérie de St-Jean leur était spéciale (1). — A Villefranque, en Labourd, « la tradition assure que les Cagots
formèrent une confrérie, dont les réunions étaient secrètes,
et excitaient la curiosité et la crainte superstitieuse des habitants ». (2).

Mais à mesure que l'on s'éloigna du moyen-âge, et que
les précautions contre les Cagots, parfaitement justifiées à
l'origine, cessèrent d'avoir leur raison d'être, les pouvoirs
publics se préoccupèrent de supprimer le caractère de parias
qui s'attachait à ces malheureux et de faire cesser toute loi
d'exception les concernant. Les Parlements reçurent des ordres sévères du roi et divers arrêts de la fin du xviie siècle et
du commencement du xviiie sont à cet égard particulièrement intéressants. Dans un arrêt du 9 juillet 1723, le Parlement de Bordeaux ordonne « que les cagots seront admis
dans les Assemblées générales et particulières, qui se feront
par les habitants et communautés, aux charges municipales
et honneurs de l'église, même pourront se placer aux galeries
(il s'agit du pays basque) et aux lieux desdites églises où ils
seront traités et reconnus comme les autres habitans des lieux
sans aucune distinction.... » (3).

Le Parlement de Navarre avait rendu le 21 avril de la
même année, un arrêt semblable, dont voici un extrait bien
caractéristique : « La Cour....fait inhibition et défenses à tous
les habitans du ressort de quelle qualité, sexe ou condition
qu'ils soient de distinguer les supplians des autres habitans
sous prétexte de ladrerie, cagoterie, ou de vice de naissance,
dans les églises et dans les assemblées de la communauté,
soit publiques ou particulières ; leur enjoint de les admettre à présenter à leur tour le pain béni aux églises, les admettre aux confréries et aux assemblées pieuses, avec défenses de les distinguer dans les églises d'avec les autres
habitans... à peine de cinq cents livres d'amende, etc... (4).

(1) FRANCISQUE MICHEL. *Histoire des Races Maudites.* Paris, Franck, 1847,
tome II. p. 132.
(2) Dr FAY *op. cit..* p. 258 et 259.
(3) PALASSOU. *Mémoires pour servir à l'histoire naturelle des Pyrénées et
des Pays adjacents.* Pau, Vignancour. 1815. Mémoire sur la constitution physique des cagots et sur l'origine de cette caste, p. 385.
(4) *Arch. des B.-P.,* B. 4812, fo 15 vo et ss.

C'est de cette époque aussi (1710) que date la décision de l'évêque de Bayonne contre les habitants de Villefranque qui refusaient aux cagots l'entrée d'une confrérie (1).

Mais on ne change pas les mentalités à coups de lois et de décrets. La répulsion qu'on éprouvait pour les Cagots devait être bien profonde, dans le sang, peut-on dire, — puisqu'elle a subsisté plus ou moins jusqu'à notre époque, — et pratiquement on continua à leur refuser ce que les lois leur accordaient. Mais les Cagots ainsi exclus des charges publiques, se pourvurent devant les Parlements ou les officialités diocésaines, exigeant justement le respect de leurs droits. En 1723, Jacques de Salis, cagot et bourgeois de St-Vincent de Xaintes réclama et obtint de rentrer dans une confrérie de sa paroisse (2).

C'est pour le même motif que Jean Baradat, dit Dourat, intenta un procès en 1724.

C'était un maître maçon qui habitait au faubourg de la Fontaine (3). Ayant sollicité la faveur d'entrer dans la Congrégation il se vit refusé sous prétexte qu'il était Cagot. Fort de son droit et connaissant sans doute l'arrêt du Parlement, porté l'année précédente et que nous avons fait connaître plus haut, il présenta une requête « pour faire déclarer certaine amande pour encourue contre le Sr Duvivier, préfet de la congrégation des artisans chés les Jésuistes, officiers et ceux qui la composent, au surplus leur enjoindre de recevoir led. supt dans lad. Congrégation. — A Pau le 19 may 1724 » (4).

Chaque partie choisit ses procureurs. Capdeville présente la défense de Dourat, Bergeret celle des Officiers de la Congrégation. L'affaire vient à l'audience du mercredi 6 septembre 1724. « La Cour ordonne que les parties iront au parquet et que la partie de Bergeret rendra les pièces communi-

<hr>

(1) Dr Fay op. cit., p. 207 et 258.
(2) Ibid.
(3) Une estimation de la ville de Pau en 1693 (Arch. des B.-P., C. 1047) indique la maison de Bernard Dourat au faubourg de la Fontaine comme valant 30 livres. Le rôle de la capitation pour 1729 compte 2 livres 10 sols au nom de Dourat, maçon (Arch. des B.-P., B. 6032). Il mourut le 10 novembre 1749. (Arch. com. de Pau, GG. 66).
(4) Arch. des B.-P., B. 6358, fo 155.

quées » (1). Elle se continue aux audiences du 27 janvier
1725 et du 9 mars 1726 (2). Un premier arrêt est enfin rendu,
le 20 mars 1726, qui ne se prononce pas sur le fond même du
débat. En voici la teneur :

« Audience du 20 mars 1726, tenue par MM. de Montholon, pr.
pt, Orognen pt, Gassion pt, Seney, Debat, Domec, Colomme, Bonnecase, Salles, Desquille.

« Jean Dourat de la présente ville supliant par requette registrée
le 20 may 1724 contre Me Duvivé préfet et les officiers de la Congrégation des Artisans comparant le 8 juin aud. an, ouy Mes-
plez (3), avocat-général.

« La Cour reçoit le procureur général appelant comme d'abus de
l'ordonnance rendue par l'évêque diocésain le 5 avril 1725, en conséquence déclare y avoir eu abus, déclare amende pour encourue,
ordonne que pour l'exécution de l'arrêt les parties se retireront
par devant le supérieur ecclésiastique, et avant faire droit de la
condamnation de l'amende portée par les arrêts du règlement,
ordonne que dans huitaine la partie de Vignau prouvera par devant le Sr de Seney à ces fins comis et député à cet effect que le
motif du retardement de sa réception provient du deffaut de la
prétendue naissance de cagot, prouvera pareillement qu'elle a
rempli le temps de la postulation portée par les statuts et les parties de Casenave le contraire si bon leur semble pour ce fait et les
enquettes reportées être fait droit ainsy qu'il apartiendra, depans
réservés, et ceux de l'arrêt seront payés par lesd. parties de Casenave » (4).

Il résulte de cet arrêt que l'évêque diocésain (5), par une
ordonnance du 5 avril 1725, avait jugé en faveur de la Congrégation et le procureur-général appelle comme d'abus de
cet acte épiscopal. On voit aussi que les plaideurs avaient
ajouté deux nouveaux défenseurs à ceux qui avaient été tout
d'abord constitués ; le procureur Vignau défendait Dourat,

---

(1) *Ibid.*. B. 4689, fo 427.
(2) *Ibid.*, B. 4690, fo 35, et B. 4691, fo 178.
(3) Dominique Desclaux-Mesplès, baron de Navailles et de Doumy, seigneur
d'Angos, naquit à Pau le 24 avril 1687. Il fut pendant vingt-deux ans substitut
du procureur général et puis avocat général au Parlement de Navarre ; le
12 janvier 1738, il fut nommé conseiller honoraire au même Parlement. Il
remplaça son frère comme président à mortier le 26 mars 1740, et fut pourvu
des lettres de président honoraire en la Cour le 21 mai 1751. (Voir l'*Armorial
de Béarn*, par A. DE DUFAU et J.-B. DE JAURGAIN dans la *Revue de Béarn.
Navarre et Lannes*, tome V, p. 180).
(4) *Arch. des B.-P.*, B. 4691, fos 210 et 211.
(5) L'évêque de Lescar était alors Martin de Lacassaigne (1719-1729).

et Casenave les officiers de la Congrégation. De plus, la Cour
ne semble pas encore bien éclairée, — après deux ans d'enquêtes ! — et, avant de se prononcer définitivement, elle
veut que les parties fassent contradictoirement la preuve de
leurs dires devant le conseiller de Seney (1). Cependant, à
travers le galimatias de l'arrêt, il semble que le Parlement
a de fortes présomptions contre les officiers de la Congrégation ; en effet il leur demande, sans grande conviction, de
prouver le contraire des affirmations de Dourat « si bon leur
semble », et de plus, les condamne à payer les dépens de cet
arrêt.

L'affaire revient devant la Cour le 27 juin 1726 (2). Elle se
continue encore en 1727 ; la Cour remet le procès à M. de
Lezons, conseiller, le 5 février ; le 6 mai « les deux cayers
d'enquête faits à la requête dud. Dourat, sont remis » ; Capdeville plaide et Bergeret « baille réponse et productions » le
28 mai et le 26 juin (3). Enfin, après force appointements,
productions, significations d'huissiers, enquêtes, copies d'arrêts, actes et plaidoyers, l'arrêt final est prononcé, — *huit
ans* après la première requête ! — le 28 avril 1732.

« Audience du 28 avril 1732, tenue par MM. de Mesplès (4), président, Seney, Lezons, Bonnecase, Casenave, Duplaa, Abadie,
Tisnés, Jasses.

« Entre Jean Dourat, masson de la présente ville, demandeur
pour faire déclarer l'amende de cinq cens livres portée par les
arrêts du Conseil et de la Cour pour encourue contre les Confrères
de la Congrégation des Artisans établie chés les Pères Jésuittes

(1) Pierre de Seney, né en septembre 1666, était fils d'Arnaud de Seney, conseiller au Parlement de Navarre ; il était chanoine de l'église cathédrale de
Sainte-Marie d'Oloron. Il fut reçu conseiller au Parlement de Navarre, le
14 mars 1692, à la mort de Jacques Philippe, son frère aîné. Il fut nommé abbé
de Sauvelade, le 15 août 1714, par brevet du roi Louis XV, obtint ses bulles en
cour de Rome, le 16 novembre, et entra en possession de l'abbaye le 23 novembre de la même année. Il fut reçu aux États de Béarn, en qualité d'abbé de
Sauvelade, le 13 mai 1715. Il mourut, le 27 octobre 1747, à l'âge de 81 ans, et
son acte de décès le qualifie de « messire Pierre de Seney, abbé de Sauvelade,
chanoine de Sainte-Marie d'Oloron, doyen de MM. les conseillers du Parlement
de Navarre ». (Voir l'*Armorial de Béarn*, loc. cit. p. 168). C'est probablement
parce qu'il était d'église qu'on le choisit comme arbitre.

(2) *Archives des B.-P.*, B. 4691, f° 481 v°.

(3) *Ibid.*, B. 4692, f° 15 ; B. 6577, f° 69.

(4) Paul-Joseph Desclaux de Mesplès était le père de l'avocat-général dont
nous avons parlé plus haut. Il obtint, le 9 novembre 1717, les provisions de président à mortier et mourut le 12 février 1740, à l'âge de 85 ans. (Cf. l'*Armorial
de Béarn*, loc. cit., p. 176 et 177).

pour avoir refusé de le recevoir sur le fondement d'un prétendu
vice de naissance qu'on lui impute, sans préjudice de se pourvoir
devant le supérieur ecclésiastique pour l'entière exécution de l'arrêt de la cour, d'une part ; le préfet et les officiers de lad. congrégation défendeurs pour être relaxés d'autre, Bernard Etienne (1),
m⁰ vitrier de la présente ville demandeur pour être mis hors de
cour avec domage intérêts d'autre Etienne et Pierre Dufourcq (2)
cordonniers et Pierre Tapers journalier de lad. ville demandeurs
pour être mis hors de cour d'autre, et le procureur général concluant d'autre, les présentations de Capdeville du 20ᵉ may 1724,
de Bergeret du 8 juin, de Tomiu de Lostau, de Dufau aîné et de
Duclos du 9ᵉ juin 1729 (3), la distribution faite au sieur de Lezons,
consᵉʳ, ouy son rapport et le tout veu,

« Dit a été que la Cour octroye acte de la déclaration faite par
le préfet et officiers de lad. Congrégation des Artisans, comme
ils ne prétendent et n'ont jamais prétendu que le retardement de
la réception dud. Dourat à lad. congrégation provienne du deffaut de sa prétendue naissance de cagot, idée populaire que les
arrêts du conseil et de la cour ont toujours improuvée, ce faisant
ordonne que les parties se retireront par devant le Supérieur
ecclésiastique conformément à l'arrêt du 20ᵉ mars 1726 pour leur
etre fait droit, ainsy qu'il appartiendra et faisant droit sur les
premiers résultantes des enquetes condamne lesd. Pierre et Etienne
Dufourcq dit Labonté, Pierre Tapers manœuvre et Etienne vitrier
en deux ley mayours (4) envers le fiscq et en trente livres de réparation civile et dommages intérêts envers led. Dourat par égales
portions et néanmoins solidairement avec deffences de ressidiver
à peine de cinq cens livres d'amende et de punition corporelle
contre chacun des contrevenans, moyennant ce sur les conclusions prises par led. de Dourat contre le préfet, officiers et autres

(1) Bernard Etienne, vitrier, habitait au faubourg de la Fontaine ; il était
imposé en 1729 pour 1 livre 10 sols. (*Arch. des B.-P.*, B. 6032). Il est décédé le
30 janvier 1752. (*Arch. com. de Pau*, GG. 75).

(2) Etienne Dufourcq, dit Labonté, habitait la maison de Lalune, à la rue des
Capucins, et payait, en 1729, 1 livre 10 sols de capitation. (*Arch. des B.-P.*, B.
6032). Il mourut le 11 juin 1738, et son frère Pierre le 17 janvier 1777. (*Arch.
com. de Pau*, GG. 33 et 149).

(3) Ces quatre noms de procureurs nous prouvent que le préfet Duvivié et les
autres officiers de la Congrégation avaient été remplacés par Bernard Etienne,
Etienne et Pierre Dufourcq et Pierre Tapers et que ces nouveaux officiers
avaient dû se constituer un défenseur chacun pour répondre aux poursuites
continuées ou reprises par Jean Dourat, en 1729.

(4) C'était l'expression des vieux fors du Béarn pour désigner l'amende la
plus forte (ley mayoʳ) que le vicomte pouvait imposer ; elle ne pouvait dépasser
66 sous Morlàas pour un vassal noble ou pour un bourgeois de certaines villes
privilégiées comme Oloron. Le mot de *ley mayour* resta dans le langage du
palais pour désigner les amendes majeures que l'on devait payer au fisc.
Nous trouvons, le 28 nov. 1763, une condamnation analogue « à une ley mayour
envers le fiscq » prononcée par le Parlement de Navarre contre des habitants de
Gurs qui avaient traité certains de leurs voisins de cagots. (*Arch. des B.-P.*, B.
4920, fᵒ 93 vᵒ).

particuliers de lad. Congrégation, a mis et met les parties hors de cour et de procès, condamne led. Dufourcq, dit Labonté, Tapers et Bernard Etienne, vitrier, en la moitié des despans du procès, et en ceux des arrests par égales portions et néanmoins solidairement envers led. de Dourat, les autres dépens demurant compensés entre led. préfet, officiers et autres particuliers et led. de Dourat. [Signé :] Desclaux de Mesplés — de Lezons, rap. » (1).

Cette condamnation des Congréganistes ne fit point cesser complètement la répugnance que les confréries pouvaient avoir à admettre un cagot dans leur sein. Plus de vingt ans après, en 1756 dans notre ville de Pau, les Pénitents Blancs font des difficultés pour accepter parmi eux un bourgeois d'origine cagote. Après plusieurs réunions du Conseil et de mûres délibérations, on décide de l'admettre moyennant cent écus comme droit de réception (2) ; quand on songe que le droit ordinaire était de six livres seulement, on est tenté de répéter avec Boileau :

> L'argent, l'argent, dit-on, sans lui tout est stérile ;
> L'argent seul au palais peut faire un magistrat,

— et on pourrait ajouter : ....et dans une confrérie un Pénitent Blanc.

Si l'on considère d'une part ces démarches, ces vives instances pour entrer dans les confréries, et de l'autre les prudentes difficultés que ces corps mettaient dans l'admission de nouveaux membres, on peut juger de l'importance sociale de ces pieuses associations. — Ce n'était pas comme les confréries de nos jours qui réunissent quelques personnes dévotes et dont la grande masse ignore jusqu'à l'existence — Autrefois ces Sociétés s'affichaient au grand jour, elles étaient connues, appréciées et leurs manifestations aux solennités de fêtes ou de processions intéressaient toute la ville, d'autant que chacun de ces corps mettait une véritable émulation à surpasser tous les autres en pompe et en éclat.

---

(1) *Arch des B.-P.*, B. 4827, f° 147 et 148.
(2) Ce fait est cité par FR. MICHEL. *Histoire des races maudites*, tome II, p. 107. (Cet auteur donne lui-même comme référence l'*Histoire de Béarn* de l'abbé BONNECAZE, ch. IX).

Nous pouvons en juger par un document de la première moitié du xviii° siècle où se trouvent relatées en détail les fêtes de la canonisation de St-Vincent de Paul (1). Le dimanche, 13 juillet 1738, le Parlement, le Corps de ville, les Ordres religieux, les Confréries se trouvaient réunies dans l'église du Séminaire. Après avoir lu la bulle de canonisation et chanté le *Te Deum* on s'organisa en procession. « D'abord, tous les enfants de l'hôpital de la manufacture, habillés de bleu, marchaient deux à deux à la suite de leur petite croix qui était portée par l'un des plus grands d'entre eux. Ils étaient suivis de la Confrérie des Agonisants, et, après eux, venait celle de St-Jacques, composée de ceux qui ont été honorer ce saint à Compostelle, et qui sont en fort grand nombre dans ce pays. La Congrégation des Artisans allait ensuite, et la confrérie du Saint-Sacrement précédait immédiatement les communautés religieuses. Celle des RR. PP. Cordeliers marchait la première, puis celle des RR. PP. Capucins, selon l'ordre de leur ancienneté dans cette ville.

« La bannière du saint paraissait ensuite à la tête du clergé, était portée par un de messieurs nos confrères, revêtu d'une chappe magnifique de damas blanc, dont les parements et l'écusson étaient d'une riche étoffe, brochée en or, et bordée d'un galon et d'une crépine d'or...... Le clergé suivait, sur deux lignes qui étaient fort longues par le grand nombre d'ecclésiastiques de la ville et même de la campagne, qui vinrent pour témoigner leur dévotion envers le saint...

....Le Parlement suivait immédiatement le Clergé. La compagnie ce jour là très nombreuse, fut conduite par son digne chef et animée par cet esprit de piété et de zèle qui règne dans cet auguste corps, et dont il ne cesse de donner les

<hr/>

(1) Il y avait à Pau un séminaire de Lazaristes fondé en 1686. Les bâtiments et dépendances occupaient à peu près l'espace qui s'étend aujourd'hui entre la rue Serviez et la rue Samonzet. En 1702, l'église du Séminaire avait été dédiée à saint Pierre ; le débouché de la rue Serviez actuelle sur la place de la Halle est appuyé sur les fondations de cette église. (Voir Louis Lacaze, *Recherches sur la ville de Pau*, p. 176 ; Dugenne, *Panorama historique et descriptif de Pau*, p. 274.)

Les fêtes de la canonisation de saint Vincent de Paul, à Pau, se trouvent racontées dans une lettre écrite par un prêtre de la Mission à un bienfaiteur de leur œuvre. Elle a été reproduite dans la *Revue de Béarn, Navarre et Lannes*, année 1887, p. 402, sous ce titre : *Relation de l'octave solennelle de la canonisation de saint Vincent de Paul, célébrée à Pau, le 13 juillet 1738*. Cette lettre forme le IV° appendice d'un article de grand intérêt : *Saint Vincent de Paul dans ses rapports avec la Gascogne*.

marques dans toutes les occasions qui intéressent la religion.
Le Sénéchal et tout le Corps de ville venaient ensuite, lesquels furent suivis d'une multitude de personnes de tout
âges, de tout sexe et de toutes conditions que l'exemple du
clergé et des magistrats avait attiré en foule à cette grande
solennité ».

Après la procession on chanta la grand'messe et la fête se
continua par des vêpres solennelles, un panégyrique prononcé par M. Dufaut, curé de Maspie, et, le soir par des il-
luminations. Ces manifestations se continuèrent pendant
toute l'Octave. — Le lundi, 14 juillet, ce fut le tour du clergé
paroissial. — Puis, vinrent successivement les Pères Capucins, les Cordeliers avec les confréries établies dans leur
église, les Jésuites avec la Congrégation des Ecoliers conduite
par son directeur, le R. P. Béranger, docteur-ès-arts, professeur de philosophie, les Chapelains de l'hôpital et les Sœurs
de la Charité. — Enfin, le samedi, septième jour de l'octave,
la Congrégation des Artisans dirigée par le R. P. Labat, de
la Compagnie de Jésus, rendit ses honneurs au Saint. Voici
les termes de la relation :

« La procession fut aussi édifiante que remarquable par le
grand nombre de personnes qui s'y trouvèrent, tous portant un
cierge à la main, et faisant paraître, dans leur extérieur, beaucoup de retenue et de dévotion. Ils voulurent avoir comme les
autres un clergé considérable, et prièrent M. l'abbé de Mesplès (1),
vicaire général de Monseigneur l'évêque d'Oloron, d'officier à
leur cérémonie. Il porta entre ses mains, pendant la procession,
les reliques de Saint Vincent, dont la boîte richement ornée,
n'avait pu être prête que ce jour-là. Comme le reliquaire d'argent
où elles furent enfermées avait été enseveli au temps de l'incendie de cette maison sous les décombres, et que le feu l'avait altéré
en plusieurs façons, il fut nécessaire, avant que de les exposer à
la vénération du public, de les faire visiter et autoriser de nouveau. C'est ce que voulut bien faire M. de Bachoué, chanoine de
l'église cathédrale de Lescar, grand vicaire et official du diocèse,
mais avec des sentiments de dévotion pour le saint les plus édifiants, nous assurant même que, depuis des années, il ne se sou-

(1) Jean-Ignace Desclaux-Mesplès, d'abord chanoine de Lescar, puis abbé de
Pérignan et grand-vicaire de l'évêque d'Oloron, était le frère de Dominique
Desclaux-Mesplès, avocat général au Parlement de Navarre qui fut mêlé à
l'affaire de Dourat contre la Congrégation, dont il est parlé plus haut. (Voir
'Armorial de Béarn, dans la Revue de Béarn, p. 179).

venait pas d'avoir ressenti plus de consolation, au spirituel et au temporel, que pendant le peu de jours qu'il avait gardé chez lui à Lescar les reliques du saint. La grand'messe fut très bien chantée à la tribune de l'église par des artisans choisis de la Congrégation. A l'*Offertoire*, tous les confrères furent présenter leur cierge, baisant le reliquaire, et tous communièrent ensuite.

« L'après-midi, les vêpres furent chantées au chœur par le clergé avec la même solennité que les jours précédents : mais, comme nous eûmes encore le malheur de ne pouvoir donner ce jour-là un sermon, nous y suppléâmes en faisant lire en chaire la bulle de la canonisation du saint en français, avec le bref des indulgences. Cette lecture fut écoutée avec une attention qui marqua une pleine satisfaction de la part des auditeurs, quoiqu'elle dura longtemps, et que la chaleur fut fort incommode. La procession se retira après le salut avec beaucoup d'ordre, en passant par la rue de l'hôpital, où elle entra. On y chanta une antienne à l'honneur de Saint Vincent et un très beau motet ; après quoi, M. l'abbé de Mesplès donna une seconde fois la bénédiction du Saint Sacrement, parce que c'était le 19 juillet, jour auquel la fête du Saint a été fixée par N. S. Père le Pape. Les Confrères laissèrent des aumônes pour les pauvres de l'hôpital » (1).

Pour être complet, disons que ces cérémonies furent clôturées, au jour de l'Octave, par les Pénitents Bleus.

Dans ce récit intéressant nous prenons sur le vif une des manifestations religieuses de la Congrégation. En dehors de là nous n'avons que des indications vagues. Nous savons cependant par les débats d'une affaire qui se déroula entre Congréganistes et Confrères du St-Sacrement, — et que nous raconterons en son temps, — que la Congrégation avait obtenu de l'autorité épiscopale la permission de faire processionnellement la visite des églises le Jeudi-Saint. Le 13 mars 1718, le président de Mesplès, sur la demande de l'évêque de Lescar, avait fait un règlement pour fixer la marche et les préséances des diverses confréries dans cette cérémonie (2).

Il faut dire que ces processions étaient dans l'esprit des Congrégations de la Vierge et les Artisans de Pau ne faisaient que suivre l'exemple donné depuis longtemps ailleurs. A Fribourg, dans la Congrégation établie par le bienheureux Pierre Canisius, on voyait, le vendredi saint, les jeunes gens

_____

(1) *Relation de l'octave solennelle de la canonisation de saint Vincent de Paul, loc. cit.*, p. 418 et 419.

(2) *Statuts et Règlemens de la Congrégation* (édition de 1784), p. 5.

du collège et les hommes se rendre en procession de l'église
de Notre-Dame à celle de Saint-Nicolas, pour visiter le Saint-
Sépulcre, et de là, à l'église des Cordeliers. En tête du cortège
on portait la croix ; suivaient les jeunes gens, les bourgeois,
la noblesse, les magistrats, puis le préfet, accompagné des
Conseillers d'Etat. Chacun portait un cierge allumé ; on réci-
tait cinq *Pater* et cinq *Ave*, les bras en croix, devant le Saint-
Sacrement, et pendant le trajet on méditait sur la Passion de
Notre Seigneur (1).

Cette procession de la Semaine Sainte n'était pas la seule
en honneur dans la Congrégation. On y célébrait aussi très
solennellement la procession du S. Sacrement ou Fête-Dieu.
Les protestants avaient surtout attaqué le dogme de l'Eucharistie et l'esprit sectaire de Jeanne d'Albret s'était manifesté
tout d'abord par l'interdiction des processions du St-Sacrement, *sous peine de mort* (2).

On sait aussi que l'esprit janséniste exerça une influence
néfaste sur la piété et la dévotion à l'Eucharistie — et l'histoire
nous montre de nombreux soutiens de cette erreur au pays
de l'abbé de St-Cyran. — Il n'est pas étonnant que les Jésuites
champions de l'orthodoxie contre les protestants et les jansénistes, se soient efforcés de développer toutes les pratiques de
la piété chrétienne envers le S. Sacrement. La règle de la
congrégation qui recommandait la communion mensuelle
contribua à rétablir la ferveur parmi les associés et peu à peu
l'usage passa dans les mœurs des autres fidèles.

Que l'on joigne à la communion générale du mois les
solennités que les Congrégations célébraient au jour de leur
fête patronale et aux principales fêtes de la Vierge et l'on
aura une idée de l'influence qu'elles exercèrent dans les pays
catholiques. Ce fut encore une coutume excellente, qui s'introduisit dans ces Sodalités, de consacrer quelques jours chaque année à une retraite où, dans la solitude de l'âme et la
méditation des grandes vérités, l'on se retrempait dans la
ferveur et les solides résolutions chrétiennes (3).

---

(1) L. DELPLACE, *op. cit.*, p. 48.
(2) L'histoire de ces interdictions est racontée tout au long, avec les énergi-
ques protestations des Etats dans l'ouvrage de l'abbé DUBARAT : *Le Protestantisme en Béarn et au Pays basque*, ch. XI.
(3) L. DELPLACE, *op. cit.*, p. 105 et 106.

On peut appliquer à la ville de Pau, au xviiie siècle, le jugement que le cardinal de Bausset portait sur les bienfaits de ces associations en général.

« On se ressouvient encore, dans les principales villes de commerce, que jamais il n'y eut plus d'ordre et de tranquillité, plus de probité dans les transactions, moins de faillites et de dépravations que lorsque des Congrégations existaient... Appelés à l'éducation des principales familles de l'État, les Jésuites étendaient leurs soins jusque sur les classes inférieures ; ils les entretenaient dans l'heureuse habitude des vertus religieuses et morales. Tel était surtout l'utile objet de ces Congrégations qu'ils avaient créées dans toutes les villes et qu'ils avaient eu l'habileté de lier à toutes les professions et toutes les institutions sociales. Des exercices de piété simples et faciles, des instructions apropriées à chaque condition et qui n'apportaient aucun préjudice aux travaux et aux devoirs de la société, servaient à maintenir dans les États cette régularité de mœurs, cet esprit d'ordre et de subordination, cette sage économie qui conservent la paix et l'harmonie des familles et assurent la prospérité des empires. » (1)

Ce qui confirme ce jugement, pour ce qui concerne Pau, c'est que le départ des Jésuites, en 1763, coïncida avec un affaiblissement de l'esprit religieux. — Dans un mémoire curieux, écrit en 1773, nous lisons sur Pau ces piquantes réflexions : « Depuis la dissolution des Pères Jésuites, le libertinage y (à Pau) a fait de rapides progrès. En 1772, on compta sept à huit cents personnes qui ne firent pas leurs Pâques. Pau est, pour la religion, à peu près comme Paris ; on n'y voit que luxe, vanité, que modes et coiffures. Les couturières qui, en 1760, ne portaient que des jupes ordinaires au personnes de leur état, portent, en 1773, des robes comme les grandes dames ; elles ont des chambres tapissées, des commodes, etc.; il leur faut le café deux fois par jour, des eaux de senteur et des bijous de toute espèce. Elles sont coiffées à la savoyarde, à la grecque et autres modes ; on dit

---

(1) *Histoire de Fénelon*, t. I (Cité par Geoffroy de Grandmaison, *op. cit.*, p. 7.)

qu'elles ont vingt-sept modes de se coiffer. Elles ne manquent point au bal, ni aux comédies... » (1).

Admettons que ces jugements soient légèrement pessimistes et plutôt d'un moraliste chagrin ; il y a là cependant l'impression bien vivante d'un contemporain sur la bienfaisante influence des Jésuites dans la vie religieuse des Palois d'autrefois.

---

(1) *Histoire particulière des villes, bourgs et villages principaux de Béarn*, par l'abbé BONNECAZE, prêtre de Pardies, Cette relation pleine d'intérêt a été reproduite dans les *Etudes historiques et religieuses du diocèse de Bayonne*, tome IX, p. 51.

CHAPITRE III

———

Les Jésuites, par leur action prospère dans des champs très
divers, avaient soulevé autour d'eux des haines profondes. On
ne remplit pas en effet impunément le rôle de lutteur d'avant-
garde; à batailler au premier rang, surtout dans le champ
clos des doctrines, on se fait des adversaires irréductibles.
Les Jésuites s'étaient surtout distingués dans leur lutte énergique contre l'hérésie protestante. « C'est merveille, écrivait
Montaigne, combien de part ce collège tient en la chrétienté;
c'est celui de nos membres qui menace le plus les hérétiques
de notre temps ». Nous savons quels sentiments animaient en
revanche les protestants à l'égard des Jésuites.

On connaît aussi le rôle de ces religieux dans les affaires du

Jansénisme, et Saint Cyran, notre compatriote, prévoyait bien que les théologiens de la Compagnie seraient le principal obstacle à ses desseins quand il écrivait : « Il est de la dernière nécessité de ruiner les Jésuites, si l'on veut rétablir la doctrine augustinienne » (1).

Enfin les fils de Saint Ignace, fermes soutiens des doctrines romaines contre le gallicanisme alors puissant en France, devaient se heurter à l'opposition des docteurs de Sorbonne et des Parlements.

Cette animadversion combinée des sectaires protestants ou jansénistes, des docteurs et des parlementaires gallicans devait s'attaquer à toutes les œuvres, créations des Jésuites, en attendant de pouvoir détruire la Compagnie elle-même. Les Congrégations de la Vierge, extension laïque de la Société de Jésus, participant à tous ses privilèges, subissant son influence directe et sa forte discipline, reçurent les premiers coups.

Des congrégations s'étaient formées dans quelques villes de garnison pour les soldats. Pendant un siècle, elles avaient exercé une heureuse influence sur la soldatesque de cette époque guerrière ; le maréchal d'Ornano engageait même ses officiers à s'y faire inscrire comme avaient fait Condé, Turenne et Villars. Mais les adversaires de la redoutée Compagnie obtinrent du Régent, en 1716, un ordre de suppression des réunions de militaires présidées par un Jésuite. Le maréchal de Villars eut beau protester en plein Conseil ; toutes ces congrégations militaires furent dissoutes (2).

Mais les ennemis n'osèrent ou ne purent pas aller plus loin. Le Pape Benoît XIV, pour témoigner aux Jésuites et aux Congrégations tous ses encouragements, publia, le 27 septembre 1748, la Bulle d'or (3) *Gloriosæ Dominæ*, où il renouvelait à la Compagnie de Jésus et à la *Prima Primaria* tous les anciens privilèges et exhortait les confrères à la fidèle pratique de leurs règles (4). Ce beau témoignage de sympathie

---

(1) *La secrète politique des Jansénistes*, 1667, p. 210.
(2) Crétineau-Joly. *Histoire de la Compagnie de Jésus.*
(3) Elle était ainsi appelée parce qu'elle était revêtue du sceau d'or, que les papes ne font apposer qu'aux lettres d'un caractère tout à fait solennel.
(4) P. Delplace, *op. cit.*, p. 136 et sq.

ne pouvait que consoler grandement ceux qu'on poursuivait d'une haine implacable, mais il n'arrêta pas la persécution. Dès que Benoît XIV fut descendu dans la tombe, les attaques recommencèrent et furent couronnées d'un plein succès.

Les Congrégations de la Sainte Vierge eurent encore l'honneur de recevoir les premiers coups. Dès le 7 mai 1760, un arrêt du Parlement de Paris faisait défense de former à l'avenir toute assemblée, confrérie, congrégation, soit à Paris, soit en province, sans l'expresse permission du Roi « revêtue de lettres patentes *vérifiées en la Cour* » (1).

Cet arrêt ne supprimait pas les Congrégations déjà existantes, mais on pouvait prévoir que cette suppression pure et simple était dans l'esprit et les intentions des adversaires. Les coups portés aux Jésuites devaient s'étendre aux Congrégations.

Le Parlement de Paris s'occupa, en 1762, de l'affaire fameuse du P. La Valette. On somma la Société de produire ses Constitutions. Un certain abbé Goujet, de concert avec d'autres ecclésiastiques publia des « Extraits des assertions, sentences, etc., enseignées par les Jésuites », qui produisirent une scandaleuse sensation. Le mois de mars 1762, le roi rendit un édit dont les deux principaux objets étaient d'abolir l'autorité du général sur les Jésuites de France et de les assujettir aux lois du royaume. Le Parlement de Paris qui avait refusé d'enregistrer l'édit, parce qu'il n'était pas assez catégorique, fit le procès de la Compagnie et après une procédure de plusieurs mois, rendit, en août 1762, un arrêt par lequel l'Ordre était aboli en France (2).

Les Parlements de province suivirent l'exemple de Paris et notre Parlement de Navarre ne fut pas le dernier à entrer en campagne contre les Jésuites. L'édit de mars 1762 fut porté à la Grand-Chambre, le 15 mars 1762. Les magistrats décidèrent de l'examiner et nommèrent des commissaires. Cet édit ne parut pas les satisfaire complètement et sans ordre du roi, sans qu'il y eût de réclamation ou de plainte, ils décidèrent de faire le procès de la Compagnie de Jésus,

(1) Geoffroy de Grandmaison, *op. cit.*, p. 8.
(2) *Histoire de l'Eglise*, par Kraus, traduction française par Godet-Verschaffel, tome III, p. 256.

dont un collège existait à Pau. Ils exigèrent la communication des règles de l'Institut et des titres d'établissement de la maison et du collège de Pau. Ne se trouvant pas encore assez documentés, ils demandèrent au Parlement de Paris un exemplaire des fameux « Extraits des assertions, sentences des auteurs des soi-disans Jésuites » (1). On nomma des commissaires pour faire un rapport au Parlement sur les Jésuites; on nomma également un conseiller, chargé de faire des enquêtes au collège.

La Congrégation des Artisans ne fut pas oubliée. Nous lisons, en effet dans les *Registres secrets du Parlement* :

« Le 21 mars 1763, Monsieur d'Artigalouve conseiller, commissaire député, sur la requette des Artisans congréganistes, par appointement du 8 dud. mois, a fait rapport de la procédure qu'il a dressée. Sur quoy, ouys les gens du Roy, il a été ordonné que lad. procédure sera déposée au greffe de la Cour pour être ensuite remise à Messieurs les commissaires pour examiner et rendre compte de l'Institut et Constitutions des Jésuites, pour, sur leur avis, être ordonné ce qu'il appartiendra ; au surplus a été ordonné qu'il sera délivré aux Congréganistes une expédition de lad. procédure pour s'en servir ainsi qu'ils aviseront » (2).

Il semble résulter de ce texte que les « Artisans congréganistes », prévoyant l'orage qui allait s'abattre sur les Jésuites et ne voulant pas être confondus dans le même sort, avaient cherché à séparer leur cause de celle des Pères. Ils avaient présenté une requête, mais les conclusions n'en avaient pas été admises par le commissaire chargé d'enquêter sur leur compte. La question d'ailleurs se précise quelques pages plus loin :

« Le 26 mars 1763, les Chambres étant encore assemblées, par ordre de M. le président de Doat, Monsieur d'Artigalouve, conseiller, a dit que s'étant transporté chez les Jésuites, dans la chapelle des Congréganistes, en exécution d'un appointement du 8 dud. mois, et après avoir dressé la procédure ordonnée, il a trouvé dans la sacristie de lad. chapelle un tableau sur lequel sont écrites les Coutumes et les Règles de la Congrégation. Il a également trouvé un petit livre intitulé *Règles, Coutumes et*

(1) P. DELMAS. *Du Parlement de Navarre et de ses origines.* Pau, Dupuy, 1898, p. 339.
(2) *Arch. des B.-P.*, B. 4559, f° 151.

Indulgences de la Congrégation des habitans de Pau. Il a cru qu'il était de son devoir d'en rendre compte aux Chambres. Sur quoy, il a été délibéré que led. tableau et livre seront déposés au Greffe de la Cour, et ensuite remis à Messieurs les Commissaires pour en rendre compte dans le même temps qu'ils feront leur rapport de l'examen de l'Institut et Constitutions des Jésuites» (1).

Munis de toutes ces pièces, les conseillers désignés par le Parlement, MM. de Belloc et de Mosqueros fils (2) commencèrent leur rapport ou *compte-rendu.* Leur travail demanda une année et le 11 avril 1763, ils déclarèrent qu'ils étaient prêts et demandèrent aux Chambres de s'occuper de ce procès, toute affaire cessant jusqu'à la fin. Une pareille décision aurait été préjudiciable aux intérêts des plaideurs ; aussi les magistrats ne se rendirent point au désir des deux rapporteurs ; ils résolurent d'y consacrer toutes les matinées seulement. La lecture et la discussion du rapport commencèrent le 12 et continuèrent les jours suivants. Le 27, le Parlement opina et le 28, toutes Chambres assemblées, fut prononcé l'arrêt contre les Jésuites.

C'est une pièce curieuse que ce rapport des Conseillers du Parlement contre les Jésuites. Malgré ce qu'en ont pu dire certains auteurs, guidés plutôt par l'esprit de parti, il est incontestable que l'argumentation respire souvent la mauvaise foi et que le ton est bien près de celui du pamphlet. Voici le titre complet :

COMPTE ‖ RENDU ‖ DE L'INSTITUT ‖ DES CI-DEVANT ‖ SOI-DISANS ‖ JÉSUITES, ‖ DES TITRES DE LEUR ÉTABLISSEMENT ‖ A PAU, ‖ ET DE L'ÉDIT DU MOIS DE MARS 1762 ‖ PAR MESSIEURS ‖ DE BELLOC ET DE MOSQUEROS ‖ LE FILS, ‖ CONSEILLERS AU PARLEMENT, COMMISSAIRES A ‖ CE DÉPUTÉS, A LA SUITE DUQUEL SE TROUVENT ‖ LES NOTES D'APRÈS LES-QUELLES LES VÉRIFICA ‖ TIONS ONT ÉTÉ FAITES PAR LE PARLEMENT TOUTES ‖ LES CHAMBRES ASSEMBLÉES. ‖ — A PAU ‖ DE L'IMPRIMERIE DE J. P.

(1) *Arch. des B.-P.*, B. 4559 fᵒˢ 152 et 153.
(2) Jean-Pierre de Mosqueros, conseiller au Parlement de Navarre et cousin de M. de Belloc, également conseiller, appartenait à une famille de parlementaires et était originaire de Salies. M. DE PICAMILH (*Statistique générale des Basses-Pyrénées*, tome II, p. 496), a donné sur ce conseiller les renseignements suivants : « Après avoir rempli en 1762 les fonctions de rapporteur au Parlement dans l'affaire des Jésuites, il fut, en 1765, violemment arrêté et incarcéré au château de Foix. » Voir l'*Armorial de Béarn*, par A. DE DUFAU et J.-B. DE JAURGAIN, dans la *Revue de Béarn*, tome V, p. 166.

Vignancour ‖ près des Cordeliers, ruë Neuve ‖ — (s. d. [176₃], pet. in-8°, 254 p.) (1).

Ce copieux compte-rendu examine l'Institut des Jésuites en lui-même, dans ses rapports avec les lois du royaume, avec les lois de l'église gallicane, avec la morale et les bonnes mœurs ; il conclut naturellement à la suppression de la Compagnie. Ce qui a surtout de l'intérêt pour nous, c'est la partie de ce rapport qui concerne la Congrégation des Artisans. Voici en quels termes elle est jugée et exécutée :

« ... Le Pape Grégoire XIII érigea en 1584, dans l'église du collège des Jésuites à Rome une Sodalité ou Congrégation Matrice, composée des Ecoliers externes et des autres fidèles dévoués à la Société ; il la soumit à la direction du Général, auquel il accorda la faculté d'en ériger de semblables dans tous les Collèges, et de les agréger à celle de Rome pour en dépendre, comme les Membres dépendent du Chef ; il ajoûta le droit de les visiter par lui-même ou par ses délégués, de faire des Statuts, des Constitutions, des Décrets, et lorsqu'il le jugera convenable de les changer, de les corriger, de les réformer, et toutes ces loix ainsi établies doivent être inviolablement observées par les Congréganistes.

« Sixte-Quint, Benoît XIII et Benoît XIV ont étendu l'érection des Sodalités à toutes les Eglises, Maisons et Résidences de la Société... Le Général doit avoir sous ses yeux le Catalogue des Ecoliers, des Congréganistes et de tous ceux qui se confessent aux Religieux de la Société ; toutes les Eglises des Congrégations sont exemptes de la juridiction des Ordinaires, elles ne doivent posséder aucuns biens immeubles, parce que la Société Professe n'en possède pas, et qu'il serait dangereux que les Ordinaires voulussent se mêler de l'Administration des Revenus de ces biens, ce qui seroit contraire aux immunités d'une Bulle de Clément VIII que nous ne connaissons pas...... » (2).

« ....Nous trouvons dans un petit livre qui nous a été remis en conséquence de votre dernier arrêté, Livre intitulé *Règles et Coûtume de la Congrégation des Habitans de Pau*, que tous ceux qui voudront être admis dans cette Sodalité doivent passer trois mois dans l'état d'épreuve, se tenir dans un lieu séparé des autres, apprendre les Règles, Coûtumes et Pratiques, et lorsqu'ils sont reçus, ils font au pied des Autels, un flambeau à la main, des Promesses dont nous ne voyons pas la formule ; ils les renouvellent chaque troisième dimanche de Janvier, en célébrant l'Anniversaire de l'Etablissement de la Congrégation ; ils con-

(1) Bibliothèque municipale de Pau. *Histoire locale*. Ee. XIV a. 29.
(2) *Compte-rendu de l'Institut...* par MM. de Belloc et de Mosqueros, p. 71.

saerent leurs engagements par une Communion qu'ils font tous généralement ; la Solennité qu'on imprime à ces engagements ressemble assez à celle qu'on employe lors de l'émission ou du renouvellement des Vœux des Jésuites.

« On recommande aux Congréganistes une parfaite docilité pour les ordres et pour les avis qu'ils recevront du Général ou de ceux qui les gouvernent en son nom ; il est vrai que dans la Note à laquelle cet article renvoye, cette dépendance est restreinte aux affaires qui concernent la Congrégation. Il est dit ailleurs que quoiqu'il y ait une manière réglée de chasser les Congréganistes dont les fautes portent atteinte à l'honneur et à la réputation de la Congrégation, le Directeur aura néanmoins en des choses importantes, plein pouvoir de chasser ceux qu'il croira devoir l'être selon Dieu.

« Nous trouvons pareillement dans un Tableau intitulé *Sommaire des Règles communes de la Congrégation*, que chaque Congréganiste, avant d'être reçu, doit faire Confession Générale au Confesseur à ce député par le Recteur.

« Le même esprit répandu dans les Constitutions a dirigé le plan des Sodalités ; il est singulier que le Général doive connoître le nom de tous les Congréganistes; il l'est également qu'ils lui doivent obéissance, il l'est aussi qu'il ne leur soit pas libre de choisir un Confesseur, il l'est encore que le Directeur seul soit en droit de les chasser sans aucune formalité, et plus que tout le reste, que le Général toujours en droit de dissoudre, devienne le Maître du Mobilier formé par le corps qu'il vient d'anéantir ; enfin qu'un Moine étranger puisse donner des ordres, sur quelque matière que ce puisse être, peut-être à deux cent mille Sujets François ; nous pouvons présumer ce nombre, par celui de quatre cens, que nous voyons dans cette petite ville, où la Vocation ne s'est pas encore communiquée aux Classes Supérieures des Citoyens » (1).

« ...Nous avons observé les liens d'obéissance auxquels sont tenus les affiliés des Congrégations et remarqué que c'était autant de soustraction à l'Autorité temporelle... » (2).

« ...Le Roi défend de former des Congrégations dont il puisse résulter une Association et Union de diverses personnes répandues en divers Lieux, Provinces et Etats, il permet néanmoins d'établir des Congrégations particulières, avec la permission et sous l'autorité de l'évêque diocésain.

« Comment concilier cet article avec l'affiliation de toutes les Sodalités des Jésuites à celle de Rome, avec l'exemption tant de fois prononcée dans l'Institut de toute Jurisdiction des Ordinaires en faveur des Congrégations, pour ne dépendre que du seul Géné-

---

(1) *Compte-rendu,* par DE BELLOC et DE MOSQUEROS, p. 73 et suiv.
(2) *Ibid.,* p. 137.

ral. Cet article n'est-il pas destructif de toutes les Congrégations des Jésuites ? » (1).

Le *Compte-rendu* est suivi des *Notes d'après lesquelles ont été faites par les Chambres assemblées du Parlement de Pau, les vérifications du Compte-Rendu par MM. de Belloc et de Mosqueros, auxquelles il a été procédé dans les séances des 15, 16, 18, 19, 20, 21, 22 et 23 avril* (2). Ce sont comme les références, les pièces justificatives de toute l'argumentation des rapporteurs. Pour ce qui concerne les Congrégations, on cite les bulles *Omnipotentis Dei* de 1584, *Superna dispositione, Gloriosæ Dominæ*, etc. dont nous avons parlé, au chapitre de l'institution des Sodalités de la Vierge (3).

L'arrêt que le Parlement de Navarre porta contre les Jésuites devait, à la suite d'un pareil rapport, être absolument défavorable. De fait, la Cour se prononça pour la suppression des Jésuites et leur expulsion du collège de Pau. Elle supprima également la Congrégation des Artisans.

« .....La Cour déclare les Vœux et Serments publics ou secrets de se soumettre auxdites Règles, Constitution et Régime, ainsi que toutes promesses d'obéissance au Général, et généralement tous autres Vœux ou Promesses usités dans ladite Société qui pourroient avoir été faits par les Prêtres, Ecoliers ou autres personnes quelconques, soit à titre de Congrégation, Affiliation ou tel autre que ce puisse être, non valablement, inconsidérément et abusivement émis. Ce faisant ordonne que ledit Régime et Société seront et demeureront à jamais exclus du Collège de la présente ville et de toute l'étendue du ressort de la Cour, sans que, sous aucun prétexte ni sous aucune dénomination, ils puissent jamais y être rétablis.... Ordonne ladite Cour qu'au moment de la signification du présent arrêt, tout exercice de scholarité cessera dans le Collège de la présente ville, comme aussi toutes assemblées de Congrégation dans les églises et chapelles dudit collège.... » (4).

L'arrêt était formel. Les Jésuites devaient « vuider dans le mois, à compter du jour de la signification de l'arrêt ». Ils

---

(1) *Ibid.*, p. 157.
(2) *Ibid.*, p. 165.
(3) *Ibid.*, p. 207.
(4) Arrêt du Parlement de Navarre, du 28 avril 1763. (*Arch. des B.-P.*, B. 1919.)

s'exécutèrent et le 24 mai suivant, la remise officielle de l'établissement fut faite aux commissaires députés par le Parlement.

Quant aux Congréganistes, ils firent une dernière démarche auprès de la Cour. N'ayant pu obtenir de vivre, ils voulurent du moins sauvegarder les quelques objets que possédait leur chapelle. « Ils se présentèrent en la Cour, pour demander la reconnaissance des effets appartenans à la Congrégation, lesquels après la reconnaissance faite furent déposés chez le Préfet d'alors » (1). Certains objets furent transportés aussi à la Chapelle de l'Hôpital, entre autres choses, deux statues « représentant l'une Saint Jean-Baptiste, l'autre Saint Jean l'Evangéliste ». C'est une délibération du 1er Janvier 1840 qui nous renseigne là-dessus (2). On y fait remarquer qu'à l'époque « où la Confrérie cessa ses fonctions au collège... ces deux objets ainsi que plusieurs autres furent portés à l'hospice de Pau », et ne furent point ensuite réclamés. On charge le directeur d'en faire la demande aux sœurs de l'hospice ; « sa demande n'est point vaine et il les obtient sans difficulté ». Puis on délibère encore pour savoir s'il ne convient pas de faire quelques réparations à ces deux statues; on se prononce pour l'affirmative et « tant pour la dorure que pour la peinture, M. Billoud de Léon, artiste, habitant la ville de Pau, se charge de cette réparation moyennant la somme de 100 francs. »

La « Congrégation des habitans de Pau » était morte. Sa chapelle était fermée et ses directeurs dispersés.

---

(1) *Statuts et Règlements de la Congrégation*, p. 63.
(2) 1er *Registre de la Congrégation*. Délibération des 1er, 5 et 26 janvier, fo 196,

---

Du premier rétablissement de la Congrégation
jusqu'à la Révolution française
(1779-1792)

CHAPITRE Ier

LA CONGRÉGATION ET LES BÉNÉDICTINS DE SAINT-MAUR

Autorisation du Parlement dès 1776. — Le Collège est confié aux Bénédictins. — Ordonnance de Monseigneur de Noé portant rétablissement de la Congrégation. — Requête au Parlement pour être autorisé au temporel et arrêt de la Cour en 1779. — Peut-on être à la fois Congréganiste et Confrère du Saint-Sacrement ?

Les Congréganistes subirent le nouvel état de choses, mais ils ne perdirent pas l'espoir de voir renaître des jours meilleurs. La plupart étaient dans les mêmes sentiments que Jean Casenave, éperonnier, qui déclarait « que l'esprit de retour pour la Confrérie de la Congrégation l'avoit toujours flatté ». Aussi les voyons-nous, dès 1776, présenter une requête au Parlement de Navarre afin d'être autorisés à reprendre leurs exercices.

« Audiance du 18 juin 1776, tenue par M. de Charitte, président, de Dombidau, sous-doyen, de Domy, de Mosqueros, de Morlanne, de Sajus ;

« Entre les sieurs Bellocq, père et fils, d'Aste, Hondagné et consorts, au nombre d'environ quatre cens de Pau, demandeurs par requête pour être rétablis dans la frairie qui étoit desservie par les ex-Jésuites et autrement, d'une part ; le procureur du Roy, concluant d'autre, Tartarive, la distribution faite au sieur de Mosqueros, conseiller ; ouy son rapport et le tout vu ;

— « Dit a été que la Cour rétablit lesdits Bellocq et consorts dans la frairie sous l'invocation de la Vierge, leur permet de s'associer à l'avenir sous le même nom et invocation, ordonne que leur chapelle sera desservie par le curé de Pau (1) ou par tel autre prêtre approuvé qui sera par luy à ces fins commis. (Signé) : DE CHARITTE fils ; MOSQUEROS, rap. » (2).

Le curé de Pau avait eu des affaires avec la confrérie du Saint-Sacrement (3). Craignit-il que cette multiplication de sociétés pieuses fût plutôt un inconvénient qu'un avantage pour la vie paroissiale, étant surtout donné que ces corps religieux prétendaient exciper de privilèges plus riches les uns que les autres, ou bien les anciens Congréganistes répugnèrent-ils à se reconstituer sous une direction autre que celle de religieux exempts ? Toujours est-il qu'on attendra encore trois ans avant que ce premier essai de rétablissement se réalise pleinement. Certaines circonstances devaient d'ailleurs favoriser les espérances et le bon vouloir des Congréganistes.

Aussitôt que les Jésuites avaient été exclus du collège, les Etats de Béarn et le Parlement avaient délibéré pour savoir à qui serait confiée la direction de l'établissement de Pau. Les Etats penchaient pour les Barnabites et le Parlement pour les Bénédictins de Saint-Maur. Après trois ans d'hésitations, de luttes et de démarches auprès du Roi, le collège fut confié à des maîtres séculiers. On les désigna sous le nom d'*Educateurs*, ou encore de *Messieurs de Saint-Denis*, parce qu'ils avaient pris Saint-Denis pour patron (4).

Ces nouveaux maîtres arrivèrent à Pau le 13 octobre 1766. Bientôt il y eut une grande division parmi ce personnel enseignant. A travers des difficultés, des plaintes au Roi, des pamphlets, les cours se poursuivirent tant bien que mal, pendant dix ans, et finalement les *Educateurs* reçurent leur congé en septembre 1776.

De nouveau on se préoccupa vivement de savoir à qui

---

(1) Le curé de Pau était alors Jean de Camplong. Il fut le successeur du fameux Desbarats, de processive memoire, en 1751. Il mourut, à 70 ans, le 9 août 1780, et fut enseveli dans l'église de Saint-Martin. (V. Joseph LOCHARD, *Registres paroissiaux relatifs aux baptêmes, mariages et sépultures dans les églises et couvents de la ville de Pau*. Pau, Garet, 1902, p. 181.

(2) *Arch. des B.-P.*, B. 4977, fᵒ 51.

(3) Abbé BORDEDARRÈRE. *La Confrérie du Saint-Sacrement*, pp. 120 et 145.

(4) J. DELFOUR. *Histoire du Lycée de Pau*, chap. VIII, IX et X.

serait confié, parmi les diverses Congrégations enseignantes, le collège de Pau. Enfin, après quelques hésitations, par lettres patentes du 16 septembre 1777, Louis XVI donna « la desserte » du Collège royal de Pau aux Bénédictins de la Congrégation de Saint-Maur (1).

Ce retour de prêtres réguliers dans la vieille maison des Jésuites combla de joie les bons Congréganistes. Ils adressèrent bientôt une supplique à l'évêque de Lescar (2), demandant à reprendre leurs exercices, sous la direction spirituelle des Bénédictins. L'évêque, après avoir pris l'avis du curé de Pau et consulté les Bénédictins, rendit l'ordonnance suivante :

ORDONNANCE DE MONSEIGNEUR L'EVÊQUE DE LESCAR

Marc-Antoine DE NOÉ, par la miséricorde Divine et la grâce du Saint-Siège Apostolique, évêque et seigneur de Lescar, baron de Bénéjac, conseiller du Roi en ses conseils, etc.; vu la requête à nous présentée par les Bourgeois et Artisans de la ville de Pau, demandant que leur Congrégation érigée dans le Collége Royal de ladite Ville, qui n'est plus en exercice depuis la suppression des Jésuites y soit établie et dirigée par les Religieux Bénédictins, avec les mêmes règlemens et statuts qu'auparavant ; notre appointement au pied de ladite requête du 11 décembre 1778, qui en ordonne la communication au sieur Curé de Pau ; sa réponse : autre requête des Suppliants ; notre appointement du 16 dudit mois et an, portant qu'il apparaîtra du consentement et des conditions auxquelles les Religieux Bénédictins veulent recevoir et diriger la Confrérie des Artisans ; la réponse et consentement desdits Religieux et Congréganistes de s'assembler dans la chapelle du Collège, qui avait servi aux mêmes fins, de la condition qu'ils seroient leurs Directeurs à ladite Congrégation ; les conclusions de notre Promoteur ; autre réponse du sieur Curé de Pau et des Religieux Bénédictins, et toutes autres pièces relatives. *Le tout considéré*, désirant de concourir autant qu'il dépend de nous, à nourrir et fortifier la piété des Fidèles qui sont commis à nos

---

(1) J. DELFOUR, *op. cit.*, p. 183.

(2) Marc Antoine de Noé, qui fut le dernier évêque de Lescar, était né à La Rochelle en 1724. Il avait été sacré évêque le 12 juin 1763. A la Révolution, le siège de Lescar ayant été supprimé, il se réfugia quelque temps en Espagne et passa ensuite en Angleterre. En avril 1802, il fut appelé au siège de Troyes et y mourut quelques mois après son arrivée, en septembre, au moment où il venait d'être présenté pour le cardinalat. (Voir : Abbé DUBARAT. *Le Bréviaire de Lescar de 1541*. Pau, Ribaut, 1891, p. XXVII. DE PICAMILH. *Statistique générale des B.-P.*, tome I, p. 521.)

soins, et de leur procurer tous les moyens propres à leur sanctification, à la plus grande gloire de Dieu, et pour l'accroissement de la dévotion envers la Très-Sainte-Vierge ; *avons permis
et permettons* aux Supplians de reprendre les exercices de la Congrégation des Bourgeois et Artisans, érigée dans le Collège Royal
de la ville de Pau, sous l'invocation de la Bienheureuse Vierge
Marie ; et pourront lesdits Congréganistes s'y assembler comme
ci-devant aux heures qui ne concourront pas avec celles des
saints Exercices de la Paroisse tous les Dimanches et Fêtes de
l'année, excepté la quinzaine de Pâques, la Fête du Patron, celles
de Noël ou Pentecôte, au choix du sieur Curé qui pourra profiter
de l'une ou l'autre solennité pour donner une retraite ou tels
autres exercices que son zèle pour ses Ouailles pourra lui inspirer. Enjoignons auxdits Congréganistes de nous représenter leurs
anciens statuts et règlemens s'ils en ont. Ladite Confrérie demeurant toujours soumise à notre juridiction et inspection spéciale
sera dirigée par les Religieux Bénédictins qui nous rendront
compte de la conduite spirituelle de ceux qui s'y sont associés. Et
sera notre présente ordonnance notifiée aux parties respectives,
auxquelles il en sera livré une expédition pour avoir à s'y conformer.

Donné à Pau où nous présidons les Etats-généraux de la province, sous notre seing, le sceau de nos armes, et le contre-seing
de notre Secrétaire, le 28 janvier 1779.

Signé à l'original,

† Marc-Antoine de Noé, évêque de Lescar.

Le nom officiel et complet de la Sodalité était « Congrégation des Bourgeois et Artisans ». Pas plus que sous les Jésuites où ils pouvaient déjà très probablement prendre rang
dans ce corps, les Bourgeois de Pau ne paraissent pas avoir
été fortement tentés de devenir Congréganistes. Nous n'avons
rencontré qu'un seul nom de bourgeois, reçu en 1784 : Jean
Fournés ; en 1782, on trouve aussi un Bertrand Lartigaux,
rentier (1).

L'ordonnance de l'évêque demandait qu'on lui représentât
les anciens « Statuts et Règlemens ». On s'exécuta; le 24 mars
1779, la rédaction des nouveaux statuts était approuvée par
les Vicaires-Généraux, en l'absence de Monseigneur l'Evêque,
et imprimée par Desbarats (2). Enfin, après plusieurs délibé-

_____

(1) Catalogue des annuels pour 1785.
(2) Isaac-Charles Desbarats était imprimeur du Roy depuis 1737. Les Statuts
de la Congrégation furent certainement un des derniers livres qu'il imprima. Il

rations, concernant les processions, les annuels, etc., — ques-
tions dont nous parlerons plus loin, — la Congrégation fut
complètement réorganisée. Mais il fallait, pour avoir le droit
de vivre, la haute approbation du Parlement. Voici le texte de
la requête présentée par les Bourgeois et Artisans :

A Nosseigneurs du Parlement Grand'Chambre.

Supplie humblement le sieur Henri *Bellocq fils*, Préfet de la Congrégation des Bourgeois et Artisans de la ville de Pau, agissant
pour elle : *Disant*, que faisant leurs Exercices dans une des Chapelles du Collége de ladite Ville, ils furent obligés de les cesser
lors de la dissolution de la Société des Jésuites ; que Sa Majesté
rentra dans la possession des bâtimens dudit Collége en 1762.

Les RR. PP. de la Congrégation de Saint-Maur ayant eu la
direction du Collége et la jouissance des bâtimens, ont bien voulu
accorder aux Confrères les mêmes bontés que les Jésuites leur
avoient accordées autrefois, cela les a engagés de se pourvoir en la
Cour pour obtenir la permission de reprendre leurs assemblées et
Exercices temporels. Elle le leur permit par arrêt de la Cour du
18 juin 1776.

Ils s'adressèrent aux mêmes fins à Monseigneur l'Evêque,
quant aux Exercices spirituels, et après une instruction contradic-
toire entr'eux, les RR. PP. de la Congrégation de Saint-Maur et
le sieur Curé de Pau, il leur accorda sa permission par Ordonnance du 28 janvier 1779.

Par autre ordonnance du 10 mars, Monseigneur l'Evêque
accorda la liberté d'aller aux Processions du Jeudi-Saint et de la
Fête-Dieu, suivant l'ancien usage.

Le 24 du même mois de mars, ils firent rédiger leurs statuts
pour servir de règlement aux Confrères, sous la direction desdits
Religieux de Saint-Maur ; ils ont été imprimés avec approbation
des sieurs Vicaires-Généraux par l'absence de Monseigneur l'Evêque.

Le 16 mai suivant, les Officiers crurent nécessaire d'augmenter
de *cinq sols* l'annuel de chaque Confrère à raison des besoins et
dépenses de la Congrégation : ils prirent une délibération tant
sur cet objet que pour renouveler les règlemens anciens concernant la discipline intérieure des Confrères.

Tous ces objets n'ayant pour fin que le bien, l'édification
publique, le maintien du bon ordre, font espérer au Suppliant,
que la Cour voudra bien les autoriser de son approbation.

---

avait en effet donné la démission de sa charge d'imprimeur en 1779 et par lettres patentes du 18 septembre de cette année, Pierre Daumon avait été nommé
à sa place. (Voir L. Lacaze. *Les Imprimeurs et les Libraires en Béarn*. Pau,
Ribaut, 1884, p. 147.)

Ce considéré, il vous plaira de vos grâces, Nosseigneurs, homologuer tant l'ordonnance de M. l'Official du 10 mars 1779, que les règles et statuts de la Congrégation par lui approuvés le 24 du même mois, et imprimés à Pau par le sieur Desbaratz, en tout ce qui peut s'y trouver de relatif au temporel ; ensemble la délibération des Officiers de ladite Congrégation, du 16 mai dernier, pour le tout être exécuté suivant leur forme et teneur, et l'arrêt qui interviendra publié à la première assemblée, et transcrit sur le registre du Corps. Nommant pour procureur M° Tartarrive.

La Cour ordonne que la présente sera montrée au Procureur-général du Roi.

Fait à Pau en Parlement, le 2 juin 1779.

Par la Cour,   Signé : DUFOR.

Vu la présente requête et les pièces jointes, je n'empêche pour le Roi adjuger au Suppliant les conclusions de la précédente requête.

Au Parquet, le 2 juin 1779.

Signé : BORDENAVE.

A NOSSEIGNEURS DU PARLEMENT GRAND-CHAMBRE.

Supplie humblement le sieur Henri Belloc fils, Préfet de la Congrégation : *Disant*, que M. le Procureur-général du Roi a conclu au bas de sa précédente requête. *Ce considéré*, il vous plaira de vos grâces, Nosseigneurs, adjuger au Suppliant ses fins et conclusions précédentes.

Signé : TARTARRIVE.

ARRÊT DU PARLEMENT DE NAVARRE

Portant homologation de l'Ordonnance de l'Official Diocésain, et des Règlemens et Statuts de la Congrégation (1).

Audience du 2 juin 1779, tenue par MM. Gillet de Lacaze, premier Président, de Mesplès, président, de Dombidau, de Belloc, père, d'Agnos, de Crozeilhe, Darret, de Salettes, de Lafitole, de Lescar.

« Entre le sieur Henri *Belloc fils*, demandeur, en qualité de Préfet de la Congrégation des Bourgeois et Artisans de la ville de Pau, aux fins de l'homologation de leurs règles ou statuts, joints à leur requête, avec leur délibération du 16 mai dernier, et autres pièces ; d'une part : le Procureur-général du Roi concluant, d'autre, Tartarrive. La distribution faite au sieur de

_____

(1) *Arch. des B.-P.*, B 4992, f. 84.

Dombidau, conseiller sous-doyen ; ouï son rapport, et le tout vu, dit a été que la Cour, du consentement du Procureur-général du Roy homologue tant l'ordonnance de l'Official Diocézain du 10 mars dernier, que les règles ou statuts de la Congrégation dont s'agit par lui approuvés le 24 du même mois, et qui ont été imprimés à Pau par le sieur Desbaratz, en tout ce qui peut s'y trouver de relatif au temporel : ensemble la délibération des Officiers de ladite Congrégation du 16 mai dernier, pour le tout être exécuté selon sa forme et teneur, relativement audit temporel. Ordonne que le présent arrêt sera publié à la première asemblée et transcrit sur le registre de la Congrégation. Prononcé à Pau en Parlement Grand'-Chambre, le 2 juin 1779.

Collationné,   *Signé :* BACARRÈRE.

Aussitôt que la Congrégation fût ainsi autorisée au spirituel et au temporel, les anciens membres vinrent reprendre place dans ses rangs. Ce mouvement de sympathie vers la Société fut même la cause d'un conflit avec la Confrérie du Saint-Sacrement et des Pénitents Blancs qui existait dans l'église paroissiale de Saint-Martin. Lors de la suppression des Jésuites, plusieurs artisans, désireux de faire partie d'une confrérie pieuse, avaient été grossir les rangs des Confrères du Saint-Sacrement, mais lorsque la Congrégation fut rétablie, ces transfuges voulurent revenir à la première Société dont ils avaient fait partie, ou peut-être appartenir aux deux en même temps (1). Ce fut le point de départ d'un conflit et d'une série de délibérations au sein de la Confrérie du Saint-Sacrement. (2).

Le sieur de Batsale, sous-prieur de la Confrérie du Saint-Sacrement, ayant appris par « bruit publicq » que Jean Casenave, maître éperonnier, occupant en ce moment les fonctions de trésorier dans la confrérie, était passé dans « une Congrégation nouvellement établie chez les RR. PP. Bénédictins », lui fit témoigner sa surprise de cette espèce de désertion et aussi « de ce qu'étant chargé d'une recepte dans la confrérie, il n'avoit pas manifesté son dessein de la quit-

---

(1) Abbé BORDEDARRÈRE, *op. cit.* ch. IV. p. 35 et ssq.

(2) Nous avons consulté le gros registre in-f° que possède la Confrérie du Saint Sacrement et où se trouvent les délibérations, à partir du 22 mai 1777 et qui est encore utilisé aujourd'hui, à Saint-Martin de Pau.

t.r afin de mettre ainsi les officiers dans le cas de nommer un autre trésorier. »

Le 14 mars 1779, Casenave « reconnoissant son manquement », se rendit à la Chambre du Conseil et « déclara avoir été reçu dans son enfance à la confrérie de la Congrégation qui existoit au Collège des cy-devant Jésuites, qu'il se fit recevoir à la confrairie du Saint-Sacrement après la suppression des Jésuites, mais que la Congrégation ayant été rétablie il y étoit revenu et désiroit de continuer à être congréganiste sans néanmoins cesser d'être confrère du Saint-Sacrement. » On lui répondit : 1° Qu'un arrêt dûment porté et pas encore retiré avait supprimé les ci-devant Jésuites, et que la Congrégation ne pouvait donc renaître et se dire le rétablissement de l'ancienne ; elle formait une institution nouvelle en contravention formelle avec les lois du Royaume. 2° En se faisant agréer à la Confrérie du Saint-Sacrement, Casenave n'ignorait pas qu'un règlement de cette confrérie défend à chaque Confrère d'entrer dans une autre institution et que son entrée dans la nouvelle Congrégation était donc illégitime. 3° En supposant même que la Congrégation actuelle des Bourgeois et des Artisans ne fût que le rétablissement de la Congrégation primitive, et que Casenave put demeurer membre des deux Sociétés, n'était-il pas tenu lorsque les deux Corps paraissaient en même temps dans les processions, de se ranger parmi les Confrères du Saint-Sacrement? N'était-il pas obligé de remplir chez eux les fonctions de trésorier ? et en conséquence la nomination comme Préfet de sacristie dans la Congrégation, qu'il avait acceptée, n'était-elle pas nulle ? 4° En tout cas, il ne pouvait pas être excusé de n'avoir pas prévenu à temps de sa volonté de résigner sa charge de trésorier, car cette négligence pouvait porter tort à la Compagnie ; on lui donnait donc trois jours pour réfléchir sur le parti à prendre (1).

Le 28 mars, l'assemblée des officiers de la Confrérie pourvoit au remplacement de Casenave dans sa charge de trésorier (2). Le 30, il remet « les clefs de la trésorerie » et le 31

(1) Abbé BORDEDARRÈRE. *La Confrérie du Saint Sacrement*, p. 36 ; *Registre de la Confrérie du Saint Sacrement*, f⁰ 31 et 32.
(2) *Registre de la Confrérie*, f⁰ 30 r⁰.

il fait signifier au sieur Batsale, sous-prieur, un acte extra-judiciaire, « par lequel il déclare que son esprit de retour pour la confrérie de la Congrégation l'a toujours flatté, malgré le même désir qu'il a pour la Confrérie du Saint-Sacrement, mais que comme il ne peut pas remplir à deux devoirs que la Religion inspire, il est dans le cas de continuer ses actes d'adoration chez les Congréganistes » (1). Le sous-prieur Batsale se plaint et fait remarquer que Jean Casenave « auroit bien pû se dispenser d'en venir à employer le papier marqué » (2). Finalement, dans l'assemblée du 3 avril, les officiers de la confrérie du Saint-Sacrement chassent le sieur Casenave, rayent son nom du Catalogue, et puisque le sac blanc ni le cordon ne lui sont plus nécessaires, ils lui demandent de les rendre à la Confrérie, en échange du prix, suivant la valeur courante, qui lui sera donné (3).

Le mauvais exemple de Jean Casenave avait trouvé des imitateurs. C'étaient Jean Bacqué-Dangos, Brémon, ancien trésorier, Daran, cordonnier, Grangé aîné, serrurier, Bouix aîné, Bouix cadet, sacristain de la Confrérie en ce moment, Biscondau dit Bedouret, Cabané dit Fris, Guilhaume Sizos, Laborde-Hourest, Christophe Roquebert, Pons, tapissier, Fargues, serrurier, Dabat, chapelier et Larras. On décide de les mander à la Chambre du Conseil, le dimanche de Quasimodo, pour connaître leurs intentions et savoir pour laquelle des Sociétés ils veulent opter. Sur l'instant, Christophe Roquebert, qui est présent, déclare faire choix pour le Saint-Sacrement (4).

Le 11 avril, l'assemblée des officiers se réunit. La plupart des confrères, au sujet desquels on devait statuer, étaient là; on les fait comparaître. Bouix cadet, Fargues et Bédouret optent pour la « confrairie du Saint-Sacrement en renonçant à toutes autres ». Les sieurs Brémont, Bouix aîné et Cabané dit Fris demandent un délai : aux deux derniers on accorda jusqu'au 18 avril et à Brémont jusqu'à la Pentecôte. Daran et Dabat préfèrent la Congrégation : ils « demurent retran-

(1) *Registre de la Confrérie*, fo 31.
(2) *Ibid.*, fo 31.
(3) *Ibid.*, fo 31.
(4) *Ibid.*, fo 32 vo.

chés du nombre des confrères du Saint-Sacrement ». Quant
aux autres qui ne se sont pas présentés, on décide de leur
donner « un dernier avertissement par écrit afin qu'ils aient
à se rendre dans une assemblée qui sera convoquée pour le
dimanche 18 avril ». Enfin, opinant sur le cas particulier de
Dabat qui a été reçu par les Congréganistes, alors que déjà
il était confrère du Saint-Sacrement, l'assemblée décide
« qu'il en sera fait plainte à Mgr l'Evêque ou à MM. les Vicaires Généraux par un placet, afin d'éviter de pareils désordres
à l'avenir » (1).

Le 18 avril, des six confrères mandés par billet, quatre se
présentent : Sizos, Grangé, Jean Bacqué et Laborde-Hourest.
Les trois premiers choisissent la Congrégation et le dernier le
Saint-Sacrement. Quant aux deux autres également mandés,
Pons « fait dire qu'il étoit malade » et Larras « est demeuré
dans la plus parfaite indifférence » (2). Ceux à qui on avait
précédemment accordé un délai, c'est-à-dire Bouix aîné et
Cabané dis Fris, font dire « qu'ils obtoient pour la Confrairie de la Congrégation ». Après délibération, « par unité de
suffrages » on retranche du nombre des confrères du Saint-
Sacrement les six menbres qui ont opté pour la Congrégation (3).

Le 2 mai, le tapissier Pons, enfin guéri, reste dans la Confrérie du Saint-Sacrement (4). Pour Larras, qui était resté
« dans la plus parfaite indifférence » et pour ce fait, avait été
rayé dans l'assemblée du 18 avril, il éprouve des regrets et, le
20 juin, après avoir « témoigné que son intention en s'asso-
ciant à la confrairie du Saint-Sacrement fut toujours d'y
vivre et mourir attaché », il est de nouveau admis et la Compagnie arrête qu'il « demure réabilité » (5). Enfin, celui qui
avait eu le plus long délai, Brémont, se décide, le 27 juin, et
opte pour le Saint-Sacrement (6).

Le conflit, assez long cependant, n'était pas encore ter-

(1) *Registre de la Confrérie*, f° 33.
(2) *Ibid.*, f° 34 r°.
(3) *Ibid.*, f° 34 r°.
(4) *Ibid.*
(5) *Ibid.*, f° 37 v°.
(6) *Ibid.*, f° 38 v°

miné. Les bons Confrères du Saint-Sacrement, jaloux de leur autonomie, ne permettaient pas de partage. Aussi, plus de deux ans après ,le 19 juillet 1781, les voyons-nous revenir sur le cas de Laborde-Hourest. Celui-ci avait bien déclaré, en 1779, vouloir rester confrère du Saint-Sacrement, mais en fait il avait négligé de suivre les exercices de la confrérie et de payer la cotisation annuelle, tandis qu'il se rendait à la Chapelle de la Congrégation. Une enquête est décidée, mais le sieur Laborde prévient toute décision et fait « signifier un acte au prieur dans lequel il déclare qu'il ne peut remplir aux exercices des deux confréries, et attendu qu'il avoit été de tout temps Congréganiste et qu'il désire suivre les exercices de ce corps, il cessera de se rendre à la confrérie du Saint-Sacrement ». L'assemblée des officiers le retranche du nombre des confrères, non sans l'avoir condamné à payer les annuels en retard (1).

Ces luttes qu'on peut bien appeler des luttes pour la vie nous prouvent combien les anciens Congréganistes étaient restés vivement attachés à leur Société. Nous pouvons conclure aussi des mesures de défense si rigoureuses contre toute émigration vers la chapelle du Collège combien ce groupe renaissant était jalousé par les autres Confréries qu'il risquait d'éclipser.

C'était donc très rapidement et très solidement que la Congrégation s'était reconstituée et redevenait une des Associations les plus marquantes du Pau religieux.

---

(1) Registre de la Confrérie, f° 68 v°.

CHAPITRE II

Processions, Fêtes et Œuvres dans la Congrégation

Procession du Jeudi-Saint ; Grave question de préséances ; Mauvaise humeur des Pénitents Blancs ; Placet présenté à l'évêque ; le curé de Pau tranche le différend. — Procession de Saint Jean-Baptiste ; Arrêté du Corps de ville ordonnant de balayer et de décorer les rues. — Livre d'Heures spécial à la Congrégation. — Le dimanche d'un Congréganiste. — Fêtes de la Société. — Enterrement des membres. — Secours aux nécessiteux. — Le Pape Pie VI accorde des indulgences particulières aux Congréganistes de Pau. — Réception des Confrères et leur Consécration à la Vierge.

Les difficultés que nous avons racontées au précédent chapitre ne furent pas les seules qui surgirent entre les Congréganistes et les Confrères du Saint-Sacrement. Le rétablissement de la Congrégation fut encore marqué par une affaire au sujet des processions et des préséances à y garder.

Cette question n'était pas nouvelle. Nous avons déjà vu qu'une des premières préoccupations de la Société, sous les Jésuites, avait été de présenter un placet à l'évêque de Lescar (1) afin de pouvoir faire la visite des églises le Jeudi-Saint. Les confrères du Saint Sacrement, voulant sans doute garder une sorte de monopole, avaient réclamé et présenté opposition. On avait calmé leurs « inquiétudes sur les troubles qui pourroient s'en ensuivre » et, à la demande de l'évêque, le président de Mesplés (2) avait fait le règlement du 13 mars 1718, dont nous avons parlé, par lequel l'ordre et le rang de chaque confrérie de Pau, dans les processions, était établi : ainsi les Congréganistes ne pouvaient faire leur procession qu'après les Confrères du Saint-Sacrement (3). On voit par là qu'en ce commencement du xviiie siècle, chaque société pieuse faisait sa procession indépendante, le Jeudi-Saint ; celle qui avait la préséance — les Pénitents Bleus — partait la première et ensuite chacune des autres partait à son tour, mais ne pouvait parcourir les rues et visiter les églises qu'après la rentrée complète de la précédente.

L'application de ce règlement engendra des abus. Il y avait quatre confréries (4), les églises à visiter étaient nombreuses (5), la nuit tombait assez vite à l'époque de la Semaine Sainte et il arriva que la confrérie qui sortait la dernière courait les rues après la nuit close ; cette promenade de noctambules, si elle avait peut-être un cachet d'originalité, devait être par contre peu édifiante, quand on songe surtout que tout système d'éclairage des rues était encore inconnu dans

(1) Dominique Desclaux de Mesplès, après avoir été conseiller et président au Parlement de Navarre, entra dans les ordres et fut évêque de Lescar de 1681 à 1719.

(2) Paul-Joseph Desclaux de Mesplès était le fils du précédent. Il était président à mortier depuis 1717. Ce fut donc à la prière de son père qu'il fit le règlement dont nous parlons. (Voir l'*Armorial de Béarn*, par A. DE DUFAU et J. B. DE JAURGAIN dans la *Revue de Béarn, Navarre et Lannes*, tome V, p. 176.)

(3) *Registre de la Confrérie du Saint Sacrement*, fo 58 vo. Abbé BORDEDARRÈRE, *op. cit.*, p. 142.

(4) Outre les confréries du Saint Sacrement, des Pénitents Bleus et la Congrégation, il y avait encore, établie dans l'église des Cordeliers, la Confrérie de N. D. des Agonisants, Pénitents Gris. Elle fut fondée en 1648 par les soins du P. Dubourg, missionnaire. Saint Bonaventure en était le patron. Cette confrérie fut rétablie dans l'église Saint-Jacques, après la Révolution, et dura jusqu'à la moitié du xixe siècle.

(5) Nous savons par le registre de cette Confrérie des Pénitents Gris que les églises qu'on visitait étaient au nombre de onze : Saint-Martin, les Cordeliers, des Capucins, le Séminaire, l'Hôpital, Notre-Dame, le Collège, les Orphelines, la Foi, Sainte-Ursule, les Pénitents Bleus.

notre bonne ville (1). Aussi, en 1752, l'évêque de Lescar (2) exigea que toutes les confréries fussent rentrées dans leurs églises respectives avant la nuit close et il rendit une « ordonnance par lettre qui fut communiquée aux prieurs ou préfet des quatre confrairies » (3). Comme dans les processions les premiers en dignité et en préséance marchent les derniers, « les Pénitents Blus déterminèrent de sortir à cinq heures, les Pénitents Blancs à quatre, et les Gris à trois » (4). Quant à la Congrégation il ne lui restait qu'à choisir sa place entre les Pénitents Blancs et les Pénitents Gris. Cette nouvelle convention détruisait complètement l'ordre précédent ; ceux qui sortaient auparavant les premiers avaient maintenant choisi de sortir les derniers.

Cet état de choses dura jusqu'à la suppression de la Congrégation. Quand celle-ci reprit naissance en 1779, elle voulut se munir d'une nouvelle permission épiscopale au sujet des processions, et, soit erreur, soit malice, elle réclama un rang de préséance plus élevé que la Confrérie du Saint Sacrement (5).

Voici d'ailleurs le texte même de la requête :

REQUÊTE

Présentée à Monseigneur l'Evêque de Lescar, aux fins de l'exécution du Réglement de 1718, transcrit sur les registres anciens

---

(1) L'établissement de l'éclairage général des rues de Pau ne date que de la Révolution, ainsi qu'il semble résulter d'une mesure prise par l'administration départementale le 30 décembre 1791. Cependant, neuf mois auparavant, on voit le Conseil général de la commune ordonner, en temps d'élections, « que tous les réverbères qu'on pourra trouver dans la ville seront allumés à l'entrée de la nuit jusqu'à deux heures du matin, lorsque la lune n'éclairera pas ». Antérieurement aussi, en 1738, il est fait mention de l'entretien d'un réverbère qu'on allumait pendant l'hiver sur la place du Marché. (Voir A. DUGENNE. *Panorama de Pau*, p. 365.)

(2) C'était Hardouin de Chalons, évêque de Lescar de 1729 à 1762.

(3) *Registre de la Confrérie du Saint-Sacrement*, fo 59 ro.

(4) *Ibid.*

(5) Une cinquième confrérie, appelée de Saint-Jacques, et composée des pèlerins de Pau et des environs qui avaient fait le voyage de Compostelle, avait son siège dans l'église des Cordeliers. Elle fit pour la première fois la procession du Jeudi-Saint en 1779. Ces confrères de Saint-Jacques partirent de leur chapelle avant les Pénitents Gris. Cette particularité est soigneusement notée par les Congréganistes et aussi par les Pénitents Gris ; ceux-ci inscrivent dans leur registre : « Les Saint-Jacqués sont sortis pour la première fois à une heure et demy de relevé le 1er avril 1779, jour du Judy-Saint, pour faire les visites des églises ». Cet acte était en effet une reconnaissance publique du droit de préséances de toutes les autres Confréries.

de la Congrégation qui règle la marche des processions du Jeudi-Saint et de la Fête-Dieu.

A Mgr MARC-ANTOINE DE NOÉ
ÉVÊQUE DE LESCAR

Monseigneur,

Supplient humblement tous les Membres au Corps de la Congrégation des Bourgeois et Artisans de la ville de Pau ; Disant : que pour parvenir à une règle de ses deux Processions, les Remontrans remettent en vos mains une copie du Règlement du 13 mars 1718, fait par feu M. le président de Mesplés, à la prière de Monseigneur l'Evêque, qui règle la marche de MM. les Confrères du Saint-Sacrement et ceux de la Congrégation.

Depuis lors, le jour du Jeudi-Saint, les Pénitens Gris ont commencé leur procession les premiers. Les Confrères du Saint-Sacrement sont partis ensuite ; puis après les Confrères de la Congrégation ; et ensuite MM. les Pénitens Bleus.

Les Remontrans désirant de Votre Grandeur, suivre le même usage, ont l'honneur de vous prier de vouloir les maintenir aux deux Processions dans les mêmes rangs qu'ils étaient ci-devant, étant assistés dans la Procession du Jeudi-Saint de leur Directeur, pour la visite des Eglises, et de leur rang ordinaire le jour de la Fête Dieu : c'est de quoi ils ont l'honneur de vous prier d'y statuer par votre ordonnance d'homologation, etc.

Par l'intermédiaire de son vicaire-général (1), l'évêque de Lescar fit droit à la demande des Congréganistes :

Vu la présente requête, avec copie du Règlement fait par notre Prédécesseur avons maintenu et maintenons les Confrères de la Congrégation des Bourgeois et Artisans dans le même rang qu'ils tenaient ci-devant aux Processions du Jeudi-Saint et de la Fête-Dieu : Exhortons tous et un chacun des Congréganistes de se réunir et continuer leurs exercices dans lesdites Processions, pour la plus grande gloire de Dieu, l'édification publique et la sanctification de leurs âmes.

A Pau, en Congrégation, le 10 mars 1779.

Signé à l'original,

D'ARBLADE, vicaire-général official.

---

(1) Messire Jacques de Benquet d'Arblade, licencié en théologie de la maison et société de Navarre, chanoine de l'église cathédrale de Lescar, vicaire général du diocèse et official. (*Calendrier de Pau pour l'année de grâce 1782, présenté à M. le Marquis de Lacaze, premier président au Parlement.*)

L'affirmation catégorique que tel était l'usage en imposa, semble-t-il, à l'évêque et à son official. Les Congréganistes confondaient certainement à dessein les règlements de 1718 et de 1752. Les Confrères du Saint Sacrement allaient-ils admettre cette violation de leurs privilèges ? Leur intransigeance dans la question des membres qui étaient passés à la Congrégation ne permet pas de supposer une abdication quelconque de leurs droits. Ils protestent immédiatement contre la prétention des Congréganistes ; ceux-ci présentent une nouvelle requête renfermant des conclusions identiques aux précédentes. L'évêque charge alors le curé de Pau (1) de trancher ce différend.

Dans une assemblée du 31 mars 1781, les Confrères du Saint Sacrement protestent contre le droit que les Congréganistes réclament, ajoutant que ce droit n'a jamais existé et que leur « prétention hurte le bon sens ». Ils chargent en conséquence les principaux officiers du Corps de voir Monsieur Lamarque, « les registres de la Confrairie à la main, pour luy faire connoître leurs droits sur la Congrégation dans toutes les occasions»(2). Le prieur et le sous-prieur présentent donc un placet à Monsieur Lamarque où ils lui font l'historique des droits respectifs des deux Sociétés en cause et des règlements divers touchant les processions ; ils demandent en finissant qu'on veuille bien ordonner aux Congréganistes de commencer leur procession à trois heures et demie, tandis qu'eux-mêmes garderont l'heure qu'ils tiennent du règlement de 1752, c'est-à-dire qu'ils sortiront à quatre heures (3).

---

(1) Pierre Antoine Lamarque, né à Oloron le 14 juin 1744, fut curé d'Os (canton de Lagor), d'où Mgr de Noé le tira pour en faire un curé de Saint-Martin de Pau, et son vicaire-général, en novembre 1780. A la Révolution. il prêta le serment exigé par l'Assemblée nationale, avec d'autres ecclésiastiques de Pau et dans le cérémonial qui eut lieu à cette occasion, le 30 janvier 1791, en pleine église Saint-Martin, il prononça un discours pour répondre aux attaques portées contre la Constitution civile du clergé et en faire l'apologie. L'abbé Lamarque était très considéré dans le diocèse ; aussi son acte encouragea-t-il beaucoup de défections. Mais il se rétracta bientôt ; lorsque Sanadon fut élu évêque constitutionnel des Basses-Pyrénées, l'abbé Lamarque refusa de reconnaître sa juridiction. Il continua à exercer le ministère dans sa paroisse au milieu des tracasseries, mais en septembre 1792, il fut forcé de s'exiler en Espagne. Après le Concordat, il fut nommé curé de Lasseube. démissionna avant même de prendre possession et resta prêtre habitué à Saint-Jacques de Pau, où il mourut le 20 avril 1815.

(2) *Registre de la Confrérie du Saint-Sacrement,* fo 56 vo.

(3) *Ibid.,* fo 59 vo.

Monsieur Lamarque arrangea le différend et, en sa qualité de vicaire général, rendit une ordonnance dont voici la conclusion (1) :

« Vu la requête, etc.... ouy les députés des deux corps, donnant acte auxdits Congréganistes de leur aveu que les Confrères du Saint Sacrement doivent avoir toute prérogative et prescéance sur la Congrégation, et aux Pénitens Blancs qu'en exécution du règlement fait en 1752, ils sont dans l'usage de partir pour faire lad. procession du jeudy saint à quatre heures de l'après-midy, voulant faire jouir lesd. Congréganistes de la concession qui leur a été renouvelée lors de leur rétablissment de faire en corps et processionnellement la visite des églises ledit jour du jeudy saint et qui ne pourroit avoir lieu si d'anciens règlemens qui portent que lesdits Congréganistes ne sortiront qu'après que les Confrères du Saint Sacrement seroient rentrés, attendû que d'anciennes ordonnances de Nosseigneurs les Evêques et le bon ordre défendent que ces processions courent les rües quand il est déjà nuit close, Nous, curé de la ville de Pau, avons réglé du consentement des députés des deux corps que les Congréganistes sortiront de leur Chapelle vers les quatre heures, commenceront leurs visites par l'église de l'Hôpital (2), continueront de marcher dans la Grande Rüe (3), dans le temps que les Confrères du Saint Sacrement qui sortiront ensuite, visiteront les églises des Orphelines (4), Sainte-Ursule (5), du Collège (6). — Donné à Pau, le 12 avril 1781.

Lamarque, curé de Pau et vicaire-général »

---

(1) *Registre de la Confrérie du Saint Sacrement*, f° 59 v° et 60 r°.

(2) C'est l'église de l'Hôpital actuel.

(3) On donnait le nom de *Grande Rue* à la voie de communication qui conduisait du Château à la Porte-Neuve ; elle est aujourd'hui subdivisée en rues du Château, Préfecture, place de la Halle, rue Nouvelle-Halle et cours Bosquet. (Voir Lacaze : *Recherches sur la Ville de Pau*, p. 100.)

(4) Le couvent des Orphelines fut fondé par Mlle Dupont, sœur du Premier Président de la Chambre des Comptes de Pau, le 15 juillet 1652. Cet établissement s'appelait aussi l'Hôpital des Orphelines de Pau, sous l'invocation de Sainte Anne. Les religieuses y élevaient des jeunes filles pauvres. La porte d'entrée du couvent et la chapelle donnaient sur la rue Notre-Dame ; tout cela a été en partie démoli pour les besoins de la Place du Marché, et en partie englobé dans le couvent de Sainte-Ursule. (Voir Lacaze, *op. cit.*, p. 135.)

(5) La chapelle de Sainte-Ursule se trouvait à côté de celle des Orphelines· Elle existait déjà en 1684. Le 20 janvier 1684, Messire Galatoire de Marca, président en la Cour du Parlement de Navarre, donne la somme de 1.500 livres en faveur du couvent des Ursulines pour « estre employée à la construction de l'église et batimens que les dames religieuses de Sainte-Ursule ont commencé de bastir. » (Voir J. Lochard. *Registres paroissiaux relatifs aux baptêmes, etc...*, dans les églises et couvents de la ville de Pau, p. 87.)

(6) Ce n'était pas l'église connue actuellement sous le nom de Saint-Louis de Gonzague. Cette dernière chapelle avait été *commencée* sous les Jésuites, vers 1679. Cent ans après, elle n'était encore qu'une « église commansée. » (*Arch. des B.-P.*, D. 11.) Elle ne fut terminée et ouverte au culte qu'en 1851. (Voir

Dans une délibération prise le lendemain, 12 avril 1781, les confrères du Saint Sacrement constatent avec satisfaction que tout a été exécuté ponctuellement :

« Les Congréganistes sont partis de leur chapelle à quatre heures de l'après-midy, et la Confrérie du Très-Saint Sacrement, Pénitens Blancqs est sortie de l'église des Capucins (1), où elle est, à quatre heures et demie, dont acte.— Daugerot, prieur » (2).

Ce ne fut pas seulement dans les processions du Jeudi-Saint ou de la Fête-Dieu que se manifesta le zèle religieux des Congréganistes. Une fête très en honneur ce fut celle de Saint Jean-Baptiste. Voici en quels termes s'exprime une « Instruction sur les Solennités célébrées dans la Congrégation » (3).

« La Fête de saint Jean-Baptiste est la principale Solennité de la Congrégation, et se célèbre avec Octave. Le jour de la Fête, le Saint-Sacrement est exposé après la première Messe, et après le Sermon qui suit les Vêpres, on fait une Procession solennelle à l'Eglise Paroissiale de Saint-Martin, d'où l'on vient recevoir la Bénédiction qui se donne dans l'église du Collège. Chaque jour de l'Octave on célèbre le matin une Messe dans la Chapelle, et le soir sur les six heures on chante Complies, et ensuite on donne la Bénédiction. »

Les Congréganistes se munirent d'une autorisation épiscopale, en juin 1779, afin de pouvoir faire une procession le jour de Saint Jean-Baptiste, et l'ordonnance de l'évêque « acheva de consolider le rétablissement de la Congréga-

J. DELFOUR. *Histoire du Lycée de Pau*, p. 386 et sq.) L'église du Collège dont il est fait mention ici désigne une église qui se trouvait enclavée dans le corps même du Lycée, entre l'ancien parloir et le pavillon du clocher. Dans le dernier siècle on transforma cette église en salles de classes en bas et en dortoirs en haut ; plus tard, en 1869, on y a pratiqué une large ouverture avec une espèce de portique par lequel on voulait faire l'entrée principale du Lycée, sur la rue Léon Daran actuelle. (Voir J. DELFOUR; *op. cit.*, p. 16 et 23.) Cette église fut construite entre 1640 et 1647.

(1) Le couvent des Capucins fut construit à la suite de la venue à Pau, en 1620, de Louis XIII. par les religieux de cet Ordre qui reçurent mille écus du roi pour commencer les travaux de construction. Ce couvent occupait l'emplacement actuel des numéros 23 et 25 de la rue du Lycée. C'est dans l'église de ce couvent que les Confrères du Saint-Sacrement firent leurs offices, depuis le 12 avril 1778 jusqu'au 16 juin 1781, époque à laquelle ils s'établirent à St-Martin, après des démêlés avec le P. Gardien des Capucins. (Voir LACAZE. *op. cit.*, p. 50 et abbé BORDEDARRÈRE, *op. cit.*, p. 118 et sq.)

(2) *Registre de la Confrérie du Saint-Sacrement*, fᵒ 60 rᵒ.

(3) *Statuts et Règlemens* (édition de 1784), p. 61.

tion » (1). Il leur fallait aussi une permission des officiers municipaux qui fut accordée dans la forme suivante :

« Du 23 juin 1779. — Séans MM. de Lardoeyt, lieutenant de maire, de Guiroye Cabé, premier jurat, de Brun, de Lostau et Damborgez aussi jurats.

« Sur le placet présenté au Corps de ville par le Préfet de la Congrégation des Bourgeois et Artisans de cette ville tendant à ce qu'il soit donné des ordres pour débarrasser et décorer les rües où doit passer la procession du Saint Sacrement que Mgr l'Evêque leur a permis de faire le jour de la fête de Saint Jean-Bapiste, Vu l'ordonnance portant lad. permission en datte du 20 du présent mois de juin, signée de M. Darblade, grand vicaire, et la lettre par lui écritte ce jourd'huy au sieur curé de Pau par laquelle il permet que la procession qui se fera demain fasse une station dans l'église paroissiale, lesd. pièces jointes au placet porté sur le bureau par les Commissaires de la Congrégation,

« Messieurs les officiers municipaux enjoignent à tous les habitants qui ont mis des embarras dans les rües comme décombres, terraux, cailloutis, boisage ou autres choses, de les enlever jusqu'à demain à midy au plus tard, à faute de quoy ils le seront à leurs dépens immédiatement après par les soins des Gens du Guet, comme aussi les particuliers qui font bâtir le long de la rüe des Pénitens (2), Grande Rüe, auprès du Palais (3) et jusqu'au Collège passant par la rüe de Nay (4), seront tenus de faire ranger les matériaux de façon que le passage n'en soit point gêné d'aucune manière pour la procession qui se fera demain 24 du courant par la Congrégation des Bourgeois et Artisans de la présente ville ; il est également ordonné aux propriétaires ou locataires qui occupent les maisons qui bordent les Rües et Places de faire balayer chacun de son côté depuis le milieu de la Rüe et de décorer le devant des maisons avec des tapisseries ou des linseuls sans qu'il leur soit loisible d'y mettre sous aucun prétexte des branches d'arbres ni autre chose qui puisse embarrasser, le tout à peine de vingt livres contre chaque contrevenant payables par la voye de la police. Enjoignent aux gens du guet et valets de ville de tenir exactement la main à l'exécution de la présente qui sera lûe et publiée à son de trompe, bruit de tambour et cry public par tous les cantons et lieux accoutumés de la ville et exécuté non-obstant oppositions, réformations, ou appellations quelconques et néan-

---

(1) *Ibid.* Observations sur la fondation et le rétablissement de la Congrégation, p. 64.

(2) La rue des Pénitents, aujourd'hui rue des Arts, tirait son nom de la chapelle des Pénitents Bleus qui existait dans cette rue.

(3) C'était l'ancien Palais de Justice, à côté de la vieille église Saint-Martin.

(4) C'est la rue du Lycée actuelle. (Voir LACAZE. *Recherches sur la ville de Pau.*)

moins sans y préjudicier s'agissant d'un fait de police. — Lardoeyt, lieutenant de maire. » (1).

La même ordonnance se répète à peu près dans les mêmes termes, le 22 juin 1780, signée par le chevalier de Maucor, maire (2). On lit encore au 24 juin 1782 :

« ......Il est enjoint à tous les habitans propriétaires ou locataires des maisons qui bordent les Rües depuis le Collège jusqu'à la place de la Hale (3), la rüe de la Hale et la rüe de Nay depuis le Collège jusqu'à l'églize de Saint-Martin, de faire balayer, nettoyer et débarrasser lesd. rües chacun de son côté et de faire tendre des tapisseries ou linseuls devànt les maisons, chacun dans l'étendue de sa possession, à l'occasion de la procession du Saint Sacrement que les Congréganistes doivent faire ce jourd'huy vers cincq heures de relevée, et ce à peine de dix livres contre chaque contrevenant.... LACASSY, premier jurat » (4).

Ces arrêtés municipaux nous font connaître de quelle importance dans la ville étaient ces pieuses manifestations. Elles nous renseignent aussi sur l'itinéraire suivi par les Congréganistes. Ils sortaient du Collège, prenaient la rue des Pénitens, suivaient la Grande Rue, traversaient la place de la Halle et, après une station dans l'église Saint-Martin, ils revenaient dans leur chapelle par les rues des Capucins et de Nay (aujourd'hui rues Henri IV et du Lycée).

En route ils faisaient une station d'abord au couvent de la Foi (5) et, au retour, à Sainte-Ursule.

Nous trouvons ce dernier renseignement dans un livre de prières qui fut spécialement édité pour la Congrégation. En voici la description :

(1) *Archives communales de Pau*, FF. 29, f° 44.

(2) *Archives communales de Pau*, FF. 29, f° 60.

(3) C'est aujourd'hui la place Reine Marguerite. Elle s'appelait encore, il n'y a pas longtemps. place de la Vieille-Halle. Dans l'enceinte formée par les arceaux qu'on voit aujourd'hui et qui datent de 1751 se trouvait l'ancienne halle de Pau. .(Voir LACAZE. *Recherches sur la ville de Pau*, p. 183.)

(4) *Archives communales de Pau*, FF. 29, f° 114.

(5) Le couvent de la Foy, dit aussi de l'Union chrétienne, était bâti sur l'emplacement de l'ancienne résidence des Intendants de Béarn ; c'est ce bâtiment qui contenait les Archives départementales et qui a brûlé en novembre 1908. Ce couvent avait sa façade principale sur la Grande Rue (aujourd'hui rue Préfecture). — (Voir LACAZE, *op. cit.*, p. 80.)

HEURES ‖ A L'USAGE ‖ DE LA ‖ CONGRÉGATION ‖ DES ‖ BOURGEOIS
ET ARTISANS ‖ DE LA VILLE DE PAU ‖

A PAU ‖ *de l'Imprimerie de J. Vignancour* ‖ *Imprimeur du Roi et du Parlement* ‖ M.DCC.LXXXIV ‖ (1).

C'est un in-18 de 580 pages contenant l'Office de la Vierge, la Prière du matin et des Oraisons pour bien commencer la journée, des Prières pour la Confession et la Communion, les Messes et Vêpres des principales fêtes du Propre du Temps et du Propre des Saints, l'Office des Morts, les Psaumes de la Pénitence, les Litanies des Saints, l'*Exaudiat* ou prière pour le Roi, des Exercices pour l'Adoration du Saint Sacrement, les Prières de la recommandation de l'âme, la Prière du soir, un Hommage au Sacré-Cœur de Jésus, et enfin une « Prière des auteurs du livre à Jésus-Christ, pour enflâmer les cœurs des Confrères » (2).

> Seigneur bénissez cet Ouvrage,
> Qu'il touche le cœur des Lecteurs,
> Et qu'il ne souffre aucun dommage
> De l'indignité des Auteurs.

---

(1) L'inscription que porte le sceau de la Congrégation, dont nous donnons le fac-similé, semble confirmer ce que nous avons dit, au ch. I de la 1re période, sur le titre primitif de la Congrégation. Dans le principe, elle était formée des « Artisans » seulement ; les Bourgeois y furent admis ensuite. Car s'ils y avaient été primitivement, jamais dans l'inscription du sceau on ne leur aurait donné la seconde place.

(2) *Heures à l'usage de la Congrégation*, p. 573.

Prier, pratiquer la vertu,
Servir Dieu, selon lui vivre,
Sont les seuls objets, ô Jésus !
Qu'avons eu en faisant ce Livre.

Rendez, pour embraser nos âmes,
Ses caractères pleins de flammes ;
Qu'il éclaire en voyant le jour,
Il est tiré de votre école,
Remplissez-en chaque parole,
De l'onction de votre amour.

A la page 574 se trouve une gravure sur bois représentant l'Immaculée Conception, les pieds appuyés sur le croissant de la lune et s'élevant à travers les nuages, avec, autour de la tête, un nimbe de gloire formé de douze étoiles rayonnantes. A la page 580 et dernière, on voit une autre gravure sur bois où des rayons de gloire descendent sur la Vierge à genoux devant un prie-Dieu.

Après les Vêpres de Saint Jean-Baptiste se trouvent indiquées (p. 302) les *Hymnes que l'on chante pendant la Procession.* Premièrement jusqu'à la Foi : *Pange lingua* ; de la Foi à Saint-Martin : *Sacris solemniis* ; de Saint-Martin à Sainte-Ursule : *Verbum supernum* ; de Sainte-Ursule au Collège : *Te Deum.*

Les prières insérées dans ce Livre d'Heures nous prouvent que les exercices pieux étaient nombreux. D'ailleurs ici nous avons mieux que des conjectures. Voici une sorte de coutumier des pratiques de dévotion en usage parmi les Congréganistes :

SAINTES PRATIQUES

Des exercices de Dévotion que les habitans et bourgeois de Pau font dans leur Congrégation.

« Tous les Dimanches et Fêtes de l'année (excepté celles qui se rencontrent pendant les vacances de la Congrégation, qui commencent après la Nativité de Notre-Dame et finissent le premier Dimanche après la Toussaint exclusivement, excepté pareillement le jour de Saint-Martin, de Noël, de la Circoncision, la quinzaine de Pâques et le dimanche de la Pentecôte) (1) ils s'assemblent le

---

(1) Nous savons par là à quelles époques les vacances scolaires étaient données chez les Jésuites ; les grandes vacances en particulier duraient du 8 sep-

matin de bonne heure dans leur Chapelle, où après que quelques-uns se sont rendus, ils commencent par une lecture spirituelle jusqu'à ce que le plus grand nombre des Congrégationnaires soit arrivé.

« Alors ils font tous ensemble les actes de bon propos, quelques-uns les leur lisant, ou disant à haute voix ; ensuite sans discontinuation, ils récitent Matines et Laudes de l'Office de la Sainte Vierge, et aux jours de fête de la Sainte Vierge, ils y ajoutent Prime, Tierce, Sexte et None. Pour les troisièmes Dimanches, ils récitent l'Office des Morts. Cela s'entend pour ceux qui savent lire ; car les autres récitent pendant ce temps-là le Chapelet, de quoi on a soin de les avertir de temps en temps.

« L'Office étant fini, on leur dit la Messe. Au commencement on chante le *Veni Creator* pour se préparer à entendre l'exhortation ou explication de l'Evangile du jour, qui se fait après le premier Evangile. Pendant le reste de la Messe on chante des Hymnes ou Antiennes convenables au temps de l'année. Si quelques-uns veulent communier, on lit à haute voix les actes avant et après la Communion, ou on chante le *Pange lingua* ou autre Hymne semblable, afin de mieux animer leur zèle et soutenir leur piété dans une action de cette importance. Après la Messe on récite les Litanies de la Sainte Vierge en répondant au Père Directeur qui les dit, après lesquelles l'Oraison accoutumée étant dite, ils récitent à genoux un *Pater* et *Ave* pour leurs malades, tantôt pour autre chose, selon que le Père Directeur les avertit : après quoi ils se retirent.

« Ils ont accoutumé de communier une fois tous les mois ; et on met des Officiers qui veillent sur cela, afin que si quelqu'un vient à y manquer, on l'en avertisse.

« A toutes les Fêtes de Notre-Dame, on s'assemble à sept heures du matin ; on récite l'Office entier de la Sainte Vierge. Pendant ce temps on dit une Messe où l'on consacre une grande Hostie ; après la Messe, on expose le Saint-Sacrement : la Grande Messe est solennellement chantée ; il y a Communion générale. Dans l'intervalle de la Grande Messe et de Vêpres, des Congréganistes désignés par le Préfet et les Assistans, ont soin de se rendre devant le Saint-Sacrement. A deux heures, on chante Vêpres, après lesquelles on porte le Saint-Sacrement en procession à l'Eglise du Collège, et on y donne la bénédiction.

« Le jour de la Conception, ils célèbrent cette Fête, ayant le Saint-Sacrement exposé tout le jour, et ayant soin hors le temps de l'assemblée, de s'y rendre tour à tour, pour faire leur adora-

---

tembre aux premiers jours de novembre. La fête patronale de Pau, Noël, le premier de l'an, la quinzaine de Pâques et le dimanche de Pentecôte étaient aussi des jours de grand congé.

tion ; ensorte que le Saint-Sacrement ne reste jamais seul ; il doit en être de même le jour de saint Jean-Baptiste.

« Pour les fêtes de Noël ou celles de la Pentecôte, au choix du Sr curé de Pau, les Congréganistes se rendront dans l'Eglise Paroissiale pour y assister aux exercices de la retraite.

« Le troisième dimanche de janvier, ils célèbrent l'Anniversaire de l'Institution de leur Congrégation, en renouvellant tous leur promesse, le flambeau à la main, et cela de trois en trois, ou de quatre en quatre ; après cela ils communient tous généralement.(1)

« Tous les Lundis qui suivent les troisièmes Dimanches de chaque mois, ils s'assemblent le matin pour entendre la Messe qu'on dit pour les Confrères défunts, et ces assemblées se passent ainsi : ils commencent par quelque lecture spirituelle capable de les exciter à prier pour les Trépassés; ensuite ils récitent l'Office des Morts à la manière ordinaire, lequel étant fini, on commence la Messe, pendant laquelle ils chantent le *Dies iræ, dies illa*, etc., et pendant que le Prêtre finit, c'est-à-dire, d'abord après la Communion, ils chantent le *De profundis*, etc., afin que le Prêtre, sans se retirer de l'Autel, après que le *De Profundis* est fini, se tournant vers le milieu de la Chapelle, où on a soin de mettre une bière avec deux chandeliers de chaque côté, et ayant un aspersoir et de l'eau bénite, fasse les cérémonies de l'Eglise, accoutumées en ces sortes de service : cela étant fait, on se retire.

« Lorsque quelqu'un de la Confrérie est décédé, les Confrères, précédés de la Croix portée par l'un d'eux, assistent processionnellement, chacun un cierge à la main, à son enterrement, et le lendemain, ils se conduiront de la même manière que les Lundis dont on vient de parler, et on dira pour l'âme du défunt le Chapelet durant huit jours, ou le *De profundis* durant un mois.

« Quand quelqu'un des Congrégationnaires est dangereusement malade, ils ont soin de l'avertir de recevoir les Sacrements, et ils s'assemblent trois jours de suite le matin dans leur Chapelle, où ils récitent le Chapelet et entendent la Messe, pendant laquelle ils chantent le *Miserere* pour lui obtenir la santé, ou si Dieu ne le juge pas à propos, pour lui obtenir une bonne mort.

« Chaque Dimanche de l'année pendant la Messe, on fait une quête dont le produit est appliqué au soulagement des Pauvres : et comme l'esprit d'orgueil peut glisser jusques dans les actions les plus pieuses en apparence, les Congréganistes ne peuvent trop s'appliquer à exclure de leurs bonnes œuvres tout ce qui ressent l'ostentation et peut inspirer la vanité. Instruits par Jésus-Christ

---

(1) Les conseillers du Parlement, chargés du *Compte-Rendu sur l'Institut des Jésuites,* citent cet article absolument dans les mêmes termes, ce qui prouve que toutes les *saintes pratiques* dont il est ici question étaient en usage sous les Jésuites et que la rédaction de ces Coutumes avait été faite avant l'expulsion de 1763.

même, du pieux secret de la charité, ils doivent éviter tout éclat; et persuadés que les premiers secours doivent tomber par préférence dans le sein de leur confraternité, c'est là qu'ils doivent les répandre. Des Congréganistes préposés s'informent donc religieusement de la situation et des besoins des Frères indigents ; et après avoir conféré avec le Père Directeur, le Préfet et les Officiers, on partage dans une juste proportion les fonds destinés à cette fin ; et sur l'argent des réceptions, on conserve fidèlement un fonds qui puisse servir de ressource prompte dans les accidens imprévus.

« Le jour de la Purification de la Sainte Vierge, on fait bénir autant de cierges qu'il y a de Congréganistes, et on donne à chacun le sien, qu'il tient allumé pendant la Messe jusqu'à la communion : il doit servir pour la Procession qui se fait le soir à l'Eglise du Collège.

« Le dernier Dimanche de chaque mois, on donne les Sentences (1), ou les Saints du mois suivant ; ensuite on dit les Litanies des Saints, et ce jour là, on ne fait point d'exhortation.

« Outre qu'ils assistent à la Messe de Paroisse les Fêtes et les Dimanche, ils vont communier souvent durant l'année de la main de leur Pasteur.

Le Jeudi-Saint dans l'après dîné, ils s'assemblent de bonne heure dans la Chapelle, où après qu'on a amassé les aumônes que chacun veut faire, on va visiter les Eglises. Deux Confrères ont soin de distribuer aux Pauvres qui se rencontrent sur le chemin et aux portes des Eglises, ce qu'ils ont reçu pour cela.

« Ils vont aussi en corps à la Procession générale le jour de la Fête-Dieu, ayant derrière eux quelques Prêtres, s'ils se peut, qui les conduise, dont l'un portera la Statue de la Vierge, et afin qu'ils le fassent avec plus d'édification, on tâche de les faire communier ce jour-là à leur assemblée qu'ils font le matin de bonne heure. »

Tous ces pieux exercices n'étaient pas une nouveauté dans la Congrégation. Ils avaient dû être mis en honneur par les Jésuites ; ils sont bien d'ailleurs dans l'esprit qui animaient

---

(1) S. François de Borgia, qui fut le troisième général de la Compagnie de Jésus (1565-1572), introduisit dans les Congrégations de la Sainte Vierge, dont il fut un zélé promoteur, un usage qu'il tenait de sa famille et qu'il avait réussi à établir à la cour du roi de Portugal. — Au commencement de chaque mois, dans une réunion, on mettait dans une boîte des billets, contenant des *sentences*, et indiquant une vertu spéciale à pratiquer, à l'imitation de tel saint ; chaque congréganiste prenait au hasard une de ces sentences et s'engageait à pratiquer pendant le mois suivant la vertu qui s'y trouvait indiqué. Cette pieuse industrie se propagea dans la plupart des Congrégations de la Sainte Vierge. (Voir P. DELPLACE, *op. cit.*, p. 15). — Dans la Congrégation de Pau, cette pratique était en honneur et les confrères devaient y tenir, car nous verrons plus loin, dans une délibération de 1779, qu'être privé de ces sentences était considéré comme une punition pour certaines infractions aux règlements.

les Congrégations de la Vierge fondées par la Compagnie de Jésus.

Sous la nouvelle direction des Bénédictins, les Congréganistes voulurent montrer autant, sinon plus même, de ferveur qu'autrefois. Ils ne se contentèrent pas des nombreux privilèges spirituels auxquels leur donnait droit la première affiliation à la *Prima Primaria*. Ils sollicitèrent du Pape Pie VII diverses indulgences plénières et partielles. Elles leur furent accordées à Rome les 4 et 9 juin 1779 ; certaines de ces Indulgences étaient données à perpétuité et d'autres pour l'espace de sept ans seulement. Après requête à Monseigneur l'évêque dans le but de faire approuver ces concessions d'indulgences, une ordonnance des vicaires-généraux du 4 août 1779 permettait de les publier « dans la chapelle des Bourgeois et Artisans ».

Avant de terminer ce chapitre des exercices de piété accomplis par les Congréganistes, il nous faut dire un mot d'une cérémonie dont il pourrait paraître étrange qu'on ne parle qu'en finissant, étant donné surtout que c'était le premier devoir que remplissait tout Congréganiste en rentrant dans la Société : je veux parler de la réception (1) et de l'acte de Consécration à la Sainte Vierge.

Le postulant se rendait avec « deux préfets des Probationnaires le long du balustre, sur le devant de l'autel ». Avant de commencer la messe le R.P. Directeur entonnait le *Veni Creator* que tout le monde poursuivait en chœur. Après l'élévation, le confrère reçu lisait à haute voix l'Acte de Consécration à la Sainte Vierge. Il serait trop long de reproduire cette formule de consécration en entier, mais cependant il y a un passage curieux à signaler. « Je fais un ferme propos d'honorer votre Conception Immaculée, et de ne permettre jamais qu'aucun de ceux qui dépendront de moi fasse rien contre votre honneur » (2).

---

(1) *Statuts et Règlemens de la Congregation* (édition de 1784). p. 57. Règles générales sur la manière avec laquelle chaque confrère doit agir le jour de sa réception.

(2) Il est intéressant de noter ces termes qui sont une protestation contre les insultes faites à la Mère de Dieu par les hérétiques. On trouve cette même formule dans le premier Manuel qui ait été édité, en 1576, pour l'usage des Congrégations, par le P. COSTERUS et qui est connu sous le titre de *Libellus Sodalitatis Beatæ Mariæ Virginis* ; ce P. Costerus, professeur à Cologne et dans divers collèges de Belgique, fut un prédicateur redouté des hérétiques et un

Après la messe, le Directeur entonnait le *Te Deum* et le chœur répondait. Ensuite le confrère reçu embrassait le Directeur et le préfet ; son nom était inscrit sur le registre et le grand catalogue.

---

ardent propagateur des Sodalités de la Sainte Vierge. (Voir DELPLACE. *Histoire des Congrégations de la Sainte Vierge*. p. 21 et sq.) Le protestantisme, ayant pris racine en Béarn autant que dans ces pays du Nord, il n'est pas étonnant que la formule de l'acte de consécration usité dans la Congrégation de Pau renferme une allusion aussi manifeste aux erreurs protestantes touchant le culte et la dévotion à Marie.

CHAPITRE III

STATUTS ET RÈGLEMENTS DE LA CONGRÉGATION

Anciens et nouveaux Statuts. — Édition de 1784. — Sommaire. —
Règles et Coutumes de la Congrégation. — Règles du Préfet.
— Règles des Assistants. — Règles du Secrétaire. — Règles
des Douze Consulteurs. — Manière d'élire le Préfet et les
Assistants de la Congrégation. — Manière de recevoir les Con-
frères en Congrégation. — Règles des Préfets des Proba-
tionnaires. — Règles des Sacristains. — Règles des Choristes.
Règles des Portiers ; des Lecteurs ; des Visiteurs des Mala-
des ; du Préfet des Bonnes-Œuvres ; des Dépositaires. —
Délibération de 1779 sur les Annuels et autres dispositions.
— La Congrégation n'admettait pas les Confréresses.

Les Statuts qui furent présentés à l'Evêque de Lescar en
mars 1779 et imprimés par Desbarats devaient être identiques
à ceux que les Jésuites avaient donnés à la Congrégation.
L'ordonnance épiscopale rétablissant la Société demandait
qu'on présentât les « anciens Statuts et Règlemens ». On dut
les présenter tels quels et l'évêque les approuva sans les modi-
fier. D'ailleurs on peut faire la preuve, partiellement du
moins, que les articles des Statuts de 1779 sont copiés sur les
anciens, en les rapprochant des appréciations que le fameux

compte-rendu de Belloc et de Mosqueros porte sur les *Règles et Coutumes de la Congrégation des Habitans de Pau* ; ces conseillers du Parlement avaient sous les yeux les Statuts d'avant 1663. Nous noterons ces rapprochements au fur et à mesure. Enfin, on trouve dans le corps même des Statuts de 1779 des renvois fréquents à des délibérations antérieures à la suppression des Jésuites. La nouvelle Congrégation se considérait absolument comme la continuation de l'ancienne et l'on peut conclure que les nouveaux règlements sont bien la reproduction littérale des règles premières.

Nous n'avons pas l'édition des Statuts publiée par l'imprimeur Desbarats en 1779. Celle que nous possédons est de 1784. En voici la description et le contenu :

STATUTS ‖ ET RÉGLEMENS ‖ DE LA ‖ CONGRÉGATION ‖ DES ‖ BOURGEOIS ET ARTISANS ‖ DE LA VILLE DE PAU ‖ (Sceau de la Congrégation). ‖ A PAU ‖ *de l'imprimerie de J. P. Vignancour imprimeur du Roi et du Parlement* ‖ M.DCC.LXXXIV. ‖ (in-18 de III-64 pages). Au revers du titre gravure sur bois représentant l'Assomption de la Sainte Vierge avec cette invocation : *Refugium peccatorum, ora pro nobis* (1).

Table des Réglements, pages I et II :

_____

(1) Une édition de ces Statuts a été réimprimée chez Vignancour en 1856. Elle est absolument identique à celle de 1784.

Voici le texte des Statuts :

STATUTS

DE LA

CONGRÉGATION

DES

BOURGEOIS ET ARTISANS

DE LA VILLE DE PAU

Rétablie au Collège royal de ladite ville, par Monseigneur Marc-Antoine de Noé, évêque de Lescar, sous la direction des RR. PP. Bénédictins de la Congrégation de Saint-Maur.

Règles et Coutumes de la Congrégation.

I. Ceux qui voudront porter la qualité d'enfant de la Ste Vierge, doivent faire une profession publique et particulière de la servir, et se faire honneur de pratiquer les maximes de Jésus Christ son Fils.

II. Comme l'obligation qu'ils contractent en entrant dans la Congrégation, sera d'un grand mérite pour l'autre vie, et une source de bénédictions pour celle-ci, surtout à l'heure de la mort, ils doivent aussi s'acquitter le plus exactement qu'ils pourront, de tous les devoirs que cette profession de vie exige d'eux.

III. Leur manière d'agir en toutes choses doit être humble, modeste, réglée et exemplaire ; de sorte qu'on puisse facil. nent les distinguer par cet endroit, de tous les autres qui ne sont pas de la Congrégation.

IV. Comme ils font gloire d'être enfans de la Sainte Vierge, qui est la Reine des Anges, ils doivent mener une vie toute angélique; il faut donc qu'ils appliquent tous leurs soins pour conserver leur corps et leur âme dans cet état de pureté, qui seule peut les rendre dignes des bontés de leur Bienheureuse Mère.

V. Les moyens dont ils doivent se servir pour conserver cette pureté, sont la fuite des mauvaises compagnies, la fréquentation des Sacremens, la lecture des livres de dévotion, le recours fréquent à la Sainte Vierge et la mortification des sens.

VI. Il faut avoir soin d'éviter la compagnie des libertins, des débauchés, des fainéans, et des personnes du sexe, autant qu'il est possible, et de fuir toutes les occasions où il y aurait quelque danger d'offenser Dieu.

VII. Tous doivent se confesser et communier, non seulement aux Fêtes de Notre Seigneur et de la Sainte Vierge, mais encore plus souvent ; surtout lorsqu'il y a indulgence ; et qu'ils prennent bien garde de ne pas se priver de ce trésor, qu'ils peuvent gagner facilement, et qu'ils voudraient avoir acheté bien cher à l'heure de la mort.

VIII. Qu'ils se souviennent de communier du moins une fois chaque mois ; et qu'ils ne se dispensent pas de la Communion générale aux jours qu'on la fait : qu'ils sachent que comme ils font une action de grande utilité pour eux, et de grande édification pour le public, ce serait une chose de très mauvais exemple, s'ils se privaient sans sujet d'un avantage si considérable.

IX. Ils doivent chaque jour assister à la Messe et y donner bon exemple par leur piété et leur modestie ; il serait à souhaiter qu'ils n'omissent jamais d'y faire la Communion spirituelle.

X. Revenus à leur travail, ils doivent s'y livrer avec autant de religion que d'exactitude, tellement retenir leurs yeux qu'ils ne les portent jamais sur des objets qui pourraient leur inspirer de mauvaises pensées ; toujours tellement régler leur langage dans la crainte de Dieu, qu'ils s'interdisent tous propos qui peuvent blesser la Religion ou la charité, et tâcher de mortifier tous leurs sens qui sont autant d'ennemis de leur salut.

. XI. Ils doivent tous avoir soin de lire tous les jours quelque livre de dévotion comme le nouveau Testament, la Vie des Saints l'Imitation de Jésus-Christ : ceux qui ne savent pas lire diront le Chapelet.

XII. Qu'ils prennent garde de n'omettre jamais la Prière du matin et la Prière du soir ; et qu'ils s'accoutument à dire le plus souvent qu'ils pourront l'Office et le Chapelet de la Sainte Vierge, et de faire d'autres prières et dévotions qui pourront lui être agréables, pour obtenir par son intercession les grâces dont ils auront besoin.

XIII. On doit visiter avec charité tous les malades : non seulement les Officiers qui sont commis pour cet emploi, mais aussi le Préfet et les assistans doivent s'acquitter de ce devoir : si le malade est dans le besoin, les Commissaires en avertiront le Père Directeur qui conférera avec les Officiers sur tous les moyens de le secourir ; au premier indice de danger ils préviendront son Confesseur, et ils ne négligeront rien des devoirs que la Religion prescrit dans cette douloureuse circonstance.

XIV. A la mort d'un Congréganiste, on doit dire au plutôt dans la Chapelle, l'Office et la Messe des Morts, assister à la Sépulture, et chacun doit réciter tous les jours pendant un mois le *De Profundis*, pour le repos de son âme ; on se souviendra aussi de faire dire tous les mois dans la Chapelle une Messe des Morts pour ceux qui seront décédés.

XV. Tous doivent être fort assidus à se trouver à bonne heure aux assemblées qui se font en la Chapelle ordinaire, et si quelqu'un ne peut assister à ces Exercices, il doit en apporter l'excuse au Père Directeur ou au Préfet de la Congrégation.

XVI. Que tous se souviennent de marquer leur nom au Catalogue, lorsqu'ils viennent à la Congrégation, et de n'y affecter aucun rang particulier, excepté, le Préfet, les Assistans et les autres Officiers dont les places sont marquées. Que chacun donne bon exemple par sa modestie, soit en entrant, soit pendant tout le temps qu'il demeure dans la chapelle, et qu'il reçoive avec humilité les Pénitences qu'on lui donnera pour les fautes qu'il y aura faites.

XVII. On ne doit souffrir aucun scandale ; et il faut effacer du Catalogue, et déclarer exclus de la Congrégation ceux qui s'absenteront quatre fois sans sujet, ou qui donneront mauvais exemple aux autres.

XVIII. Il faut que tous contribuent aux petits frais qu'on est obligé de faire pour entretenir la Congrégation ; et si quelqu'un s'en dispensait sans raison, ce serait une marque qu'il voudrait se priver de tous les privilèges qui sont accordés à ceux qui composent cette sainte assemblée.

XIX. Ceux qui demanderont d'entrer en Congrégation, s'adresseront au Père Directeur et au Préfet, qui, après un examen, rendu par les Commissaires, de leurs dispositions, de leurs vie et mœurs, les présenteront à l'assemblée, afin qu'ils soient admis au temps de leur probation qui doit durer trois mois, à moins que le Père Directeur, le Préfet et les Officiers n'en jugent autrement pour de bonnes raisons.

XX. Pour être reçu dans la Congrégation, il faut l'avoir fréquentée l'espace de trois mois ou environ ; et pendant ce temps là, on se tient à un lieu séparé des autres dans la Chapelle : on

apprend les règles, les coutumes et les pratiques de la Congrégation, et on fait une confession générvale après la réception (1).

XXI. Les réceptions doivent se faire autant qu'on peut les jours
de grandes Fêtes à la fin de la Messe. Celui qui doit être reçu
étant à genoux au pied de l'Autel, un cierge à la main, sur le
point de communier, prononce à haute voix l'Oraison (2) pour se
consacrer au service de la Sainte Vierge, reçoit ensuite le Corps
de Notre Seigneur ; et après la Messe, le Père Directeur, le Préfet
et les Assistans l'embrassent. On dit le *Te Deum* en actions de
grâces, et le Secrétaire a soin de prendre son nom, pour l'inscrire
au Catalogue

XXII. Outre le Père Directeur, il y a un premier Officier qu'on
nomme Préfet et deux Assistans qui doivent aider le Directeur
dans le gouvernement de la Congrégation. Il y a ensuite un Secrétaire, un Dépositaire, douze Conseillers, deux Instructeurs de
ceux qui demandent d'être reçus, plusieurs Visiteurs des malades,
des Sacristains, des Choristes, des Lecteurs, des Mandes et des
Portiers.

XXIII. L'élection de tous ces Officiers doit se faire le jour de
l'Ascension de chaque année seulement, suivant la délibération
prise le 12 novembre 1741 : et toutes les fois qu'on crée de nouveau
les Officiers, on doit lire publiquement ces règles pour en renouveler la mémoire.

XXIV. Les assemblées particulières doivent être composées seulement du Père Directeur, du Préfet, des Assistans, d'un Secrétaire et des douze Conseillers (3). On y propose ceux qu'on juge
dignes d'être les premiers Officiers : et c'est ensuite à toute la
Congrégation assemblée, de déterminer par scrutin et à la pluralité des voix, le Préfet et les Assistans. Pour les autres Officiers,
ils sont élus en particulier par le Père Directeur, le Préfet et les
deux Assistans.

Règles du Préfet de la Congrégation

I. Comme le Préfet est au-dessus des autres à raison de sa
charge qui lui donne le premier rang après le Père Directeur,
aussi doit-il tâcher de son côté de les surpasser tous en vertu, et
leur donner l'exemple d'une bonne vie, par lequel ils soient plus
excités à l'honorer et le respecter, que par la considération de sa

---

(1) Cet article se trouve littéralement dans le *Compte-rendu de l'Institut des
Jésuites*, par DE BELLOC et DE MOSQUEROS ; la dernière remarque est seule modifiée : le *Compte-rendu* parle d'une « confession générale au confesseur à ce
député par le Recteur », et ici cette clause n'est pas mentionnée.

(2) Le *Compte-Rendu* parle de « promesses dont nous ne voyons pas la formule ». C'était tout simplement un *Acte de Consécration* à la Vierge.

(3) On appelait cette assemblée la *Consulte*.

dignité. C'est pourquoi il doit exactement garder non seulement les règles de son Office, mais aussi celles qui sont communes à tous, et principalement celle qui concerne le fréquent usage des Sacremens, se confessant et communiant plus souvent que les autres ; et s'appliquer à procurer l'avancement de la Congrégation dans la vertu et dans la perfection chrétienne, plus par ses exemples que par ses paroles.

II. Il se trouvera toujours en la Chapelle aux Fêtes ordinaires, et pourvoira à tout ce qui regarde les Exercices spirituels accoutumés, en son absence le premier ou second Assistant fera sa fonction.

III. Quoiqu'il soit Supérieur de la Congrégation, il se souviendra qu'il est subordonné au Père Directeur, duquel il doit toujours prendre la manière de traiter les affaires ; il ne fera rien à son insçu et sans son consentement, afin qu'on agisse dans la Congrégation avec plus de prudence, et toujours à la plus grande gloire de Dieu (1).

IV. Il aura un soin particulier de tous et connaîtra leur vie et mœurs ; s'il sait quelque faute de quelqu'un des Confrères, il en avertira le Père Directeur, afin que par son conseil, il y puisse remédier avec charité et prudence. C'est aussi à lui de prendre garde aux absens, de savoir les raisons de leur absence, et de communiquer avec le Père Directeur pour ce qui regarde les Pénitences qui se donnent.

V. Il aura soin que les règles soient dans la Chapelle en un tableau (2) et qu'on les lise toutes les fois qu'il faudra faire l'élection d'un nouveau Préfet, et des autres Officiers. Il aura soin que les noms de ceux qui viennent à la Congrégation, y soient écrits dans un autre tableau près la porte.

VI. Au changement des Officiers, il verra les comptes du Receveur et les signera en présence des Assistans, avertissant le Père Directeur de tout ce qui aura été dépensé : il ne permettra pas qu'on fasse aucune dépense un peu considérable, sans le su et le consentement dudit Père Directeur et des Officiers ; il sera présent toutes les fois que le Receveur mettra de l'argent dans le coffre, ou qu'il en tirera, à moins qu'il ne convienne autrement avec le même Père Directeur et les Officiers.

VII. Il aura soin qu'il y ait tous les mois une assemblée de ceux qui ont droit d'y entrer ; le Père Directeur sera prié de s'y trou-

(1) Une preuve de plus qu'on a peu modifié les Statuts anciens c'est que la devise de la Compagnie de Jésus a été laissée dans cet article concernant les rapports entre le Préfet et le P. Directeur.

(2) C'est ce tableau que les commissaires chargés d'enquêter contre les Jésuites trouvèrent à la sacristie de la Congrégation et que les conseillers de Belloc et de Mosqueros citent sous le titre de *Sommaire des règles communes de la Congrégation.*

ver aussi. Il ne pourra recevoir personne en la Congrégation, ni en exclure ceux qui y ont été reçus, sans l'agrément du Père Directeur et de l'Assemblée particulière auxquels il en référera.

VIII. S'il connaît que quelqu'un des Confrères donne mauvais exemple, ou leur soit occasion de scandale et qu'on ne puisse pas corriger (ensorte que la réputation et l'honneur de la Congrégation y soit intéressé) ou qu'il ne vive pas conformément aux règles, il l'avertira et le fera aussi avertir charitablement par d'autres. Que si pour cela il ne se corrige pas, premièrement, il communiquera de cette affaire avec le Père Directeur : puis si le Père le trouve bon, il traitera avec les Conseillers de ce qu'il y aura à statuer à ce sujet ; et s'il leur semble qu'il faille l'exclure, le Préfet en déclarera les motifs à toute la Congrégation, en lui exposant en général les raisons, et ainsi le fera effacer du Catalogue des Confrères.

Quoique ce soit là la manière ordinaire de bannir quelqu'un de la Congrégation, néanmoins le Père Directeur aura toujours, en des choses d'importance, plein pouvoir de renvoyer ceux qu'il jugera convenable d'exclure selon Dieu (1).

Quant aux négligens qui s'absentent souvent de la Congrégation, après avoir été suffisamment avertis, il suffira de les effacer du Catalogue, après avoir pris l'avis de la consulte.

Règles des Assistans.

I. La principale obligation des Assistans sera d'aider par leurs conseils et par leurs services le Préfet à s'acquitter de sa charge. C'est pourquoi il faut qu'ils aient une grande union avec lui et qu'ils traitent souvent ensemble des affaires de la Congrégation. Ils tâcheront aussi de profiter aux autres, non pas tant par leurs paroles, selon que leur charge leur permettra de leur parler, que par leur bon exemple, gardant exactement non seulement leurs règles particulières, mais aussi les communes, principalement celle qui concerne la fréquentation des Sacremens.

II. Ils auront soin de pourvoir aux choses nécessaires pour les solennités qu'il faudra faire en la Congrégation, selon la coutume et la diversité du temps, délibérant de tout ce qu'il y aura à faire avec le Père Directeur et le Préfet ; et suivant leur conseil et leur avis, tant en cela qu'en toutes les autres choses qui regardent la Congrégation.

III. Ils doivent avoir soin d'assister à toutes les assemblées, tant particulières que publiques ; et quand le Préfet ne s'y trou-

(1) Le *Compte-Rendu* dit : « Le Directeur aura néanmoins en des choses importantes, plein pouvoir de chasser ceux qu'il croira devoir l'être selon Dieu. » Les termes sont identiques.

vera pas, le premier Assistant tiendra sa place, et au défaut de tous deux, le second Assistant. Outre cela, quand il faudra voir et arrêter les comptes des mises et des recettes, ou faire l'inventaire des meubles et autres choses semblables à la sortie des anciens Officiers, ils tâcheront d'y assister, afin qu'ils puissent ensuite mettre entre les mains des nouveaux Officiers les choses de la Congrégation, dont ils auront eu le soin.

Règles du Secrétaire.

I. Le Secrétaire de la Congrégation assistera à toutes les Assemblées soit publiques, soit particulières, et écrira dans un livre destiné à cela les choses les plus importantes, montrant toutefois auparavant au Père Directeur et au Préfet, les copies de ce qu'il faudra écrire. Il gardera avec soin les écritures et autres choses de son office, les tenant en bon ordre, propres et fermées à clef. Il tiendra aussi secret ce qui le demande, de telle sorte, qu'il ne parle, ni ne donne aucune connaissance de ce qui aura été arrêté, ou se devra faire, ni ne communiquera aucune écriture sans ordre exprès du Père Directeur, ou du Préfet de la Congrégation.

II. Il tiendra toutes les choses nécessaires à sa charge ainsi disposées, et les conservera tellement en bon ordre, qu'en sortant d'office, il les puisse mettre entre les mains de son successeur, avec un Catalogue de tout ce qu'il a administré, et une instruction de tout ce qui lui reste à faire.

III. Il aura un Substitut (1) qui lui aidera à écrire, et en son absence pourra faire sa charge ; il aura l'attention de veiller à ce que tout soit correct et nettement écrit. Néanmoins le Substitut ne se trouvera point ordinairement aux consultes, si le Père Directeur et le Préfet ne le jugent autrement pour quelque raison.

IV. Il doit avoir soin qu'il y ait en la Congrégation un tableau attaché où soient écrits par ordre les noms des Confrères, comme aussi la Bulle d'érection, les règles et tout le reste, selon que le Père Directeur et le Préfet le lui ordonneront.

Règles des douze Consulteurs

I. Leur charge sera d'aider le Préfet dans les consultes et au gouvernement de la Congrégation. C'est pourquoi il faudra qu'ils soient, autant qu'on pourra des plus anciens et des plus vertueux, afin que par leurs exemples et par leurs conseils, ils puissent avancer la Congrégation dans le chemin de la vertu et dans le service de Dieu.

II. Les Assemblées, soit générales, soit particulières, sont cen-

(1) On renvoie ici à une délibération du 11 juillet 1760.

sécs légitimes quand plus de la moitié de ceux qui ... doivent composer s'y trouvent. Il est nécessaire que tous tiennent secret ce qui aura été agité dans les consultes, principalement quand ils en seront avertis, ou que la chose de soi le demandera : ce sera au Préfet à veiller à ce que cela s'observe exactement.

Manière d'élire le Préfet et les Assistans de la Congrégation.

Le Préfet s'élira une fois l'année, conformément à la délibération du 12 novembre 1741 et en la manière suivante :

I. Le jour de la Fête de l'Ascension, avant la Messe, le Père Directeur, le Préfet, les deux Assistans, les Secrétaires, les douze Consulteurs et les Trésoriers s'assembleront dans la Sacristie et chacun d'eux fera un billet, à la réserve du Père, dans lequel il écrira les noms de neuf différens Confrères qu'il jugera entre tous les autres, être les plus capables de remplir les premières places de la Congrégation à l'exclusion de tous et un chacun de ceux qui composeront cette Assemblée, lesquels ne pourront être proposés pour remplir lesdites places.

II. Après la Messe, le Père Directeur annoncera à toute la Congrégation les noms des neuf Confrères que la consulte propose pour remplir ces places, afin que chacun des autres Confrères donne son suffrage à celui des neuf qu'il jugera plus propre pour remplir la charge de Préfet de la Congrégation ; après quoi les neuf proposés se retireront d'abord dans la Sacristie pour laisser toute liberté aux suffrages.

III. Après que les neuf proposés se seront retirés, chacun des Confrères à son rang, ira dire au Père Directeur, en présence des deux secrétaires celui des neuf à qui l'on donne son suffrage pour être Préfet ; le Père Directeur sur-le-champ marquera le nom de celui qui aura été nommé.

IV. Après cela, celui qui aura le plus de suffrages sera le Préfet ; celui des huit restans qui en aura eu le plus sera premier Assistant, et celui qui après eux en aura eu le plus sera le second Assistant.

V. Que s'il arrive qu'il y ait égalité des suffrages, soit dans l'assemblée particulière qui se tient avant la Messe pour choisir les neuf qui doivent être proposés à toute la Congrégation, soit dans l'assemblée générale qui se tient après la Messe pour élire un Préfet parmi les neuf proposés, alors il faudra recommencer les suffrages, mais on ne pourra les donner qu'à ceux qui se trouveront en avoir eu un nombre égal et continuer jusques à ce qu'un passe l'autre, ou les autres en suffrages jusques à la seconde fois. Que si à la seconde fois il y a encore partage dans l'assemblée générale, les Officiers qui auront proposé les neuf le lèveront ;

que si entre les électeurs, il y a partage, le R. P. Directeur le lèvera.

VI. Quelques jours après l'élection du Préfet et des Assistans, le Père Directeur, le nouveau Préfet et les deux Assistans s'assembleront pour faire les autres Officiers de la Congrégation ; ils mettront parmi les Consulteurs dont le nombre ne sera jamais que de douze, les six des neuf proposés à toute la Congrégation pour remplir les trois premières places, et qui n'auront pas été choisis par elle pour les remplir ; ensuite ils en prendront deux parmi les Officiers de l'année précédente avec le Préfet, qui sera le premier Consultant, et les autres trois seront pris du corps de la Congrégation.

Manière de recevoir les Confrères en congrégation.

I. Celui qui désire d'être reçu dans la Congrégation, doit s'adresser au Père Directeur et au Préfet, lesquels, s'ils jugent à propos, le présentent à l'assemblée des Consulteurs, afin qu'il soit reçu à venir à la Congrégation par manière de probation, doit durer pour l'ordinaire environ trois mois, à moins que le Père Directeur, le Préfet et les autres Officiers n'en jugent autrement, pour de bonnes raisons.

II. Durant le temps de la probation, il doit demeurer dans un lieu séparé des autres dans la Congrégation avec le Préfet des probationnaires qui doit l'instruire de l'institut, des règles de la Congrégation, des pratiques et des coutumes qui y sont en usage; ainsi qu'il a été dit cidessus, article 19 et suivans, des règles et coutumes de la Congrégation.

III. Avant qu'on présente quelqu'un publiquement à la Congrégation pour y être reçu, il faut que l'Assemblée des Consultans, avec le Préfet des probationnaires en décide à la pluralité des voix, si on ne doit point l'exclure entièrement, ou du moins si le temps de sa probation ne doit point lui être prolongé. Lors même que quelqu'un est admis par les suffrages de l'assemblée des Consulteurs, il est nécessaire de demander à toute la Congrégation assemblée, s'il y a des obstacles à la réception de ceux ou de celui qui se présente.

Règles des Préfets des Probationnaires.

I. Comme la perfection et le bon ordre de la Congrégation dépendent des sujets qu'on y reçoit, il est extrêmement important que les Préfets des probationnaires s'attachent à les connaître à fonds pour savoir s'ils ont les qualités nécessaires pour y être reçus, ou s'ils sont capables de devenir bons Congréganistes.

II. Il faut qu'ils en confèrent souvent avec le Père Directeur, le Préfet et les Assistans, avant de les proposer à toute la Congrégation pour les recevoir au nombre des Confrères.

III. Il faut qu'ils les instruisent de tous les devoirs et de toutes les pratiques de Congréganiste. Pour cela ils auront soin de savoir du Père Directeur l'ordre et la manière qu'ils doivent tenir en cela, et le temps qu'il faut y employer.

IV. Il faut qu'ils se tiennent avec eux dans la Chapelle, au lieu qui leur est marqué.

Règles des Sacristains (1).

I. Comme l'office des Sacristains est fort important, étant destinés d'une manière particulière pour le service de l'Autel, ils doivent se souvenir qu'ils sont obligés d'avoir plus de modestie, de dévotion, de zèle et de fréquenter les Sacremens plus souvent que les autres.

II. Ils doivent être dans le Sanctuaire aux deux côtés de l'Autel, et assez près pour prendre part à tout.

III. Ils tiendront l'Autel fort propre, et tout le reste de la Chapelle, qu'ils balaieront du moins une fois par semaine, Ils auront soin la veille des jours de l'assemblée de mettre toutes choses en état pour le lendemain.

IV. Ils seront deux pour servir la Messe, et avant qu'elle commence, ils sauront le nombre des Communions pour en avertir le Père Directeur

Règles des Choristes.

I. Les Choristes sont choisis par les Officiers, au nombre de dix ou douze, les plus capables de remplir cette fonction.

II. Ils sont subordonnés pour l'intonation, l'ordre du chant, et généralement pour ce qui concerne l'Office divin, à un Préfet qui sera à cette fin choisi par les Officiers ; et qui doit veiller avec exactitude, à ce que cette partie du Service divin soit faite avec édification.

III. Les Choristes doivent recevoir du Préfet la manière de se succéder entre eux pour le chant et la récitation de l'Office, auquel le Préfet présidera toujours, ou en son absence le premier Choriste désigné par les Officiers, et suivant l'ordre du tableau.

IV. Ils doivent être assidus et des premiers à se trouver à la Chapelle et éviter en tout la confusion.

V. Le Préfet doit veiller à ce que le Chœur ne soit occupé que par les Choristes.

---

(1) Ici les nouveaux Statuts ont apporté quelques modifications aux anciens. On a soin de le noter et de renvoyer à une délibération récente, du 12 novembre 1780.

Règles des Portiers.

I. Les Portiers auront soin de venir des premiers à la Congrégation les jours qu'on s'y assemblera, de se tenir près du Catalogue et de la porte.

II. Ils doivent prendre garde qu'on y entre sans faire du bruit; que chacun se marque au Catalogue, et que durant le temps qu'on sera à la Chapelle, tout se passe avec une modestie et une dévotion édifiante. Si quelqu'un manque en ce point, ils en avertiront le Père Directeur ou le Préfet.

III. Ils marqueront exactement les absens dans le livre destiné pour cela, selon l'ordre qu'ils en auront reçu du Père Directeur et du Préfet, afin qu'on en fasse publiquement la lecture en son temps, et qu'on distingue les plus fervens et les plus assidus.

IV. Ils fermeront la porte de la Congrégation à l'*Evangile* de la Messe, et ils ne laisseront sortir personne qu'à la fin de l'exhortation, et que tout ne soit fini, excepté ceux à qui le Père Directeur ou le Préfet le leur permettra pour quelque affaire pressante ; ce qui n'arrive que fort rarement.

V. Comme les probationnaires ont un lieu séparé des autres, c'est aux portiers à prendre garde qu'ils l'occupent, et qu'ils ne se mêlent point avec les autres qui sont déjà reçus au corps de la Congrégation.

Règles des Lecteurs.

I. Ils viendront de bonne heure à la Chapelle, puisque c'est par la lecture spirituelle que les Exercices de la Congrégation commencent pour l'ordinaire. Ils y ont aussi leur place marquée et ils doivent l'occuper.

II. Ils liront lentement, à voix haute, distincte, et de telle manière qu'on les entende dans toute la Chapelle.

III. Pour lire mieux et avec plus de facilité, chacun ne lira qu'un quart d'heure de suite, et ils sauront du Père Directeur ce qui doit être lû et combien de temps doit durer la lecture.

Règles des Visiteurs de Malades.

I. Le devoir des Visiteurs des malades est un office de charité, d'édification et de grand mérite devant Dieu. Dès que quelqu'un sera malade, ils l'iront voir, et en avertiront le Père Directeur et le Préfet : ils auront aussi soin de le visiter souvent durant sa maladie.

II. Ils feront souvenir le Père Directeur, toutes les fois qu'il y aura assemblée, de le recommander aux prières des Confrères ;

et au cas que le mal soit dangereux, ils feront en sorte que le malade reçoive les Sacrements sans attendre à l'extrémité.

Règles du Préfet des Bonnes-Œuvres.

I. Il doit tâcher de connaître les nécessités spirituelles et temporelles de tous les Confrères, et qu'il en avertisse en secret le Père Directeur et le Préfet, afin qu'on y remédie le mieux qu'on pourra.

II. Il doit être persuadé que son office est de très grande conséquence, qu'il y peut faire de grands biens, et empêcher de grands maux.

Règles des Dépositaires.

I. Ils auront soin d'amasser exactement au temps marqué, ce que les Confrères doivent contribuer pour les frais et pour les réparations de la Chapelle.

II. Il faut qu'ils aient chacun un catalogue, où ils marquent avec soin ce qu'ils reçoivent et qu'ils remettent l'argent au coffre, à mesure qu'ils l'amassent, en présence du Père Directeur, du Préfet et du Secrétaire ; ils en auront une clef.

Ce qui montre bien que dans le corps même des Statuts que nous venons de donner, on ajouta ou on supprima peu de chose, c'est que voulant établir certaines règles nouvelles, on ne les fondit pas avec le règlement ancien, — ce qui aurait été le plus simple, — mais on en fit l'objet d'une rédaction isolée qu'on trouve dans le texte de la délibération suivante :

DÉLIBÉRATION DU 16 MAI 1779

Portant règlement d'augmentation des Annuels et autres dispositions, en conformité des anciennes règles et usages de la Congrégation des Bourgeois et Artisans de la Ville de Pau, rétablie par Monseigneur Marc-Antoine de NOÉ, Évêque de Lescar, sous la direction des Religieux Bénédictins de la Congrégation de Saint-Maur.

Le 16 mai 1779, en assemblée de MM. les anciens et nouveaux Oficiers, il a été procédé à un examen général des anciennes règles de la Congrégation, et aux fins de leur exécution. Il a été conclu et arrêté d'une voix unanime qu'on procèderait à un Règlement nouveau, conformément à nos anciens usages, et de la manière qu'ils se pratiquaient ci-devant, pour iceux être exécutés suivant leur forme et teneur, ainsi qu'il s'en suit :

ARTICLE PREMIER

En conformité des délibérations des 17 février 1696, 29 juin et
3 juillet 1701, et autres de 1704, 1707 et 1711, chaque Confrère, le
jour qu'il sera reçu, donnera un cierge de demi livre de cire fine,
et six livres pour le droit de réception. Les fils des Confrères ne
paieront que trois livres de réception, pourvu toutefois qu'ils se
fassent recevoir pendant la vie de leur père, ou durant l'année
de leur décès. Ils donneront en outre le cierge de demi livre
stipulé.

Art. 2. Chaque Confrère à commencer ce jour, paiera vingt sols
d'annuel (1) et remettra ladite somme au Trésorier pendant les
Fêtes de Pentecôte de chaque année, ou au plus tard le Dimanche suivant.

Art. 3. Les Confrères qui auront été reçus depuis le rétablissement de la Congrégation, et ceux qui le seront pendant l'année,
seront tenus également de payer leur annuel, et de fournir aux
frais des réparations et autres dépenses de la Congrégation.

Art. 4. Les cierges neufs qu'on doit donner le jour de la Fête-
Dieu seront d'environ demi livre chacun.

Art. 5. Lorsque le dépositaire aura remis à MM. les Officiers
le rôle des annuels, s'il s'en trouve qui n'aient pas satisfait, il
sera nommé des Commissaires pour le recouvrement de ce qui
pourra être dû ; et en cas que quelqu'un refuse de payer, d'après
le rapport des Commissaires, ceux qui n'auront point payé au
temps fixé ci-dessus, seront tenus, depuis la Fête-Dieu, de payer
vingt-cinq sols d'annuel, en punition de leur négligence ; et ceux
qui refuseront de remplir à ce devoir, n'auront point de cierge
le jour de la Fête-Dieu, ni dans aucune autre occasion, seront
exclus de toute charge jusqu'à ce qu'ils aient satisfait aux articles
2 et 4 ci-dessus ; seront en outre lesdits réfractaires privés des
Sentences qui se donnent chaque mois, ainsi que du Drap Mortuaire lors de leur décès, et de l'assistance à leur enterrement.

Art. 6. Si cependant quelques Confrères se trouvent hors d'état
de payer leurs annuels, et dans une nécessité connue du R. P.
Directeur et de MM. les Officiers, ils seront tenus comme ayant
payé sur le registre du dépositaire, et ils jouiront des mêmes
droits que les autres Congréganistes (2).

Art. 7. Il sera remis aux portiers un Catalogue de tous les Con-

(1) Une délibération du 4 janvier 1784 fixa l'annuel à *quarante sols,* payable en
deux pacts.
(2) Dans les catalogues contenant les noms des congréganistes et le chiffre des
annuels, on trouve souvent à la colonne des observations : *gratis* ou *pro Deo.*
On trouve aussi une fois en face d'un nom cette mention qui prouve que les
trésoriers, même dans une Confrérie, jugent quelqu'un selon son assiduité à
payer la cotisation : *non valeur, néanmoins payé.*

frères, et qui sera destiné à marquer les présens. Les Portiers feront chaque mois le rôle des absens, avec la note de leurs absences, ils le remettront aux Préfets des bonnes œuvres, et ceux-ci auront de soin de s'informer des raisons des absens et d'en rendre compte tous les mois au R. P. Directeur et à MM. les Officiers.

Art. 8. S'il arrive qu'un Confrère s'absente quatre mois dans l'année sans aucun sujet légitime, et après avoir été averti par les Préfets des bonnes œuvres, d'après une délibération prise à ce sujet, il lui sera déclaré être exclu des exercices et rayé du tableau de la Congrégation : néanmoins ceux des Confrères qui, par état, sont éloignés de la Ville, ou que leurs obligations appellent à la campagne, et qui ont d'autres excuses légitimes, jouiront des Exercices à l'ordinaire, et seront tenus présens.

Art. 9. Pareillement si, à ce que Dieu ne plaise, quelques Congréganistes perdant l'esprit de leur profession, donnent mauvais exemple au dedans pendant les saints Exercices, ou du scandale au dehors par des ivrogneries, des désordres ou discussions indécentes, et si, ayant été avertis par les Préfets des bonnes œuvres, ils persévèrent, des Commissaires seront nommés pour informer de leurs mœurs, et s'ils sont reconnus coupables, d'après délibération prise à ce sujet, il leur sera déclaré être exclus des Exercices et rayés du tableau de la Congrégation.

Art. 10. En conformité des anciennes délibérations, et pour le maintien du bon esprit d'union et de charité entre les Congréganistes, autant que pour l'édification due au prochain, la Congrégation désire que les Confrères n'aient pas recours à la Justice séculière dans les différens qu'ils auront entr'eux, et qu'ils ne pourront terminer eux-mêmes, dans le cas où ils seraient obligés de plaider, ils communiqueront le sujet de leurs discussions à MM. les Officiers qui tâcheront de les concilier par eux-mêmes, ou par la voie des arbitres qu'on leur donnera, ou qu'ils prendront à leur choix ; si les arbitres ne peuvent les mettre d'accord, et que les affaires soient de trop grande conséquence, alors ils **pourront avoir recours à la Justice séculière** ; mais préalablement à tout, ils en donneront avis à l'assemblée de MM. les Officiers.

Art. 11. Considérant en outre que le Corps de la Congrégation devenant de jour en jour plus considérable par le nombre des Confrères qui le composent, il était de la prudence de former une assemblée d'Officiers, qui tous par leurs différentes fonctions puissent établir le bon ordre, le maintenir et fournir des lumières capables d'obvier à tout événement contraire, et considérant que les Préfets des bonnes œuvres, des Probationnaires, le Préfet de Chœur et celui de Sacristie, étaient plus que tous autres en état de donner des instructions sur les vie, mœurs et conduite des Congréganistes, il a été arrêté qu'ils seront joints aux dix-neuf Officiers et feront corps d'assemblée délibérative avec eux.

La lecture de ces Statuts et Règlements suggèrerait plus d'une réflexion. Nous ne voulons remarquer qu'une particularité qui donnait une physionomie originale à la Congrégation parmi les autres Sociétés analogues existant à Pau .

Toutes les Confréries, — Pénitents Bleus, Blancs, Gris ou Confrères de Saint-Jacques, — admettaient dans leur sein des Confréresses. Seule la Congrégation était spéciale aux hommes.

Il est remarquable que les premières sodalités organisées par les Jésuites furent exclusivement ouvertes aux étudiants des Collèges et aux hommes. Les premières Bulles des Papes accordées en leur faveur n'excluaient pas positivement les jeunes filles et les femmes du bienfait de ces associations, mais l'usage était de ne pas les admettre. Çà et là on avait tenté en vain une dérogation : les Généraux de la Compagnie avaient répondu d'ordinaire par un refus d'agrégation (1). Ce ne fut qu'en 1751 qu'un bref de Benoît XIV invita les femmes à s'affilier à la Congrégation. Mais les luttes pour l'existence que la Compagnie de Jésus soutenait en ce moment-là et, peu d'années après, l'interdiction des Congrégations en France ne permirent pas que cette nouvelle voie ouverte à l'extension des Congrégations produisît de grands effets. Il était réservé au XIXe siècle de voir les Congrégations des Filles de Marie prendre un tel développement qu'on se fait difficilement à cette idée que les femmes n'aient pas toujours été les exclusives bénéficiaires de ce genre d'associations.

Il y a un motif à cette exclusion des femmes dans le principe et ce n'est pas un motif de dédain ou de suspicion. Pendant le XVIIe siècle, la foi était en honneur, le respect humain était inconnu, on voyait les hautes classes de la société, magistrats, soldats ou gentilshommes, ainsi que les gens du peuple, faire ouvertement profession de piété et on comprend dès lors qu'on s'attachât surtout à la direction spirituelle des hommes. Par ailleurs les jeunes filles, élevées dans le sanctuaire de la famille, y trouvaient toutes les garanties né-

---

(1) *Litteræ annuæ S. J.*, an. 1584, p. 47 : « Multæ haud semel, nec una in civitate contenderunt matronæ ut ipsis quoque liceret in hujusmodi convenire cœtus : res nullo modo probata est. »

cessaires pour leur foi et leur piété et il était dès lors inutile de les enrôler dans des associations pieuses. Mais sous l'influence du philosophisme au xviii° siècle, l'indifférence et l'impiété allaient atteindre les hommes et le rôle de la femme allait prendre une plus grande place dans les œuvres de zèle et de charité et se substituer à l'action des hommes. Il est certain aussi que les dangers plus grands pour la foi menaçant les jeunes filles rendaient nécessaires ces œuvres de préservation, autrefois inutiles (1).

(1) P. DELPLACE. *Histoire des Congrégations de la Sainte Vierge,* p. 139 et 161.

CHAPITRE IV

DOM SANADON, DIRECTEUR DE LA CONGRÉGATION

Le prieur des Bénédictins chapelain de la Congrégation. — Dom Sanadon et le mouvement révolutionnaire ; il est élu évêque constitutionnel des Basses-Pyrénées. — Jugement d'un contemporain. — Un sermon d'apparat chez les Congréganistes.

Nous connaissons le nom du directeur de la Congrégation pendant la période où les Bénédictins de Saint-Maur furent à la tête du collège de Pau. Dans le *Tableau annuel historique et géographique du Béarn* pour l'année 1785 (1), c'est le prieur des Bénédictins qui est désigné comme chapelain de la Congrégation. Or le prieur des Bénédictins et en même temps principal du collège fut, entre 1780 et 1787 (2), le

---

(1) Pau, imp. Daumon, 1 vol. in-32 (*Bibliothèque de la ville de Pau*, Ee, III, 8.)

(2) M. l'abbé ANNAT a publié dans les *Études historiques et religieuses du diocèse de Bayonne* (année 1903, p. 382) un *État du collège royal de Pau en 1780* qu'il avait trouvé aux archives de Toulouse ; dans ce document se trouve un catalogue des religieux du collège. portant la mention suivante au sujet de Sanadon : « Le Rev. P. Dom Sanadon, prieur et principal du collège royal, recteur de l'Université... » Le *Calendrier de Pau* de 1780 porte également le nom de Sanadon comme prieur et principal du collège. (Voir *Études hist. et relig. du diocèse de Bayonne*, an. 1896, p. 183.) Dans les lettres écrites au duc de Gramont en mars 1785 et en mai 1787, le nom de Sanadon est suivi du titre de *principal* du collège. (Voir DELFOUR, *op. cit.*, p. 232 et 235). Il cessa d'être principal et fut remplacé par dom Turle. ancien supérieur du collège de Sorèze, trois ans environ avant la suppression de la Congrégation de Saint-Maur, ainsi qu'il ressort des *Documents des Enquêtes de 1791-92 et de l'an XI sur l'état des établissements de l'Instruction publique dans les B.-P.*, publiés par L. BATCAVE dans le *Bulletin de la Société des Sciences, Lettres et Arts de Pau*, tome XXVII, p. 220.

fameux Sanadon qui joua un si pitoyable rôle pendant la Révolution.

Barthélemy Jean-Baptiste Sanadon (1) était né en Normandie, à Nicolas de Beauménil, près de Caen, en 1729. Il fut envoyé au collège de Pau comme professeur d'histoire et de littérature et il acquit dans notre ville une certaine notoriété. On lui doit en particulier un *Essai sur la noblesse des Basques* (2), composé d'après les manuscrits du chevalier de Béla.

Au moment de la Révolution il donna dans les idées nouvelles. En 1790, les Bénédictins de Pau publièrent un programme d'études dont Sanadon était certainement l'auteur.

Après s'être félicités d'être « enfin arrivés au temps heureux où les critiques surannées ne sont plus à craindre ni les partisans des vieux systèmse à ménager », les éducateurs proposaient, en rhétorique, comme modèles « les discours des orateurs, qui, de nos jours, ont traité à la tribune de l'Assemblée nationale de si grands intérêts et si nouveaux pour la France » ; en philosophie le Cours de morale devait comprendre l'explication de la Déclaration des droits de l'homme, « parce que, lorsqu'on a une patrie, il est aussi important d'être bon citoyen qu'honnête homme » (3).

Dom Sanadon prêta le serment à la *Constitution civile du clergé* en janvier 1791, avec tous les autres professeurs du collège (4). Quelques jours après il fut élu évêque constitutionnel des Basses-Pyrénées dans l'église des Cordeliers (5).

---

(1) Sur Sanadon et son rôle pendant la Révolution, on peut consulter : *Chronique du diocèse et du pays d'Oloron*, par MENJOULET, — Oloron, Marque, 1869, — tome II, p 453 et sq. ;
Quelques documents sur l'histoire du Séminaire et du Collège d'Oloron au XVIIIe siècle, — Oloron, Lample, 1898, — p. 118 et sq. ;
Recherches sur la Ville et l'Église de Bayonne, par MM. DUBARAT et DARANATZ, — Bayonne, Lasserre, 1910, — p. 303 ;
Études historiques et religieuses du diocèse de Bayonne, — Les paroisses du pays basque pendant la période révolutionnaire, par HARISTOY, tome II, p. 60, 114, 561.
(2) *Essai sur la noblesse des Basques pour servir d'introduction à l'histoire générale de ces peuples. Rédigé sur les Mémoires d'un Militaire basque par un Ami de la Nation*, — Pau, Vignancour, 1785, — in-8o de 254 p.
(3) Chez Vignancour, à Pau, 1790 — 7 pages in-4o. — On trouve cette brochure à la *Bibliothèque de Pau*. Ee, VII G, 157.
(4) *Procès-verbal de la Municipalité de Pau contenant les noms des prêtres fonctionnaires publics qui ont prêté leur serment dans l'église paroissiale de Saint-Martin, le dimanche 30 janvier 1791* — Pau, imp. Vignancour, 1791, — in-8o, 32 p.
(5) M. l'abbé DUBARAT a publié dans la *Revue du Béarn et du pays basque*, année 1905, p. 407, 460, 488 et 529, le procès-verbal original de l'élection de

Son épiscopat schismatique fut très mouvementé. Les évêques de Lescar et de Bayonne protestèrent contre son élection, l'abbé Boyer, vicaire-général de l'évêque d'Oloron, lui fit une guerre de bons mots et de chansons qui le couvrirent de ridicule. Après une installation provisoire au Séminaire d'Oloron, le nouvel évêque voulut occuper l'ancien évêché et il est curieux et piquant de parcourir les lettres échangées entre lui et le Directoire du Département au sujet de la pension qu'il réclame et des réparations indispensables qu'il estime nécessaires dans le vieux palais épiscopal (1).

Député à la Convention, Sanadon refusa de voter la mort de Louis XVI et se prononça pour le bannissement. Aussi fut-il accusé de modérantisme dès son retour de Paris et enfermé par Monestier dans la citadelle de Bayonne, d'où la chute de Robespierre vint le délivrer. Il alla mourir à Oloron dans la plus grande misère, le 19 nivôse, an IV (9 janvier 1796). On dut vendre tout son vestiaire à l'encan pour payer ses dettes (12 brumaire, an V, — 2 novembre 1796) (2).

Voilà le personnage qui fut directeur de la Congrégation des Bourgeois et Artisans, sous les Bénédictins de Saint-Maur. Un gentilhomme béarnais, son contemporain, auteur de notes anecdotiques sur la société de notre pays au xviii° siècle, attaque violemment Sanadon. Voici quelques-unes de ses appréciations concernant précisément l'ordre des faits qui nous occupent :

« Intrus, ce vil apostat étoit ci-devant bénédictin et supérieur du collège de Pau. Je l'y ai vu, dans son début. A la manière des moines que le cardinal du Bellay comparoit plaisamment à des cruches qui ne se baissent que pour se remplir, il se présenta mielleusement dans les meilleures maisons, chercha à s'impatroniser auprès des gens qui pouvoient lui être utiles, relativement à ce collège qu'il convoitait avec ardeur...

l'évêque constitutionnel qu'il a retrouvé aux Archives départementales (*Pièces révolutionnaires.*) Il a publié en même temps le mandement de prise de possession de Sanadon et raconté comment le mandement et la personne de l'évêque furent accueillis dans le nouveau diocèse.

(1) *Sanadon. évêque constitutionnel des B.-P.*, par l'abbé DUBARAT (*Revue du Béarn et du Pays basque*, an. 1905, p. 540.)

(2) *Documents sur Sanadon, évêque constitutionnel des Basses-Pyrénées.* (*Etudes historiques et religieuses du diocèse de Bayonne*, tome VII, p. 145.)

« ...Cafard, si jamais il en fut, *préfet de la Congrégation des artisans*, composée de presque tout le quartier de la Porte-Neuve (1), qu'on sçait être le plus nombreux, et de ce que, depuis la Révolution, on nomme citoyens actifs, disposant à plein des consciences de ces citoyens-là, ...c'est ainsi que, dans l'assemblée électorale, où, sous le faux prétexte de la vacance de l'ancienne mître épiscopale, la nouvelle dût être conférée, il parvint à en faire couvrir ses longues oreilles (2). Si alors le droit d'être surpris et révolté de quoi que ce soit eût encore existé, qui en eût fait grâce à un être de cette espèce, étranger encore moins au pays, qu'à la moindre des qualités personelles que son nouvel état exigeoit ?

« En apparence, poli, doux, maniéré, au fond insolent et pétri d'orgueil ; missionnaire furieux de la Révolution, écri-

(1) Les habitants de la Porte-Neuve étaient principalement des tisserands ; dans une *Liste de toutes les personnes domiciliées et résidentes dans la ville de Pau*, imprimée chez Vignancour en 1789, en vue de la contribution patriotique, nous trouvons 293 noms au quartier du *fauxbourg* de la Porte-Neuve ; là-dessus il y a 140 tisserands, sans compter les métiers annexes comme cardeurs, fileuses, dévideuses, etc. C'est que dans la seconde moitié du XVIIIe siècle la fabrication des mouchoirs dits *du Béarn* et du linge de table avait pris un grand développement à Pau. A. DUGENNE, dans son *Panorama historique de Pau* (p. 445), note que les tisserands avaient été attirés de tous les points de la province par l'extension considérable de l'industrie linière ; il fait remarquer que ces artisans gagnaient de 4 à 5 livres par jour ; la plupart devinrent propriétaires de maisons et de jardins sur les bords du Hédas et quand une rue s'ouvrit, en 1782, à travers les champs de Gassies, ils en furent les premiers habitants.

Quand la Révolution éclata, la difficulté des transactions avec les colonies d'Amérique et aussi l'emploi des tissus de coton, à la place des toiles de lin du Béarn, qui commençait à se généraliser, portèrent un coup mortel à l'industrie du tissage. On comprend dès lors que les faméliques tisserands de la Porte-Neuve aient donné facilement dans les idées révolutionnaires. Les sans-culottes de cette section avaient planté un arbre de la liberté vis-à-vis l'Hôpital. Un club jacobin, connu sous le nom de « Cercle de la Porte-Neuve » subsistait encore en l'an VI. A diverses reprises, des mouvements révolutionnaires sont signalés dans ce quartier. Ainsi, le 25 février 1790, un attroupement se forma et la police fut impuissante à le dissiper. On signale encore, en 1795, une manifestation bruyante à l'occasion d'une victoire des armées de la Révolution ; la municipalité de Pau, amie de l'ordre et de la paix, ordonna des poursuites contre les principaux fauteurs de désordre et s'éleva contre certains chants révolutionnaires. Les citoyens visés dénoncèrent la municipalité au Directoire.

Pour être juste, il faut dire aussi qu'il y avait à la Porte-Neuve des citoyens conservateurs du vieil ordre de choses et ne reculant pas devant l'émeute même pour réclamer leurs droits. Dans un factum, composé par le citoyen Gaud, professeur de philosophie au collège et adressé aux Sans-Culottes de Pau, en septembre 1793, il est fait allusion à un « mouvement qui a eu lieu à la Porte-Neuve à l'occasion de la descente des cloches ». — « Les citoyens de cette section, armés de pierres et de bâtons, s'étaient portés vers la Société populaire. »

(2) L'auteur de cette note sur Sanadon fait erreur quand il attribue l'élection épiscopale de l'ex-bénédictin aux Congréganistes sur lesquels il avait tant d'influence. Nous avons les noms des électeurs du district de Pau qui prirent part à cette élection ; en confrontant ces noms avec ceux des Congréganistes inscrits au Catalogue de 1791, nous n'avons trouvé tout au plus que deux ou trois votants de la Congrégation dans cette assemblée électorale.

vain à prétentions, aussi lourd de tournure et de style qu'incendiaire dans ses principes et sa morale, un des principaux coryphées de notre club Jacobin de nos soi-disans Amis de la Constitution..... » (1).

C'est Sanadon qui fit imprimer pour la Congrégation, en 1784, le *Livre d'Heures* et les *Statuts et Réglemens*, dont nous avons parlé (2). Mais la direction qu'il donna à la Société ne dut pas être exclusivement tournée vers les choses de la piété. Il dut tâcher de faire partager ses opinions avancées aux bons Congréganistes ou parfois de se justifier des soupçons qu'on pouvait avoir sur son orthodoxie.

Nous possédons un discours sur le patriotisme, qu'il prononça à leur intention dans la chapelle de l'œuvre. Il n'y a pas des révélations bien curieuses dans ce sermon, surtout au point de vue historique. C'est le classique développement, légèrement poncif et somnolent, d'un lieu commun. Cependant il est curieux d'entendre l'orateur célébrer les temps nouveaux, parler de l'élection des évêques, faire l'éloge des représentants du peuple, entonner le couplet obligatoire en l'honneur du bon, du vertueux Louis XVI. On dirait qu'il prévoit son élection épiscopale et son mandat de député conventionnel.

Voici d'ailleurs le texte même du discours :

DISCOURS ‖ sur ‖ le patriotisme ‖ prononcé le 24 juin dernier dans la ‖ Chapelle de la Congrégation, par Dom ‖ Sanadon,

---

(1) *La Société béarnaise au XVIII° siècle*. Publication de la *Société des Bibliophiles du Béarn*, — Pau, L. Ribaut. 1876, — p. 219. Le gentilhomme béarnais, auteur de ces Mémoires, est Jean-Gratian de Laussat, seigneur de Bernadets.

(2) Nous supposons volontiers que c'est Sanadon qui a donné à la fête de St Jean-Baptiste l'importance capitale qu'elle a désormais dans la Congrégation. Il s'appelait Jean-Baptiste et il devait aimer les manifestations en faveur de son patron ; devenu évêque, nous le voyons se rendre à Saint-Jean-de-Luz, le 24 juin 1791, pour fêter pompeusement et bruyamment la Saint-Jean-Baptiste, fête patronale de cette ville.

Quoi qu'il en soit, une chose reste certaine. Le chapitre du Règlement où se trouvent les *Saintes pratiques des exercices de dévotion que les Habitans et Bourgeois de Pau font dans leur Congrégation* et qui donne certainement l'indication de ce qu'on faisait du temps des Jésuites, ne parle de la fête de Saint Jean-Baptiste qu'incidemment et comme d'une solennité secondaire. — Sous le régime des Bénédictins, la fête de Saint Jean-Baptiste prend un caractère très solennel ; elle se célèbre avec octave et on fait une procession extraordinaire. Il y a là un patronage nouveau pour la Congrégation. Il semble même que la Vierge passe au second rang et que Saint Jean-Baptiste prend la première place ; cela est si vrai que la Société a été appelée et est encore aujourd'hui désignée vulgairement sous le nom de « Confrérie de Saint Jean-Baptiste. »

bénédictin. ‖ A Pau ‖ de l'Imprimerie de J. P .Vignancour ‖ Imprimeur du Roi et de la Municipalité ‖ 1790 ‖ — in-8° de 39 p. (1).

Au revers du titre se trouve cette note : « Ce discours tiré en très grande partie de celui de Soanen (2) sur l'amour de la Patrie, prononcé en 1683, n'a été compilé que pour l'instruction des Bourgeois et Artisans de la ville de Pau ».

« *Omnes vos Fratres estis.*
« Vous êtes tous frères.
SAINT-MATTH. c. 23.

« Dans quelle circonstance plus intéressante, Mes Frères, puis-je vous adresser ces paroles de Jésus-Christ à ses Disciples ; et vous rappeler à ces **précieux sentiments de fraternité,** qui doivent nous lier les uns les autres, et nous réunir tous dans une même façon de penser et d'agir, pour consommer de concert la félicité de la **Patrie, notre Mère commune ?** Les maux, sous le poids desquels elle a si longtemps gémi, sont à leur terme. Déjà nous voyons briller l'aurore de jours plus purs et plus sereins. Un édifice auguste s'élève, fondé par les mains de la sagesse, sur les bases de la **liberté et de l'égalité,** dont l'Auteur de la nature a gravé les **principes invariables** dans le cœur de tous les hommes.

« Enfans du même père, nous commençons à sentir que nous avons tous les mêmes **droits** ; et que l'utilité générale peut seule mettre quelque distinction entre nous. Ces titres fastueux et mensongers, imaginés par l'orgueil et la violence pour abuser et tyranniser les classes les plus foibles de la société, éclipsés aujourd'hui, ne ravissent plus nos hommages, auxquels les vertus chrétiennes et civiques auront seules désormais le droit de prétendre.

« Je joins les unes et les autres, parce qu'elles se donnent mutuellement la **main,** qu'elles sont intimement liées entre elles, et absolument **inséparables.** Oui, Mes Frères, ce seroit une erreur grossière **de regarder le patriotisme** comme une vertu de convention, **comme une vertu imaginaire** et étrangère à la Religion. C'est une vertu sublime et **vraiment chrétienne,** qui prend sa source

---

(1) *Bibliothèque de Pau*, Ec, VII G, 145.
(2) Jean Soanen (1647-1740) était un Oratorien qui prêcha trois carêmes devant la cour avec un vif succès. Nommé évêque de Senez en 1695, il se révéla janséniste militant, refusa de se soumettre à la Bulle *Unigenitus*, fit appel du pape à un concile général, fut déposé de la juridiction épiscopale par un concile provincial d'Embrun en 1727, et mourut après 13 ans de réclusion dans l'abbaye de la Chaise-Dieu, entouré par les Jansénistes d'une religieuse vénération.

dans la nature, et qui nous est spécialement recommandée par les exemples et les paroles de Jésus-Christ notre guide, notre modèle, notre maître et notre Dieu.

« Tendrement attaché à la Patrie qui l'avoit vu naître, sensible aux malheurs qui la ménaçoient, jusqu'à verser des larmes sur elle, soumis aux loix reçues et établies, exact à rendre à César, ce qui étoit dû à César, il s'est constamment montré aussi bon parent que bon citoyen, aussi bon citoyen que bon ami, et n'a jamais cessé de se proposer pour modèle à ses Disciples.

« Nous ne sommes donc point maîtres, mes frères, d'aimer notre Patrie, ou de ne la point aimer ; parce que cet amour tient à l'humanité comme au Christianisme ; ensorte que s'il est impossible d'être réellement homme, sans être bon citoyen, il est pareillement impossible d'être bon chrétien, sans chérir tendrement sa Patrie. Mais afin de vous donner une juste idée des qualités d'un vrai Patriote, je me propose de vous faire voir en quoi consistent les obligations que vous avez contractées avec la Patrie comme Citoyens et comme Chrétiens.

« Comme Citoyens, nous devons tout sacrifier, et nous sacrifier nous-mêmes, pour l'avantage de la Patrie.

« Comme Chrétiens, nous devons continuellement prier pour les besoins et la prospérité de la Patrie.

« Un sujet aussi important et qui nous intéresse tous également, exige toute votre attention.

PREMIÈRE PARTIE

« La Providence qui nous a fait naître dans un pays plutôt que dans un autre, a voulu que ce lieu de notre naissance nous devint et plus cher et plus précieux que tous les autres. C'est le premier sentiment que nous trouvons dans notre cœur, qui nous attache, antérieurement à toute réflexion, à l'endroit où nous avons commencé à respirer, et aux objets que nous voyons pour la première fois autour de nous. Cet endroit, ces objets, sont en quelque sorte l'univers entier pour nous, et l'impression vive et profonde qu'ils font dès-lors sur nos organes foibles encore, fixe pour toujours sur eux, toutes les affections de notre cœur. Insensiblement nos idées s'étendent, avec nos connoissances ; d'autres lieux, d'autres objets s'offrent à nos regards : à l'aspect d'autres êtres semblables à nous, notre cœur s'agrandit aussi, et nous nous sentons nécessités de leur faire partager notre amour. Mais quoique d'abord le sentiment naturel, et ensuite la Religion, nous disent que nous devons embrasser dans notre cœur tous les hommes de quelque pays qu'ils puissent être à titre de nos Semblables, et à titre de nos Frères ; il n'est pas douteux qu'un amour de préférence envers nos compatriotes ne nous soit spécialement recommandé par l'une et par l'autre. C'est cet amour qui fait, suivant l'expression d'un Payen, qu'on aime jusqu'aux pierres de sa patrie, qui fait qu'on la distingue de toutes les autres parties de l'univers, qu'on se sent toujours ramené vers elle par un penchant irrésistible, et qu'on se sacrifie volontiers pour sa gloire et pour ses intérêts, soit en lui vouant son temps et ses travaux, soit en lui consacrant ses biens et jusqu'à sa propre vie.

« Tout est ordre dans la nature, Dieu lui-même est l'ordre par excellence ; et l'ordre veut que nous regardions le Royaume dans lequel nous sommes nés, comme un tout dont nous sommes les parties ; et de même que tous les membres travaillent pour le bien du corps, nous devons tous tant que nous sommes concourir par nos talens, nos forces et nos sueurs au bien général de la Patrie. Ainsi vous lui faites un larcin, si vous transportant sans nécessité dans une Terre étrangère, vous la privez de votre présence et de votre secours ; ou si vous abandonnant à une honteuse paresse, vous lui ravissez le tribut qu'elle a droit d'exiger de vos personnes. Que l'artisan et le laboureur travaillent donc de leurs mains ; que l'homme de robe et l'homme de lettres employent donc leurs talens et leurs jours, pour honorer et éclairer la Patrie ; que le commerçant et le spéculateur s'attachent à soutenir et à répandre au loin la réputation de sa gloire et de sa puissance ; que le Prêtre et le Ministre des Autels consacrent leur temps et leurs veilles à la servir et à l'édifier ; que le militaire et le simple citoyen réunissent leurs cœurs et leurs bras, pour la garantir et la défendre des attaques de ses ennemis.

« Nous avons tous deux mères, suivant un ancien, la Terre qui nous vit naître, et la femme qui nous donna le jour ; et nous devons chérir l'une et l'autre, comme l'objet principal de notre tendresse et de nos soins. Mais n'entendrions-nous par le mot de Patrie que cet espace dans lequel nous sommes nés, et qui renferme une Ville, une Province ? Ah ! si cela étoit, mes frères, notre amour pour la patrie, loin d'être une vertu, seroit une folie, qui nous isoleroit au milieu de nos semblables ; et dès-lors le climat qui nous plairoit le plus, devroit sans doute nous être le plus cher et le plus précieux. Si cela étoit, le sacrifice généreux que toutes nos Cités et toutes nos provinces ont fait à l'envi l'une de l'autre de leurs privilèges, exemptions et immunités seroit donc absolument illusoire, et ne seroit pour chacune d'elles qu'une perte réelle et véritable. La rénonciation expresse que toutes les parties de la France ont fait aux noms particuliers qui les distinguoient et les rendoient en quelque sorte étrangères les unes aux autres, pour nous confondre et nous réunir tous sous le nom unique et commun de François, seroit donc un acte absurde et insignifiant.

« Il n'en est point ainsi, Mes Frères : la Patrie ne se borne point à ces murs qui nous environnent, à ces collines et à ces montagnes qui terminent notre horizon, à ces plaines et à ces prairies qui s'étendent sous nos yeux, à ce sol que nous foulons aux pieds ; elle embrasse toute cette société, qui identifiée, sous le nom général de François, et ne faisant qu'un avec le pouvoir législatif et le pouvoir exécutif, exige le sacrifice de notre temps, de nos forces et de nos biens. Notre patrie est la France entière, gouvernée par le même esprit, régie par les mêmes loix, et présentant dans l'ensemble de toutes ses parties réunies et agissant de concert, une vaste famille, dont tous les membres ne doivent plus avoir qu'un même cœur et les mêmes sentimens.

« Notre première existence est celle de citoyen ; et si le Seigneur a voulu que la Religion fût dans l'Etat, c'est pour nous apprendre avec plus de précision et de clarté, à servir l'Etat, comme un corps dont nous sommes véritablement les membres ; comme un établissement qu'il a lui-même fondé, et que nous ne pouvons perdre de vue un seul instant, sans nous rendre prévaricateurs.

« Un Monarque n'est assis au-dessus de nous, dit Saint Chrysostome, et Sa Majesté n'est unie à la Nation qui lui a confié le pouvoir de faire exécuter ses loix, que pour former cet ensemble que nous nommons Patrie ; d'où il faut conclure que la Patrie. doit nous être infiniment précieuse, puisqu'elle renferme tout à la fois, les organes de la liberté et de l'égalité, qui nous font connoître nos droits, le Monarque, qui en nous en faisant jouir, se montre véritablement notre père, et tous ceux qui en jouissant avec nous, sont véritablement nos frères. Permettez-moi, Mes Frères, d'emprunter des animaux mêmes une comparaison propre à vous rendre cette vérité d'une façon plus vive et plus frappante. Considérez les abeilles ; et vous verrez dans l'harmonie qui règne entre elles, dans l'effervescence de leur agitation et de leurs travaux, dans la déférence qu'elles ont toutes pour celle qui maintient l'ordre parmi elles, une image sensible de la Patrie ; cette petite République, uniquement occupée du bien général, nous est présentée comme un sujet d'instruction, et elle nous condamne, si nous sommes assez dénaturés, pour ne pas remplir fidèlement nos devoirs de Citoyens.

« Mais est-il besoin, Mes Frères, qu'on cherche à réveiller dans vos cœurs l'amour de la Patrie ? Ne sentez-vous pas, n'éprouvez-vous pas combien il est doux d'unir ses travaux, et d'en assortir la variété, pour le soutien et la conservation d'un Etat, dont le Monarque n'écoutant que la voix de vos Représentans et la bonté de son cœur, se déclare plutôt le Père que le Souverain ? D'un Etat, au bonheur duquel le meilleur des princes sacrifie avec joie la pompe et le faste du Trône, pour se borner au titre plus doux à son cœur, de premier de vos concitoyens ? Lorsque les personnes de tous les âges et de tous les états se prêtent un secours mutuel, pour se procurer la liberté, l'abondance et la paix, les Royaumes fleurissent, dit SaintAmbroise ; et la terre devient le Ciel. L'Evangile ne nous commande de remplir les devoirs de notre état, que pour nous sanctifier, et pour travailler à la sanctification des autres : c'est-à-dire, que pour changer tous les hommes en citoyens, et tous les citoyens en élus. Tel est le plan de l'Eternel ; telle est notre destinée.

« La Patrie et la Religion sont les deux grands objets qui doivent continuellement nous occuper, et diriger nos études ainsi que nos travaux. L'homme qui étouffe en lui-même ou qui n'emploie que pour lui seul les talens que le Seigneur lui a donnés, est une plante parasite qui ne porte point de fruits, et que le Père céleste aura soin d'arracher. Celui qui rapporte tout à lui-même, qui, dominé par l'égoïsme, ne voit que lui seul, ne connoît, n'estime et ne prise que lui seul, qu'est-il ici-bas, qu'un importun fardeau que la terre ne porte qu'avec peine, qui n'existant que pour végéter, n'a d'autre travail que de consumer celui des autres, et d'autre fonction que celle de n'en avoir point ? L'Apôtre a prononcé la Sentence contre tous ceux qui croupissent dans cette criminelle et visible apathie, lorsqu'il a dit que celui qui ne travaille point, ne doit point manger.

« Outre qu'enfans d'Adam, nous devons tous manger notre pain à la sueur de notre front ; outre que Disciples de Jésus-Christ, nous devons passer notre vie dans les travaux et dans les larmes, la Patrie est en droit de nous faire rendre compte de notre temps, et de nous appliquer à ce qu'elle juge à propos. La Nation, qui est elle-même l'interprète de ses besoins, et à laquelle nous appartenons, plus qu'à ceux-mêmes qui nous donnèrent le jour, a un pouvoir indubitable sur nos personnes, et peut en disposer à son gré, soit qu'elle nous employe dans des postes qu'elle nous indique par ses suffrages, soit qu'elle se réserve l'usage de nos forces et de nos talens, pour l'action ou pour le conseil.

« Il ne suffit donc pas, selon l'idée que la Religion nous donne du Citoyen, de nous livrer aux occupations et aux professions qui nous flattent le plus ; notre soin principal est de nous occuper de ce qui peut, quel que soit notre état, nous rendre utiles à la Patrie. Je dis état, et non pas condition, prenez-y garde, Mes Frères, parce qu'aux yeux de la Patrie, toutes les conditions sont égales ; et que les services rendus à la Patrie sont le seul et unique titre de distinction appréciable. Et que seroit-ce d'un Etat, où chacun, maître de ses volontés, ne seroit que ce qu'il lui plairoit, et conserveroit pour lui seul ses forces et ses talens ; sinon une affreuse anarchie, qui répandroit de toutes parts l'horreur et la confusion ? sinon un bouleversement général qui nous retraceroit le premier cahos ? Mais non : la Patrie nous appelle, nous devons voler à sa voix : la Patrie commande, nous devons nous taire et obéir : la Patrie souffre, chacun de nous doit concourir à la soulager : et cette obéissance empressée, et ces soulagemens affectueux forment le lien des Empires et l'harmonie du monde.

« C'est donc à tort que certains esprits, moins jaloux du bonheur de la Patrie, que de leurs avantages particuliers, se glorifient d'être les Citoyens de l'Univers, gémissent d'être nés sous une domination, plutôt que sous une autre, et dédaignent la forme de gouvernement adoptée par la Patrie, déterminée et fixée par les organes que la Nation a revêtus de ses pouvoirs, établie par leurs Décrets et sanctionnée par son Chef. Nous ne pouvons donc regarder qu'avec indignation, comme un blasphème contre l'ordre social, ce principe détestable, avancé par un cœur insensible aux doux charmes du patriotisme, *ubi bene, ibi Patria*. La règle de la Nature et du Christianisme est qu'on doit aimer, de préférence, l'Etat dans lequel on est né, remercier la providence du temps et du lieu où elle nous a fait naître, respecter les Loix adoptées par la Nation, se dévouer enfin tout entier au service de la Patrie, et lui consacrer également ses facultés et sa personne.

« Ce n'est pas assez, dit Saint Bernard, de sacrifier vos talents, vos forces et vos biens pour le service de la Patrie ; mais il faut encore vous sacrifier vous-mêmes, s'il en est besoin. Nous sommes un Corps, ajoute-t-il, dont la Patrie et le Prince forment le chef ; et tous les jours on expose les membres et le corps même pour sauver la tête. Mais qu'il est à craindre qu'en bravant les périls, qu'en arborant les marques de la valeur et du courage, on pense plus à soi-même qu'au bonheur de la Patrie ! Qu'il est à craindre, qu'en prenant les armes, pour soutenir les Loix qu'elle nous prescrit, on ait moins en vue le bien général de la Patrie, que son propre avantage, et que, sous prétexte de défendre les intérêts de sa Nation et de sa Patrie, on ne s'occupe que des siens propres !

« Je sçais, Mes Frères, que la Patrie peut en retirer les mêmes avantages ; mais comme nous sommes Disciples d'une Religion, qui influe jusques sur les désirs, et qui doit nous guider dans toutes nos démarches, nous n'avons rempli nos devoirs qu'en partie, si quelque passion secrète nous a fait agir, si le bien commun n'a pas été la cause et le mobile de la résolution que nous avons fait paroître. C'est l'intention, dit Saint Cyprien, qui donne le prix aux actions ; et soit que l'on prenne les armes, soit qu'on travaille pour l'Etat de quelque manière que ce soit, il ne faut envisager que la gloire de Dieu et le bonheur de la Patrie.

« De là vient que l'héroïsme, cette magnanimité d'âme, qui consiste dans la pureté de l'intention et la grandeur de l'action, ne peut être le partage de ceux dont les vues se bornent à leur intérêt personnel, et qui ne pensant qu'à s'honorer eux-mêmes, sous prétexte d'honorer la Patrie, sont uniquement les agents de l'amour-propre et de la cupidité. De là vient, que pour être compté parmi les Patriotes véritables, il faut n'avoir fait aucune action viciée et corrompue par des motifs bas et rampans. Cela est si vrai, que quiconque agit par passion, se donne bien garde de dévoiler son secret. On sent que le monde, tout corrompu qu'il est, ne peut adjuger la palme du Patriotisme à celui que l'orgueil ou l'intérêt propre domine et l'on a bien soin de se déguiser, pour ainsi dire à soi-même, la passion anti-Patriotique dont on est dominé.

Ces défauts ne sont point à craindre chez un chrétien ; uniquement animé du désir de son devoir, il sent qu'il n'a de vie, que pour en faire le sacrifice à son Dieu et à sa Patrie, lorsque les circonstances paroissent l'exiger. Il sçait que la conquête de la liberté, même, n'est qu'une chimère, si l'on vient à perdre son âme : et pour ne pas la perdre, il risque son repos, ses biens, sa vie même quand il doit payer de sa personne, et que le choix de la Nation l'appelle à défendre ses intérêts, et à veiller à la sûreté de la Patrie.

« Aussi voyons-nous dans les Histoires, que les vrais Chrétiens furent toujours les Citoyens les plus intrépides et les plus fermes dans leurs principes de patriotisme. Dans les combats rien ne put arrêter leur choc, et résister à l'effort de leurs bras. Dans les emplois publics, rien n'égale leur vigilance et leur assiduité. Dans les besoins de l'Etat, rien ne borne leurs largesses et leurs sacrifices. Tels furent chez les Juifs les Mathatias, les Judas-Machabée, les Eléazar. Tels furent sous les Empereurs Romains les Légions Fulminante et Thébéenne. Tels ont été parmi nous les Charlemagne, les Louis et une infinité de Citoyens de tout rang et de tout état. Tel est sur-tout le bon, le vertueux, l'excellent Prince qui occupe le trône de Clovis ; Louis XVI, qui par le nombre et l'importance des sacrifices qu'il fait chaque jour pour assurer notre bonheur, s'est acquis plus de gloire que n'avoient fait tous ses prédécesseurs, par l'éclat de leurs victoires et l'étendue de leurs conquêtes : qui renonçant avec joye au faste et à la pompe, regardés jusqu'à présent comme essentiels à la Majesté du Trône, mais onéreux pour les Peuples, ne s'occupe que des moyens d'alléger le fardeau des impôts qui pésoit sur vous, de soulager vos besoins, d'assurer votre liberté et vos propriétés : se montrant plus content et plus satisfait de sa qualité de Citoyen et de Patriote, que de ces titres plus brillans que solides, prodigués si souvent par la bassesse et la flatterie à plusieurs de ses ayeux. Après un exemple aussi frappant, est-il un Citoyen qui puisse encore balancer et se refuser aux sacrifices que les circonstances exigent de lui, en faveur de la Patrie ?

« Grand Dieu, inspirez à chacun de mes auditeurs, inspirez à tous les François, ces sentiments patriotiques qui animèrent autrefois les Grands Hommes que je viens de citer, et qui animent encore aujourd'hui notre digne Monarque, et l'élite de notre Nation ; et nous ne verrons plus que des Hommes, embrasés de l'amour de la Patrie, sacrifier leur temps, leurs travaux, leur fortune et jusqu'à leurs personnes, pour relever l'honneur de la Nation Françoise, et ramener, aux dépens de leurs jours, les plus beaux temps de cette Monarchie: nous les verrons, s'il le faut, combler des fossés, de leurs propres corps, plutôt que de laisser entamer l'héritage dont nous jouissons.

« Que de patriotes parmi nos pères ensevelis dans leurs propres triomphes ! ni les liens les plus tendres, ni les perspectives des richesses les plus abondantes, ni l'espoir des honneurs les plus brillans, ne purent amollir leur courage, ni affoiblir et ralentir l'activité de leur patriotisme. La Patrie les appelloit-t-elle ? à sa voix, on les vit se mêler à ces bouches effroyables qui vomissent le salpêtre et le feu ; et leurs corps s'exhalant en cendres et en fumée, devinrent le germe de cette immortalité que l'Histoire leur a décernée, et qu'elle promet à leurs imitateurs. Combien d'autres de tout rang et de tout âge se sont volontairement dévoués, tantôt pour garantir les jours de leurs concitoyens, tantôt pour arrêter les usurpations rapides du despotisme ; ci pour venger le foible de ses puissans oppresseurs ; là pour resserrer l'autorité dans ses bornes légitimes !

« Nous succédons à cette multitude innombrable de François, dont les exemples nous invitent à nous sacrifier sans réserve pour le bonheur de la Patrie : tout ce que nous lisons, tout ce que nous voyons et entendons, nous persuade l'amour du bien public. Toutes les distinctions odieuses abolies, tous les privilèges anéantis, la réunion de tous les ordres en un seul, les places sans exception accordées au mérite et au Patriotisme connu, la liberté des suffrages accordée à tous les Citoyens, qui deviennent les dispensateurs de tous les emplois publics, auxquels ils peuvent eux-mêmes aspirer : tout cela ne nous dit-il point, de la manière la plus énergique que, la Patrie faisant tout pour nous, nous devons aussi faire tout pour elle ? Eh ! qu'avons-nous besoin de tous ces motifs, tandis que la nature nous crie qu'il n'y a point d'honnête homme qui ne doive être prêt à donner son sang pour le bonheur général : tandis que la raison nous représente la Patrie comme une mère tendre et bienfaisante, à laquelle nous nous devons sans réserve : tandis que la Religion elle-mêms nous fait un devoir de mourir pour la conservation de la Patrie ?

« Suis-je donc né, doit se dire chacun de nous, à l'exemple du père des Macchabées, à l'aspect des maux qui menaçoient sa Patrie, suis-je donc né pour voir l'affliction de mes concitoyens, et le renversement de la Ville, et demeurer ici tranquille, pendant qu'elle est livrée entre les mains des étrangers ? Vous savez, mes Frères, tout ce que fit cet illustre Défenseur de la Patrie contre l'impie Antiochus ; vous savez avec quel zèle, à la tête d'une armée qu'il avoit lui-même embrasée de ses sentimens, il poursuivit les enfans de l'orgueil, et les mit en pièces. Judas Macchabée son fils ne fut ni moins zélé ni moins ardent pour la défense de la Patrie. Il devint, dit l'Ecriture, semblable à un lion dans ses grandes actions, et à un lionceau, qui rugit à la vue de sa proie. Il poursuivit les méchans en les cherchant de tous côtés ; et il fit périr par le fer et le feu tous les ennemis qui désoloient sa Patrie. La Terreur de son nom mit en déroute tous les ouvriers d'iniquité, il emporta les dépouilles de ceux qui attaquoient sa nation, il ne cessa d'encourager ses compatriotes et de les animer à se sacrifier pour leur nation et pour le lieu Saint ; jusqu'à ce qu'après une longue suite de victoires, il périt lui-même au milieu d'un affreux carnage, victime immortelle de sa valeur et de son amour pour la Patrie.

« En nous conservant la mémoire de tant d'actions éclatantes, l'Ecriture a voulu nous apprendre que le Tout-Puissant est vraiment le Dieu des Armées ; que c'est lui obéir que de défendre, même au prix de son sang, les intérêts de la Religion et de la Patrie ; et que lorsqu'il s'agit de l'un ou de l'autre de ces deux objets, tout citoyen, tout homme est soldat, *omnis homo miles.*

« Mais pourquoi passerois-je sous silence les Héroïnes dont les annales sacrées nous ont transmis les actions ? Là les Juifs gémisant sous la servitude la plus dure, cherchent en vain parmi eux un libérateur. Une lâche timidité a glacé le cœur de tous leurs guerriers. La vertueuse Débora se met à leur tête, met leurs ennemis en fuite ; et le Général ennemi confus et fugitif est immolé par la main de Jahel, digne imitatrice de la valeur et du patriotisme de Débora. Ainsi l'illustre Judith, cette sainte veuve, dont l'Esprit-Saint lui-même loue la conduite, expose sa vie pour délivrer Béthulie ; elle coupe la tête d'Holopherne, ennemi de son Peuple, et par cet exploit, elle devint le sauveur de tous ses concitoyens. Ainsi Esther, cette reine magnanime, dont les siècles les plus reculés admireront la grandeur et la générosité, se dévoue tout entière pour le salut de sa Patrie, et vient à bout par ses prières de fléchir la colère d'Assuérus, de conserver les Juifs, de faire périr le perfide Aman, et de faire triompher le juste Mardochée.

« Tels sont les exemples que l'Ecriture propose à votre imitation. Mais observez, Mes Frères, qu'il ne s'agit ici que d'exploits contre la Nation Juive, contre des étrangers et des idolâtres, et non de projets contre ceux des Juifs naturels, dont les sentiments n'étoient pas tout à fait conformes à ceux du grand nombre de la Nation. Quant à ceux-ci, les grands modèles que je viens de vous citer, se contentoient de gémir en secret des préjugés et des erreurs, par lesquels ces infortunés s'étoient laissé séduire : ils ne cessoient point de les regarder come leurs frères, et de demander à Dieu qu'il les éclairât, et les ramenât aux sentimens qui distinguoient les vrais Disciples de Moïse.

« Telle est aussi, Mes Frères, telle est la conduite que vous devez tenir dans les circonstances présentes, vis-à-vis ceux de vos concitoyens, que le sentiment, peut-être un peu trop vif, des sacrifices et des pertes qu'ils font, indispose pour le moment contre les opérations de nos Représentans. Il est dans la nature de regretter des avantages dont on s'est cru long-temps possesseur de bonne foi. Le premier moment où l'on se voit dépouillé, ne peut être que douloureux : et jamais on n'a vu une plaie profonde se cicatriser dans l'instant. En attendant que le patriotisme naturel à tout François prenne le dessus dans leurs cœurs momentanément ulcérés ; les seules armes dont l'usage vous soit permis, sont celles que la raison et la religion vous fournissent ; de l'attention sur vous-mêmes, de la vigilance sur eux, des prières assidues pour vous-mêmes, de la vigilance sur eux, des prières assidues pour eux et pour vous. Pourriez-vous refuser à ceux qui se croient malheureux la foible consolation de se plaindre, tant qu'ils ne chercheront point à vous ravir le bonheur qui vous est annoncé ? Ne perdez point de vue qu'ils sont François comme vous, que la Patrie les compte parmi ses enfans, et leur ouvre amoureusement son sein ; et que l'époque malheureuse où elle les désavoueroit et les méconnoîtroit, seroit pour nous tous le signal des désastres les plus affreux.

« Mais écartons avec horreur des objets aussi allarmans pour nos cœurs ; et calmons des craintes mal fondées. Nous avons d'autant plus lieu de nous rassurer, que les devoirs du patriotisme ont été de tout temps, et sont encore généralement respectés parmi nous ; que notre auguste Monarque, de concert avec nos représentans, nous en donne les leçons les plus frappantes, et les plus capables de ramener tout ce qui est né François à une même façon de penser et d'agir ; que depuis près de quatorze siècles, le François a toujours donné des preuves éclatantes de son dévouement entier pour sa Patrie, et d'attachement pour ses concitoyens ; que l'esprit National qui anima nos pères, vit encore dans tous nos cœurs ; et que nous n'avons pas de désir plus ardent que de prouver ce zèle patriotique, qui caractérise l'honnête-homme et le citoyen François.

« Mais comme il ne suffit pas de consacrer ses forces, ses talens, ses biens et sa vie au bonheur de la Patrie, voyons maintenant comment nous devons en qualité de Chrétiens prier continuellement pour ses besoins.

SECONDE PARTIE

« Si les Payens imploroient avec assiduité le secours de leurs fausses Divinités pour la prospérité de leurs Empires ; que ne doivent pas faire les Chrétiens, assurés de l'assistance du Ciel, quand il s'agit du bien de la Patrie ? Il n'y a point de jour, où l'homme animé de la Foi, n'adresse des vœux à Dieu, pour le bonheur général de l'Etat, et pour la conservation du Prince, dépositaire des Loix et chargé par la confiance de la Nation de les faire exécuter. Aussi voyons-nous que l'Eglise a placé dans le Canon même de la Messe, c'est-à-dire, dans l'endroit le plus respectable et le plus sacré, la prière qu'elle fait pour le Roi, et qu'elle ne cesse dans tout le cours de ses Offices de demander au Seigneur les grâces dont il a besoin. Ainsi voyons-nous que depuis que les Représentans, ou plutôt les Pères de la Patrie, sont assemblés, l'Eglise qui fait partie de la Patrie, a décerné des prières spéciales, pour attirer sur elle, et sur ceux qui s'occupent des moyens de la régénérer et de lui rendre son ancien lustre, toutes les grâces du Ciel ; et pour obtenir que l'Auteur de tout bien leur communique ses lumières, leur accorde la sagesse, l'unité de sentimens, la force et la constance qui leur sont nécessaires pour achever le grand ouvrage qu'ils ont commencé.

« Ces grâces et ces secours se réduisent à deux sortes de bienfaits, savoir les biens spirituels et les biens temporels : et c'est cette double faveur que nous devons solliciter sans relâche, afin que le Père et les Enfans, le Prince et les Peuples, la Nation en entier et chacun des Citoyens en particulier prospèrent ici-bas, et parviennent ensuite au bonheur du Ciel.

« Nous devons tous, suivant le précepte de Jésus-Christ, chercher le Royaume de Dieu et sa justice ; d'où je conclus que les biens spirituels sont le premier objet des demandes du Chrétien. Mais quels sont les biens spirituels de la Patrie ? Pourriez-vous l'ignorer, Mes Frères, et ne seroit-il pas honteux que, disciples d'une Religion qui spiritualise l'Homme, vous ne connussiez pas ces richesses spirituelles, qui sont les dons du Ciel ? la conservation et le triomphe du Christianisme étant la grâce la plus signalée que le Seigneur puisse accorder à un Royaume, c'est ce que nous devons, en premier lieu, lui demander avec la plus vive ardeur. De là vient que nos Pères, jaloux du bonheur de la Patrie, employèrent tous les moyens possibles pour assurer à perpétuité parmi nous le règne de l'Evangile.

« De là cette multitude de Temples, dont nos Villes et nos Campagnes sont, pour ainsi dire, parsemées, où les peuples assemblés offrent de concert au Dieu, conservateur de notre Empire, leurs hommages et leurs vœux, et reçoivent de la bouche de leurs Pasteurs les leçons, dont la pratique fait le plus bel ornement, la force la plus solide, et la seule gloire de la Société. De là ce grand nombre de fondations, analogues aux mœurs et au génie des siècles où ils vivoient, et qui en éternisant leur piété, devoient faire fleurir la religion, et servir de boulevard contre la licence et l'impiété, en même temps qu'elles contribuoient à propager les connoissances, et à conserver et transmettre le précieux dépôt des sciences et des lettres. De là ces écoles de vertu érigées, qui comme autant de pépinières devoient continuellement engendrer à la grâce des personnes de tout âge, de tout sexe, de tout rang.

« Dans l'intention de nos Pères, ces divers établissements n'avoient pour objet que l'utilité publique ; et si la forme de plusieurs d'entr'eux, éprouve aujourd'hui des changements considérables, leur destination n'est nullement changée. La Patrie n'en retirera pas des avantages moins réels, et moins sensibles. Chaque Citoyen, pénétré de ses obligations, ne cessera de s'intéresser au bonheur de la Patrie, et de prier pour la conservation de notre Monarchie. Le sentiment et l'intérêt lui en font un devoir indispensable et nous devons espérer que les modèles de vertu ne nous manqueront jamais. Toutes ces prières, qui s'élancent des cœurs des uns et des autres, deviennent souvent par leur ferveur plus formidables qu'un camp de guerriers, et plus fortes qu'une armée rangée en bataille. Réunies, elles font une douce violence au Ciel, les nuées alors se distillent en rosée, et les grâces nécessaires pour faire le bien et pour éviter le mal, se répandent de toutes parts. La ferveur des uns supplée à la foiblesse des autres, lorsque tous prient à la fois ; et le Seigneur notre Dieu, qui est l'auteur de toute grâce et de toute lumière, se communique à tous d'une manière ineffable, et fait fleurir, dans la Patrie, toutes les vertus qui sont le partage du Chrétien.

« Nous ne sommes répandus sur la Terre, que pour travailler à mériter la vie éternelle ; et nous ne pouvons y travailler avec succès, qu'autant que la Patrie féconde nos pieux desseins, et qu'elle est elle-même dévouée au service du vrai Dieu : d'où il suit que nous sommes fortement intéressés à demander au Seigneur l'affermissement de sa Religion dans le sein de notre Patrie. Eh ! ne devons-nous pas avoir la plus ferme confiance que cet avantage le premier, le plus précieux de tous nous sera accordé, et que la Religion va reprendre un nouvel éclat dans la France ?

« Nous ne pouvons nous le dissimuler, Mes Frères ; le relâchement, l'oubli, ou tout au moins l'indifférence de ses devoirs, les abus et les scandales avaient pénétré jusques dans le Sanctuaire, et l'avoient infecté. L'esprit primitif de l'Eglise, la vie sobre, pénitente, active et modeste des successeurs des Apôtres, ne se trouvoient plus que dans nos Histoires. L'amour des richesses avoit pris la place de la pauvreté ; le faste, la pompe et la molesse avoient succédé à la simplicité et au zèle des anciens Ministres ; et le doux et tendre nom de Père, qui exprimoit vis-à-vis de ceux-ci, l'amour, la confiance et le respect des fidèles, dédaigné par leurs successeurs, avoit été remplacé par des titres fastueux, plus propres à des despotes fiers et impérieux, qu'aux Représentans des Apôtres, et aux Ministres d'un Dieu pauvre et humilié.

« Le mal, comme une gangrène dangereuse, avoit gagné et vicié plus ou moins les diverses classes de l'Etat ; la contagion se communiquant avec rapidité, alloit infecter tout le troupeau : déjà la charité refroidie, l'espérance balancée dans les cœurs, la foi attaquée annonçoient l'extrémité du danger ; lorsque touché de l'état déplorable de son épouse, le Dieu de nos pères, qui fait servir tous les événemens à sa gloire et à notre satisfaction, et qui, pour l'exécution de ses desseins éternels, employe les instrumens qu'il juge à propos, a suscité parmi nos représentans des hommes assez forts et assez courageux pour attaquer les abus dans leur source. L'amour désordonné et le mauvais emploi des richesses leur avoient donné naissance ; les usurpations de l'autorité les avoient accrus et multipliés ; en confiant au gré de ses caprices la conduite et la dépouille du troupeau.

« Vous ne serez plus sacrifiés, Mes Frères, ni aux volontés arbitraires du despotisme, ni aux intrigues de l'ambition. La naissance, la faveur, les sollicitations ne seront plus des titres suffisans pour vous donner des guides et des pasteurs. Le Peuple, juste appréciateur du mérite et de la vertu, rentre dans ses droits primitifs : il pourra, comme dans les premiers et les plus heureux siècles de l'Eglise, se choisir pour Pasteur, celui des ministres qu'il jugera le plus digne, le plus vertueux, le plus en état d'instruire et d'édifier le troupeau. De là, Mes Frères, une correspondance plus immédiate entre le Pasteur et son Peuple ; de là une surveillance réciproque ; de là un respect et une vénération plus marquée des fidèles pour le Chef, dont le mérite aura fixé leur choix ; une sollicitude plus active, un intérêt plus tendre du chef pour les Fidèles, qui seront confiés à ses soins ; de là enfin, une union de prières d'autant plus ferventes, d'autant plus efficaces auprès de Dieu, que tous les cœurs, liés par une charité commune, n'auront qu'un même vœu, qu'un même objet, le bien général de l'Eglise et de la Patrie.

« Si nous avions une mère qui marchât dans les sentiers de l'iniquité, nous serions sans doute obligés de prier continuellement le Seigneur, pour sa conversion ; ainsi nous devons redoubler nos vœux, toutes les fois que notre Patrie est agitée par des scandales et des dissentions. Et quel temps nécessitera plus que le moment présent, nos prières les plus ardentes, pour obtenir du Ciel le rapprochement et l'union de tous les cœurs ? Nous ne devons pas être moins ardens à implorer l'assistance du Ciel, lorsque le luxe et la molesse, venant à corrompre les mœurs, éteignent insensiblement la foi, lorsque les mauvais livres qui ne respirent que le libertinage, viennent à se produire et à circuler ; et se répandirent-ils jamais avec tant de profusion ?

« Une circonstance particulière nous fait un devoir de redoubler actuellement nos prières, de veiller avec plus de soin sur notre conduite, de régler nos mœurs sur la Foi que nous professons, et de vivre conformément aux principes du culte catholique, le seul avoué, reconnu et privilégié entre tous les autres, comme le Culte distinctif de la Nation Françoise. Le bien de la Patrie nous fait une loi de demander incessamment à Dieu, qu'il daigne ramener à l'unité de la Foi, ceux de nos Frères qui diffèrent de nous par la croyance. Admis à partager avec nous tous les droits de Citoyens et tous les emplois civils, seroit-il possible que nos sentimens et nos mœurs leur donnassent lieu de soupçonner que nous leur sommes inférieurs en probité et en vertu ? Non, Mes Frères ; rappelez vous plutôt que les premiers Chrétiens ne se montrèrent jamais plus vertueux et plus rigides observateurs des préceptes du Dieu qu'ils servoient, que pendant qu'ils vécurent au milieu des Juifs et des Idolâtres. Prenez-les pour modèles : honorez et respectez votre Foi, afin que touchés et excités par vos exemples, nos Frères dissidens apprennent à l'honorer et à la respecter. Eh ! que sçavons-nous, si, dans les décrets de la Providence, les avantages civils que la Patrie leur accorde, ne sont pas un moyen qui nous est offert pour les conduire à la connoissance de la vérité ? Serions-nous assez lâches, assez indifférens au bonheur de la Patrie et à la gloire de notre Religion, pour négliger de contribuer à l'un et à l'autre par nos bons exemples ?

« Si cette vie n'était pas suivie d'une autre, où nous éprouverons un bonheur ou un malheur éternel, si nous n'avions pas d'autres espérances que la possession des biens terrestres et charnels, nous nous bornerions sans doute à ne demander au Ciel que des prospérités temporelles, et pour nous et pour notre Patrie. Mais l'assurance d'un avenir qui se présente sans cesse à nous, ne nous permet pas de limiter ainsi nos vœux. Nos prières doivent s'étendre autant que le Ciel qui nous est destiné, et avoir pour premier objet le triomphe de la grâce et la destruction du péché ; c'est-à-dire ce qui peut nous rendre agréables aux yeux de l'Eternel ; c'est-à-dire, tout ce qui peut faire fleurir notre Patrie. Car, ne vous imaginez pas, dit Saint Augustin, que le bonheur d'un Peuple, que la gloire d'un Royaume consiste principalement dans une abondance de richesses et d'honneurs. Tout ce qui passe n'est pas long ; et tout ce qui ne dure pas long-temps, ne peut être une prospérité permanente. Il n'y a que la pratique de la Religion, que l'attachement inviolable à la Loi de Dieu, qu'on puisse appeler la gloire d'un Etat ; c'est ce qui le rend image de la céleste Jérusalem, où la vérité paroîtra dans son plus beau jour.

« Ne demandez point pour moi, disoit autrefois un Saint Roi aux Ministres du Dieu vivant, ne demandez point pour moi la graisse de la Terre, mais la rosée du Ciel. C'est là le trésor qui enrichira l'Empire, qui rendra les Peuples heureux, et qui leur fera regarder cette vie comme un passage à l'éternité. Ceci est conforme aux intentions de l'Eglise, qui ne sollicite jamais de biens temporels, qu'après avoir imploré des secours spirituels, ainsi qu'il paroît dans l'oraison qu'elle adresse au Seigneur pour les besoins de notre vertueux Monarque. Elle commence par demander à Dieu qu'il soit comblé de toutes les vertus, qu'il surmonte tous les vices, et finit ensuite par demander qu'il triomphe de ses ennemis. Ainsi quand elle prie pour la Nation, elle demande d'abord la paix, que le monde ne peut donner, et la soumission de tous les cœurs aux volontés de Dieu, et ne demande qu'en second lieu, la tranquillité de l'Etat et la délivrance de toute crainte de la part des Nations ennemies. Il est bien juste, sans doute, que les biens de l'âme soient préférés à ceux du corps ; et qu'étant Chrétiens, nous commencions par souhaiter à notre Patrie un bonheur conforme aux désirs d'un Chrétien.

« Ce n'est pas, Mes Frères, qu'il ne nous soit permis aussi de prier pour la prospérité temporelle des Monarchies. Le même Dieu, qui nous ordonne de lui demander la sanctification de son nom, l'avénement de son règne, l'accomplissement de sa volonté, nous commande aussi de lui demander notre pain quotidien. La Patrie, ainsi que chacun de vous, a des besoins spirituels et temporels ; et les uns et les autres exigent de notre part des prières et des vœux. Nous prions, dit Tertulien, en parlant des Empereurs, pour que leur Empire soit florissant, pour que leur Empire soit prospère, pour que leurs jours soient prolongés. Telle doit être notre demande à Dieu. Nous devons le presser, le solliciter, le conjurer par nos larmes et par nos gémissemens, de jeter un regard de miséricorde sur ce Royaume qu'il a aimé dès le commencement, sur la Nation Françoise, sur ses Représentans, sur l'héritier des vertus et du Trône des Charlemagne, des Louis et des Henri, comme sur le fils aîné de son Eglise, le restaurateur de notre liberté, le père le plus tendre, et le patriote le plus zélé que nous puissions jamais posséder.

« La Religion est tellement liée à l'Etat, que le Royaume ne peut être troublé par des factions, et des guerres, qu'il ne peut éprouver des calamités, sans que notre Foi soit exposée ; de sorte que nos prières doivent monter jour et nuit jusqu'au Trône de Dieu, pour obtenir l'abondance et la tranquilité, dont nous avons besoin. La providence du Seigneur se répand sur toute la terre, de la manière la plus éclatante et la plus signalée. Tout nous annonce qu'il veille attentivement sur ses enfans ; qu'il étend ses miséricordes de génération en génération sur ceux qui le craignent ; qu'il se souvient éternellement de l'alliance qu'il a faite avec son Peuple ; et que jamais il n'a refusé son secours à ceux qui l'honorent.

« Mille fois nous l'avons éprouvé, mes Frères, dans ces circonstances où notre Patrie étoit menacée de quelque malheur. Tantôt ce Dieu de clémence et de bonté a soufflé sur la Terre, et il a dissipé cet air empesté qui désoloit nos villes et nos campagnes, et qui les remplissoit de morts et de mourans. Tantôt il a fait germer nos plantes et nos grains contre notre espoir ; et des moissons miraculeuses ont couvert nos campagnes. Tantôt il a arraché à la mort même nos Princes, qu'elle vouloit nous ravir, et il nous les a rendus comme le gage le plus signalé de son amour. Tantôt il a affermi nos Soldats et nos Cités, présidé au Conseil de nos Généraux ; et les ennemis de la Patrie ont été renversés et détruits. L'Histoire de la Monarchie Française nous offre une suite constante de miracles dans ce genre, qui n'ont point cessé de se succéder.

« Mais qu'avons-nous besoin de recourir aux siècles passés pour trouver des preuves sensibles de la bonté de Dieu pour la Nation Françoise, et de ses miséricordes infinies sur chacun des membres qui la composent. Considérez la suite des événements qui depuis un petit nombre d'années se sont passsé sous vos yeux, et ont enfin amené et presque consommé cette révolution étonnante qui a enchaîné le despotisme, circonscrit l'autorité dans ses bornes légitimes, régénéré toutes les parties de l'administration, rendu à vingt-cinq millions d'hommes la liberté et l'usage des droits qu'ils avoient reçus de la nature ; qui de toutes les Classes des Citoyens divisées, jalouses et rivales les unes des autres, n'a fait qu'une vaste famille animée du même esprit ; ou pour parler plus juste, n'a fait de tous les habitans de la France qu'une société d'amis et de frères, *omnes vos fratres estis*. Révolution, qui fait le désespoir de nos ennemis, l'admiration de l'Europe entière, le gage de notre félicité et de celle de toutes les générations futures. Révolution, dont le but unique est de retrancher les abus sans nombre, qui s'étoient glissés dans tous les états, de ramener chacun d'eux à cette condition d'égalité, qui convient entre les enfans d'un même père, de reformer les mœurs, de réprimer les saillies funestes de l'ambition et de la passion de dominer et de ne permettre l'accès et la jouissance des honneurs et des distinctions extérieures qu'au mérite et aux vertus civiques. Révolution enfin, contre laquelle on ne pourroit se soulever, je ne dis pas seulement sans exposer la Patrie au plus grand des dangers ; mais encore sans fouler aux pieds toutes les Loix divines et humaines, je dis les Loix divines, parce que suivant l'Apôtre, fidèle interprète des volontés de Dieu, nous devons être soumis à toute puissance, par la raison que toute puissance vient de Dieu, et que résister à la puissance, c'est résister à Dieu. J'ajoute les Loix humaines, parce qu'elles nous ordonnent d'obéir au pouvoir légitime ; et que tout ce qui peut caractériser la légitimité du pouvoir, l'assentiment presque général de la Nation et la sanction expresse du chef suprême du pouvoir exécutif et du Père de la Patrie, se trouve réuni dans tous les décrets qui nous ont été manifestés.

« C'est ainsi que le Seigneur en accordant aux prières de la Nation des grâces temporelles, nous autorise à en demander ; pourvu que nous le fassions avec humilité, avec résignation, avec des vues vraiment chrétiennes. La Religion, soit dans ses prières particulières, soit dans ses Offices publics, ne cesse d'implorer les miséricordes divines pour la prospérité de l'Empire où elle est établie. Il n'y a point d'instant où nous puissions perdre de vue les besoins de la Patrie. La reconnoissance se joint à la Religion et à nos propres intérêts, pour nous persuader de les recommander à Dieu, dont nous recevons tous les biens dont nous jouissons, soit dans l'ordre Physique, soit dans l'ordre moral. Nous devons donc dire, en parlant de la France, dans laquelle nous sommes nés et dont nous faisons partie, ce que disoit David de la région d'Ephraïm ; non, Seigneur, non, je ne permettrai point à mes yeux de dormir, ni à nos paupières de sommeiller, que je n'aye imploré votre secours sur ma Patrie.

« Sont-ce là nos dispositions, Mes Frères ? Et s'il vous restoit encore quelques regrets sur les sacrifices que les circonstances exigent de vous, hésiteriez-vous à les étouffer au fond de vos cœurs ? Vous ne pouvez ignorer que chez tous les peuples du monde, le bien général l'emporte sur le bien particulier, et que chez les Chrétiens, l'obligation d'aimer sa Patrie, de prier pour ses besoins, et de se sacrifier pour sa gloire et pour ses intérêts, est un devoir sacré. Sans cela, point de patriotisme, point de Religion. Tel est l'avantage du Christianisme : Il nous attache à notre Nation et à nos Rois par des biens indissolubles ; et sous ses loix, nous devenons aussi bons François, que bons Citoyens.

« Quand je vois, dit Saint Chrysostome, que vous priez pour que le Commerce de votre pays soit en vigueur, pour que l'abondance y règne, pour que la paix y fasse fleurir l'industrie et le travail, pour que les Loix y soient honorées et respectées ; je ne puis qu'applaudir à votre zèle : car de même que vous pouvez demander à Dieu la santé de votre corps, afin d'être plus en état de le servir, en remplissant plus exactement tous nos devoirs, ainsi vous êtes autorisés à le prier pour la prospérité de l'Etat en général, et de chacun des états particuliers qui le composent, afin que tous d'un même cœur et d'une même voix glorifient Dieu le

Père et son Fils unique, Jésus-Christ notre Sauveur. Et jamais circonstances plus impérieuses ne nous imposèrent le devoir de nous réunir tous dans un même esprit, et de nous rallier au tour des Loix, qui n'ont pour objet que notre avantage temporel et notre bonheur spirituel.

« Grand Dieu, vous qui connoissez nos besoins, et qui avez en main tous les moyens de nous soulager, détachez de la source infinie de vos miséricordes un rayon de bonté qui nous éclaire, qui nous console et nous guérisse. Nous vivons dans un empire qui est votre ouvrage, et que vous regardâtes toujours avec complaisance, et que vous préservâtes dans tous les temps des dangers et des malheurs qui semblaient menacer de l'écraser. Continuez, ô mon Dieu, de le chérir comme un héritage qui vous est acquis, de le soutenir contre les attaques de l'ennemi de tout bien, contre les violences et les artifices de ses advrsaires connus ou cachés, contre tout ce qui pourroit lui nuire et ternir tant soit peu l'éclat de sa gloire et de sa renommée. Ranimez dans tous les cœurs cet amour de la Patrie, que vous avez sanctifié par votre exemple, en pleurant sur Jérusalem, à la vue des malheurs que ses infidélités avoient provoqués.

« Veuillez, ô mon Dieu, présider à toutes les Délibérations de nos généreux Représentans, et répandre sur eux cet esprit de sagesse et d'intelligence, qui les éclaire sur les véritables intérêts de la Patrie, et leur fasse constamment choisir les moyens les plus propres à opérer le bien général de tous leurs commettans : cet esprit de conseil et de force, qui les décide dans leurs doutes, aplanisse devant eux toutes les difficultés, et les rende supérieurs à tous les obstacles que l'égoïsme et l'intérêt particulier tenteront de leur opposer ; et sur-tout, ô mon Dieu, cet esprit de paix et de charité, qui les réunisse tous dans une même façon de penser, et guide également tous leurs pas vers le terme désiré de leurs travaux ; le redressement de tous ls abus et la régénération de la Nation Françoise.

« Donnez, ô mon Dieu, donez à notre auguste Monarque des jours aussi longs que nos désirs ; il ne veut régner que pour assurer le bonheur d'un Peuple que vous chérissez ; et nous donner l'exemple du respect que nous devons aux Loix que vous nous prescrivez vous-même ; il ne vit que pour nous donner le premier modèle d'un Roi Patriote et Citoyen ; faites qu'il jouisse longtemps de notre amour ; et perpétuez jusques dans les générations les plus reculées des héritiers de son civisme et de sa gloire.

« Faites que la Nation Françoise en entier se distingue entre toutes les autres de l'univers, par un esprit d'union et de concorde, qu'elle bannisse à jamais de son sein les rivalités et les dissentions ; et qu'elle ne cesse de vous bénir et de vous glorifier comme l'auteur de sa félicité, le conservateur de ses droits, le protecteur de ses biens et de tous ses privilèges.

« Nos pères nous apprirent, ô mon Dieu, à mettre en vous tout notre spoir, à recourir à vous dans tous les besoins de la Patrie ; nous voulons marcher sur leurs traces, et n'attendre que de vous seul le complément d'une constitution entreprise sous vos auspices. Vous même nous avez dit, que rien n'est plus agréable à vos yeux, que la concorde entre les frères. Veuillez resserrer les nœuds de fraternité qui nous unissent, agréer les vœux que nous vous offrons de concert pour la gloire et la félicité d'une Patrie, ou plutôt d'une famille qui vous est chère ; et nous réunir un jour dans la céleste Patrie, où, Père commun de tous les hommes, vous ferez pendant toute l'éternité le bonheur et la récompense de tous vos enfans. Ainsi soit-il ».

CHAPITRE V

LES CONGRÉGANISTES ET LA RÉVOLUTION

Inventaire de la Congrégation par la Municipalité. — Péripéties diverses : Cambriolage de la chapelle ; Pauline Siro dénonce les Congréganistes ; Enquête du Directoire du district ; Saisie des objets et ornements précieux. — Pillage des meubles. Jean Turon et Pierre For, anti-révolutionnaires. — Les imprimeurs Sizos et Toumiu. — L'affaire Montagnac.

Avec Sanadon nous sommes déjà en pleine Révolution. La grande tourmente qui ferma églises et couvents, confisqua les biens ecclésiastiques et dispersa prêtres et religieux, devait atteindre aussi la Congrégation. Les exercices se firent dans la chapelle jusqu'à Notre-Dame de septembre 1792, époque normale des vacances ; ils ne devaient jamais plus y être repris.

Dès 1790 il fut question d'inventorier la Congrégation en même temps que les couvents et églises de Pau. Voici les lettres qui furent échangées à cette occasion entre le Directoire du district (2) et la municipalité de Pau :

---

(1) L'Assemblée Nationale avait organisé la France d'une manière nouvelle. au point de vue administratif. Le territoire était partagé en départements, districts et communes. Il y avait une *administration supérieure* au chef-lieu, des *administrateurs de district* et des *officiers municipaux.*

L'administration du département se composait d'un conseil de 28 membres

« Pau, le 3 décembre 1790.

« Au même instant, Messieurs où votre lettre nous parvient, nous délibérons de procéder sans délai aux inventaires du mobilier des maisons religieuses et autres établissements publics que vous ne vous êtes point réservés. Les Commissaires qui doivent y procéder sont déjà nommés, de manière, Messieurs, que cette opération sera faite avec toute l'activité dont elle est susceptible. Il se présente, Messieurs, une difficulté relativement aux Pénitents Bleus et aux Confréries que nous voyons dans cette ville : doit-il être procédé à leur égard comme on va procéder pour les autres Etablissements ? Les Pénitents Bleus ont des propriétés bien reconnues, les autres confréries ne paroissent posséder que les seuls effets nécessaires à l'exercice de leur dévotion. Veuillés, Messieurs, fixer notre opinion, nous vous la soumettons avec confiance.

Nous avons l'honneur d'être avec un sincère attachement, Messieurs, vos très humbles et obéissants serviteurs,

NAVAILLES, maire (1).

A MM. les Administrateurs du Directoire du district »

---

sous le titre de *conseil du département*, et d'une seconde section de 8 membres sous le titre de *Directoire du département ;* le premier devait se réunir tous les ans, le second était toujours en activité. Cette administration centrale fut fixée à Pau par un décret du 4 octobre 1790.

Le district était administré par un *Directoire de district.*

L'organisation municipale comprenait les *officiers municipaux* et les *notables,* en nombre double de celui des officiers. La réunion de ces fonctionnaires prenait le nom de *Conseil général de la commune ;* quand le maire et les officiers délibéraient seuls, ils prenaient le titre d'*administration municipale.* Un *procureur-syndic de la commune* assistait aux séances et remplissait des fonctions analogues à celles du ministère public près les tribunaux ; il reçut bientôt après le nom d'*agent national ;* le même fonctionnaire existait auprès du Directoire du District.

Toutes ces administrations étaient nommées à l'élection. Etaient électeurs ou *citoyens actifs* tous les Français âgés de vingt-cinq ans et payant une contribution équivalente à trois journées de travail. Le suffrage direct de ces citoyens actifs nommait les magistrats municipaux ; les autres assemblées étaient élues par le suffrage à deux degrés. A Pau, une délibération municipale de janvier 1790 fixa à 12 sols la valeur locale de la journée de travail, de sorte qu'on porta sur la liste des électeurs ceux qui étaient imposés 36 sols au au dessus et dans celle des éligibles tous ceux qui l'étaient de 6 livres. La population de Pau était, d'après les listes municipales, au commencement de 1790, de 10.074 personnes et le nombre des citoyens actifs de 540 environ. (*Arch. comm. de Pau,* BB 23, fº 83 et sq.)

(1) Lorsque l'Assemblée Nationale décréta l'établissement de nouvelles municipalités, le chevalier de Monségu, qui était à la tête du Corps de Ville de Pau, fut remplacé à l'élection par le baron de Navailles, d'Angaïs (13 février 1790). Quelque temps après l'arrivée du représentant du peuple Monestier, une municipalité provisoire fut organisée avec Séguinotte pour maire (27 septembre 1793). Le 14 messidor an II (2 juillet 1794), cette municipalité était définitivement installée et Séguinotte, ex-président de la Société populaire et inspecteur des postes, était confirmé dans ses fonctions. Avant la fin de la Terreur, certaines accusations entachant son honorabilité, forcèrent Séguinotte de se retirer et son

Le Directoire du district se hâta d'éclairer la conscience de la municipalité.

« A Pau, le 4 décembre 1790.

« Nous avons reçu votre lettre d'hier, par laquelle vous nous marqués que vous avez déjà nommé des commissaires qui vont s'occuper sans délai, aux inventaires du mobilier des maisons religieuses et autres établissements publics que nous ne nous sommes point réservés. Nous connoissions trop votre zèle, Messieurs, pour n'être pas assurés que cette opération seroit faite avec toute l'activité dont elle est susceptible. Nous devons vous observer que ces inventaires doivent être détaillés et comprendre les comestibles.

......Quant aux Pénitens Bleus et aux Confréries, nous croyons, Messieurs, que ces *établissemens publics* sont compris dans les dispositions des décrets qui ne souffrent aucune exception, si ce n'est pour l'ordre de Malte ; ainsi vous voudrés bien procéder à leur égard comme pour les autres.

MM. les maire et officiers municipaux de Pau » (1).

---

adjoint, Néron, remplit par intérim les fonctions de maire (du 25 fructidor, an II, au 19 frimaire, an III — 11 septembre 1794 au 9 décembre 1794). La chute de Robespierre, le 9 thermidor, fit cesser le régime de terreur de Monestier (du Puy-de-Dôme). Le nouveau représentant du peuple, Monestier (de la Lozère), par un arrêté du 19 frimaire, an III, réorganisa les autorités constituées et désigna comme maire Picamilh, cultivateur à Pau. Celui-ci démissionna tout aussitôt pour raison de santé (24 nivôse an III — 13 janvier 1795), et Labedens, 1er officier municipal, le remplaça provisoirement. Enfin, peu après, un arrêté du représentant du peuple du 28 nivôse an III (17 janvier 1795) rappelait M. de Navailles à la tête du corps municipal, après une détention de seize mois, et cette réhabilitation était appelée par le vœu général de l'opinion publique. Le nouveau maire prêta serment et fut installé le 15 pluviôse (3 février). Mais, vers la fin de l'an III, des troubles graves ayant éclaté à Pau, et Navailles ayant blâmé les terroristes qui en étaient les auteurs, la Convention annula les arrêtés du maire et le remplaça, le 28 vendémiaire an IV (26 octobre 1795), par Jean Réveil. (*Arch. com. de Pau*, BB. 23 ; D. 6, 7, 8.) Ce dernier ne resta en fonctions que jusqu'en germinal, an V, et depuis lors, les maires ou plutôt, comme on les appela pendant cette dernière période de la Révolution, les présidents de l'administration municipale, se succédèrent nombreux. On en compte neuf : Lafargue, Dulaurier, Barbet, ex-juge au Tribunal civil, Lartigau, Castaing-Foix, Fougère, notaire. Théophile-Joseph Dufau, homme de loi, Picamilh, ex-secrétaire d'ambassade, Espalungue, ancien militaire, entre le 11 germinal an V (17 avril 1797) et le 6 fructidor an VIII (24 août 1800). c'est-à-dire jusqu'à l'organisation d'un régime plus stable, sous le Consulat. (*Arch. com. de Pau*. Série D, *passim*).

(1) Toutes les pièces que nous citons dans ce chapitre sont tirées, sauf indication contraire, de la *série révolutionnaire des Archives départementales*. Le classement définitif n'a pas encore été fait et provisoirement tous ces documents concernant l'inventaire de la Congrégation se trouvent dans une liasse, série III Q. 28.

Les deux pièces précédentes se trouvent aux Archives dans le texte original, tandis qu'on n'y trouve qu'une minute ou brouillon de la lettre du Directoire à la municipalité.

Il ne restait plus à la municipalité qu'à s'exécuter. Dans une délibération du 13 décembre suivant, elle désignait les commissaires chargés d'inventorier.

« MM. du Directoire se sont chargés de faire les inventaires des couvents des religieuses de Notre-Dame et de l'Union chrétienne et ont laissé à la municipalité ceux de toutes les autres maisons religieuses, du Séminaire, de l'Hôpital, même des Pénitents Bleus et des autres confréries qu'ils croyent, disent-ils, être des établissements publics compris dans les dispositions des décrets.... »

« Il a été arrêté que l'inventaire du Couvent de Sainte Ursule et celui de la confrérie du S. Sacrement Pénitens Blancs, établie dans l'églize de la paroisse, seront faits par M. Lassus, officier municipal,

« Ceux de la maison des Orphelines, du Couvent des Cordeliers et des Confréries des Pénitens Gris et de Saint Jacques établies dans l'églize des Cordeliers par M. Pène-Gaureret, officier municipal,

« Celui du Couvent des Capucins par M. Couat, officier municipal,

« Ceux du Séminaire, de l'Hôpital et du Dépôt de mendicité par M. Labat, officier municipal,

« Ceux du Collège, des Pénitens Bleus et de la Confrérie, dite Congrégation, établie dans l'églize du collège, par M. Lassalette, officier municipal » (1).

La municipalité de Pau n'était pas sectaire (2). La seule façon dont la précédente délibération parle des MM. du

_____

(1) *Arch. com. de Pau*, BB. 23, f° 247.

(2) M. F. RIVARÈS. dans son excellent ouvrage (*Pau et les Basses-Pyrénées pendant la Révolution*, — Pau. Ribaut. 1875) signale avec raison la modération de la municipalité paloise pendant la période révolutionnaire. Il n'y eut, dit-il, parmi les officiers municipaux, « ni dénonciateurs, ni excitateurs à la violence, ni de ces caractères pervers qui se plaisaient à doubler par les rigueurs de l'exécution, les souffrances des malheureux qu'atteignaient les mesures révolutionnaires. » Même au plus fort de la Terreur, ils se montrèrent pleins de douceur et de clémence, atténuant les mesures qu'ils ne pouvaient empêcher et favorisant l'ordre, ainsi que la liberté des personnes. — Les registres des délibérations municipales nous révèlent des faits curieux : au 1ᵉʳ février 1792, tous les membres du Conseil général de la Commune assistent, un cierge à la main, aux offices de la Purification, à Saint-Martin ; le 28 mai 1793, en pleine Terreur, le Corps de ville assiste solennellement, avec des cierges, à la procession de la Fête-Dieu. Le 30 août 1793, statuant sur une demande de quelques fortes têtes de la Société populaire, qui voulaient la suppression des agonies et de la sonnerie des cloches pour les morts, le Conseil général de la Commune refuse d'ordonner la suppression de ce « rit de la religion catholique trop longtemps suivi pour ne pas être respecté par le peuple qui aime sa religion de bonne foy ». (*Arch. com. de Pau, passim.*)

Directoire, au sujet des conféries « qu'ils croyent, disent-ils, être des établissements publics », nous fait présumer que les officiers municipaux avaient une autre manière de penser et qu'ils étaient peu disposés à exécuter avec zèle les ordres donnés (1).

De fait, ces inventaires traînèrent en longueur et ils n'étaient pas encore commencés en septembre 1792, du moins pour les confréries. Mais toute la bonne volonté du corps municipal ne pouvait rien contre le mouvement révolutionnaire qui s'accentuait chaque jour. Une loi du 18 août 1792 supprima les Congrégations séculières et les Confréries ; dans l'article 4 du titre V de cette loi, il était « ordonné que les Supérieurs et administrateurs de chaque maison rendroient compte, avant le 1ᵉʳ octobre, de ce qu'ils pouvoient avoir reçu sur les revenus de 1792, et que le reliquat seroit versé dans la caisse du District » ; suivant l'article 6 du même titre, « dans la quinzaine de la publication du décret, les municipalités devaient faire rendre les comptes des prieurs, syndics, trésoriers ou tous autres officiers des Confrairies et Associations » (2).

Les beaux temps étaient finis pour la Congrégation. Elle avait pu continuer ses exercices publics jusqu'au 7 septembre 1792, mais un nouveau régime allait commencer. Lorsque la loi nouvelle du 18 août fut connue, la municipalité s'exécuta et ce qu'elle avait omis de faire, lorsque le Directoire du District ordonnait, elle s'empressa de l'accomplir lorsque l'administration centrale se mit en mouvement. On dirait même qu'exceptionnellement le corps municipal de Pau voulût faire du zèle. En effet, dans une délibération du

---

(1) Il n'y avait pas toujours entente entre le corps municipal de Pau et le Directoire du District. Nous avons relevé, au 24 novembre 1790, un désaccord sérieux entre ces deux administrations au sujet des préséances dans une fête de Stᵉ Cécile célébrée à Stᵉ-Martin par les musiciens des gardes du Berceau d'Henri IV. La délibération constate « l'animadversion des MM. du Directoire contre la municipalité et combien leur style à leur égard se ressent de l'aigreur qui les agite. » (*Arch. com. de Pau*, BB. 23, fᵒ 238).

(2) Nous avons trouvé aux Archives départementales (*Série révolutionnaire,* III Q. 8) une circulaire de l'administration des Domaines à l'administration du département des B.-P. et une lettre de cette dernière aux Districts, pour rappeler la loi du 18 août et réclamer les renseignements qu'on ne se hâtait guère de fournir.

16 septembre 1792, il commence par édicter certains règlements de police contre les Confréries et autres associations.

« Considérant que les distinctions filles de l'orgueil et de
la cupidité sont anéanties et doivent l'être pour toujours, que
sous le règne de la liberté et de l'égalité, le mot privilège est
un abus et l'exercice de ce même privilège un crime ; Considérant que les congrégations, frairies et toutes corporations
quelconques étant supprimées, il n'est plus permis à leurs
anciens membres d'en exercer les fonctions ni d'en continuer
les usages ; devenus libres et citoyens, ce qui n'exclut pas
les vertus pieuses, ils doivent mériter ce double titre en renonçant fièrement à ces préjugés qui absorbent l'imagination
et font d'un Français un idiot ou un esclave » (1). En conséquence, la municipalité défend : 1° de promener à découvert
les corps des morts que l'on porte au cimetière ; 2° de paraître dans un convoi funèbre avec les marques distinctives
d'une congrégation ; 3° de porter dans ces sortes de cérémonies des draps mortuaires, des cierges, des chandelles ou des
bâtons de confréries.

Ce que réclamait l'administration des Domaines nationaux
en rappelant la loi du 18 août aux administrations locales,
c'était moins la suppression des cérémonies spéciales, jalouse-
ment pratiquées par les Confréries, que les inventaires et
surtout les comptes des caisses des trésoriers qui devaient
davantage remplir les coffres de la Nation.

Aussi le Directoire du District de Pau envoya-t-il au maire
une lettre dans laquelle il déléguait « la municipalité pour
dresser l'inventaire de tout le mobilier des confrairies et associations supprimées, pour s'assurer aussi de l'état de situation des officiers de ces diverses associations, en apurant
leurs comptes, le tout en conformité de la loy du 18 août
dernier ». C'était le 22 septembre. Immédiatement les
citoyens Labat, Dorgans, Hounau et Séguinotte sont désignés comme commissaires « pour la faction des inventaires

(1) *Arch. com. de Pau*, D. 5, f° 276. Ce pathos de sans-culotte est une exception dans les registres des délibérations du corps municipal de Pau. La mesure
rigoureuse prise contre les Confréries n'était pas non plus dans les habitudes
de nos officiers municipaux.

PAVILLON DE L'ANCIENNE UNIVERSITÉ DE PAU

(État actuel, vu de la place S'-Louis-de-Gonzague).

Au rez-de-chaussée se trouvait la « salle de tragédie » qui était aussi la « salle des thèses. »
Au premier étage, salles des cours de l'Université.
Au second, chapelle de la Congrégation des Bourgeois et Artisans.
A droite du pavillon, la première porte donnant sur le trottoir était la porte d'entrée de l'Université ; on y lit encore sur une plaque de marbre : *Scholœ Academicœ.*

de toutes les confrairies supprimées et recevoir le compte des officiers desd. frairies » (1).

Les commissaires se mirent à l'œuvre et, trois jours après, Guillaume Labat (2) et Bernard Hounau (3) procédaient à l'inventaire de la Congrégation et dressaient le procès-verbal suivant :

« Le vigt cinq septembre, mil sept cents quatre vingt douze, l'an quatrième de la liberté et le premier de l'égalité, nous Guilhaume Labat et Bernard Hounau, officiers municipaux et com^{res} nommés par la municipalité de Pau aux fins de procéder aux inventaires de tous les effets appartenants aux confréries et associations supprimées de cette ville, nous sommes rendus à la chapelle des cy-devant congréganistes où se sont trouvés d'après notre invitation MM. Mathieu Nolivos, Pierre Auture, Jacques Deus, Jean François Labourdette, Jean Dabat aîné (4), Bernard

---

(1) *Arch. com. de Pau*, D 6, f° 2 et 3.

(2) Il était maître ès-arts et en chirurgie, chirurgien-major du Château et de la Garde nationale. Le 16 décembre 1791, l'Assemblée départementale ayant décrété le rétablissement des cours d'accouchement qui avaient déjà existé à Pau, l'emploi de premier professeur fut donné au citoyen Labat. (Voir DEGENNE, *Panorama historique de Pau*, p. 374.) Labat se mêla au mouvement révolutionnaire. Il devint officier municipal le 16 nov. 1790, mais ses fonctions professionnelles ne lui permirent pas de s'occuper toujours activement de la politique. Ainsi en janvier 1794, en qualité de chirurgien-major du 1er bataillon montagnard du District de Pau, Labat se trouvait à Oloron et le Directoire du Département lui nommait un remplaçant, en raison de son absence, comme chirurgien au dépôt de mendicité de Pau (*Arch. des B.-P.*, Série *révolutionnaire*, 1 Q. 80, f° 403).

(3) Bernard Hounau était chirurgien-major aux Eaux-Chaudes et Bonnes, ex-chirurgien du prince de Bourbon et du régiment de la Fère. Dans le cours d'accouchement fondé à Pau en 1791 et dont nous avons parlé plus haut à propos de Labat. Hounau fut choisi comme second professeur, aux gages et émoluments de 400 livres. Parmi les pièces qu'il produisit à cette occasion, pour attester sa capacité, se trouvait une quittance de 172 liv. de M. Sue, grand-père du célèbre romancier, pour les leçons particulières d'anatomie qu'il en avait reçues. Hounau ne se contenta pas de faire de la chirurgie ; comme beaucoup de médecins de nos jours, il fut tenté par le démon de la politique. C'est ainsi que nous le voyons député par la communauté des maîtres en chirurgie dans l'assemblée générale de la ville de Pau du 4 janvier 1789 (*Arch. de Pau*, BB. 22, f° 276). Il fit partie de la municipalité choisie en 1790, après le décret de l'Assemblée nationale. Il donna sa démission, le 31 mars 1793, parce qu'il devait quitter Pau, le 4e bataillon du Département, dont il était chirurgien major, devant partir pour Baïgorry. (*Arch. com. de Pau*, D. 6). Il était de nouveau à Pau, au commencement de 1794, car le Directoire du Département le nomme chirurgien du dépôt de mendicité, en l'absence de Labat. (*Arch. des B.-P.*, Série *révolutionnaire*, 1 Q. 80, f° 403). Son nom se trouve d'ailleurs parmi les officiers municipaux choisis par Monestier en juillet 1794.

(4) Nous avons déjà trouvé le nom de Dabat, chapelier, dans les affaires entre la Congrégation et la Confrérie du Saint-Sacrement, en avril 1779. Il avait été reçu dans la Société le 7 mars 1779.

Abbadie, Mathieu Roquehort (1), Jean Baptiste Lanecastet, Pierre
Luc (2), officiers de la ditte Congrégation, et Piquemau, mande
détenteur des clefs, lesquels après avoir pris connoissance de
l'"objet de notre mission, nous ont fait ouvrir par ledit Piquemau
la porte d'entrée sur le bas qui donne sur la rue (3), et nous ont
conduit au haut de la chapelle : où étant nous avons trouvé au
second étage la porte d'entrée de la chapelle enfoncée et la serrure enlevée, fraction qui nous a paru avoir été faitte au moyen
d'un outil qu'on a glissé entre les deux portes, les clous de ladite
serrure étoient parsemés sur l'escalier (4). Et nous étant introduits dans la chapelle nous avons trouvé et inventorié

« *Premièrement*, l'autel garni de huit colonnes en ordre corin-
thien (5), et de quatre grande figures demi bosse avec deux anges
figurés sur le haut à ronde bosse, un tableau au dessus repré-
sentant la Vierge, garni de son cadre doré et cindré, un tabernacle avec des figures en bas-relief, le tout doré. Le devant de
l'autel également doré et sculpté recouvert d'une nape et d'un
morceau de taffetas bleu violet, plus un double devant d'autel en
deuil et peint sur toile, deux tables à cotté de l'autel en façon de
marbre et chacune à deux pieds de biche peintes en blanc et
bleu, un petit marchepied portatif en bois, deux grands chandelliers argentés et peints en bleu, un fauteuil garni de laine rouge,
six bonnes chaises garnies de paille, une balustrade séparant l'autel de la chapelle, dix grands tableaux à cadre peints et dorés,
garnissant la chapelle tout à l'entour, une boisure peinte en
marbre garnissant également le tour de la chapelle, différents
sièges simples bordant ladite boisure, une chère peinte en marbre et dorée avec son escalier également marbré, deux confessionnaux à l'encoignure peints en marbre et dorés, une petite

---

(1) Mathieu Roquehort, marchand, était congréganiste depuis le 26 mars 1781.
Son nom figure au nombre des *notables* choisis par Monestier pour former le
Conseil général de la commune de Pau en 1794.

(2) Pierre Luc était secrétaire de la Congrégation depuis 1779. Dans les *Statuts et Règlemens*, on trouve plusieurs fois cette mention, au bas de la trans-
cription de certaines ordonnances : « Lù, publié le tout en assemblée générale
de la Congrégation, par nous Luc, secrét. »

(3) C'est la porte du pavillon de l'Université qui donne sur la rue Léon Daran
et au-dessus de laquelle on lit encore ces mots : *Scholæ Academicæ.*.

(4) Cette disposition n'a guère changé. Quand on arrive au haut de l'escalier
qui mène à ce second étage du pavillon nord-ouest du Lycée, on se trouve sur
un étroit palier, avec deux portes à droite et à gauche; la première donnait
accès dans la chapelle, la seconde dans la sacristie.

(5) La chapelle est si minutieusement décrite qu'il serait facile de la reconstituer jusque dans ses moindres détails.
Il est intéressant de noter les colonnes corinthiennes de l'autel et les figures
diverses à « ronde-bosse » et à « demi-bosse ». C'est bien ce style religieux du
XVIII° siècle qu'on a nommé « style jésuite ». A remarquer aussi les crédences
« à pied de biche » et la profusion de dorures et d'imitations de marbre sur la
chaire, les confessionnaux et les différents meubles !

balustrade auprès du sanctuaire, dix-sept bancs de bois à dossier avec une petite balustrade sur le devant de ceux des bouts, une armoire jaune à deux portes : plus un pupitre sitté au-dessus d'une armoire carrée à une porte, une grande croix de bois avec son Christ dont le bord doré, une balustrade en bois avec six dossiés formant le cœur. Enfin un tableau numéroté à dix colonnes et un autre plus petit à trois colonnes, servant tous les deux à y inscrire les confrères. Une lampe argentée avec son verre, un autre pupitre, un tabouret et une petite armoire en bois.

« *Secondement*, étant passés dans la sacristie par une porte à gauche en entrant que nous avons trouvée enfoncée et la serrure enlevée, ainsy que quatre différentes armoires également enfoncées ; plus et dans les dittes armoires avons trouvé trois rangées de papiers imprimés, une boete à trois étages garnie de plusieurs sentences gravées, un Christ de bois argenté et doré, un Tegitur avec le Lavabo et l'Evangile à cadre doré, deux petits cadres de bois, deux plaques représentant Saint Jean avec l'agneau pascal, deux bouquets de lampe l'un vert et l'autre noir, un pupitre avec son missel, un pied de chandellier en forme de croix, dix battons de confrère avec une croix, huit grands chandelliers de bois doré pour l'autèl, un encensoir et une navette en cuivre, une soucoupe de fayance avec deux burettes de verre, dix vazes à fleurs, garnis de leurs bouquets dont quatre dorés, deux argentés et quatre de fayance, une casette vitrée avec l'enfant Jésus, deux Vierges de bois doré, huit chandelliers argentés, six autres grands vazes à fleurs argentés et quatre petits, touts ainsy que les précédents garnis de leurs bouquets postiches, quatre autres petits vazes de fayance dégarnis, six autres chandelliers de bois argenté, une clochette moyenne avec un manche de bois, deux autres grands vazes de bois doré, trois autres argentés, trois cassettes qui servoient à mettre des cierges, huit flambeaux postiches garnis de fer blanc, un scrutin de fer blanc, deux liasses d'alphabet, une échelle, un cadre de déz, un baril dans lequel se trouve un peu de charbon et une pele de bois, un réchau de fer et un vaze à pied de cuivre servant de bénitier, seize cierges postiches, touts lesquels objets nous avons laissé en place. Et M. Coigts intervenu nous a déclaré avoir chez lui les objets suivants appartenants à la ditte congrégation :

1° un cordon et une aube avec une grande dentelle,
2° Quatre amis avec leurs lies,
3° deux lavabos avec un servieton fin,
4° deux serviettes de lin l'une large et l'autre étroit,
5° un grand essuye main.
6° un essuye main de longueur ordinaire,
7° une nape très fine sans garniture et à rée bleue,
8° une autre grande nappe rapiessée,

9° une autre nape avec garniture de mousseline,

10° une nape pour donner la communion,

11° une autre nape large,

12° une autre nappe de dentelles grosse,

13° deux aubes blanches trop longues,

14° une autre serviette avec six bouts de cierge.

« Touts lesquels linges et cierges nous avons inventorié et laissé en mains du sieur Coigts qui s'en est rendu commandataire avec promesse de les représenter à la première réquisition.

« De quoy nous avons dressé le présent procès-verbal pour être raporté à la municipalité et avons signé avec le sieur Coigts, les officiers sus nommés et Henry Bernadotte que nous avons pris pour greffier, observant que le sieur Labourdette s'est chargé de la clef de la porte d'entrée et de six autres qui lui ont été remises par Piquemau.

« Signés : Labourdette, Noulibos, Auture, Deus, Coigt, Luc, Abadie, Dabat aîné, Piquemau, Roquehort, Lanacastets, G. Labat et Hounau, officiers municipaux, Bernadotte greffier ».

Quelques jours après, les mêmes commissaires procédaient à l'examen des comptes :

« Le quatorze octobre mil sept cents quatre vingt douze, l'an premier de la République, nous susdits commissaires désirant procéder au compte de la dépense et de la recette de la cy-devant confrérie des congréganistes, en exécution de la lettre du Directoire du district sous la datte du 21 du mois de septembre dernier, Et les citoyens Nolivos, Auture, Fournets, Labourdette, Deus, Dabat, Roquehort, Ferran, Couget, Coigt, Daban cadet et Nogué, membres de la ditte confrérie, s'étant rendus à la maison commune sur notre invitation, nous auroient observé que ce compte avoit été déjà rendu par Bernard Couget trésorier, et reçu le 2 mars dernier par les citoyens Daran, Ferran, Fournés, Dabat, Coigt et Pées à ces fins nommés com^res : Ledit Couget nous ayant représenté le double du dit compte (1), il en résulte qu'à cette époque ledit Couget était relicataire de la somme de cent cinquante deux livres, dix sept sols, six deniers, de laquelle il demeure nanty. Mais en déduction ledit Couget nous a aussy représenté un compte pour fournitures et dépenses dont fait par-

(1) Bernard Couget, serrurier, était entré dans la Congrégation le 7 mars 1779. Il fut élu trésorier en 1791, ainsi qu'il ressort de la note suivante qui se trouve en tête du catalogue des confrères pour 1791 : « Le 20 mars 1791, le présent registre a été remis au sieur Bernard Couget, dépositaire, pour faire le recouvrement des annuels pour la présente année, dont il rendra compte lorsqu'il en sera requis avec les autres receptes. Fait à Pau, en la chapelle de la Congrégation, led. jour et an que dessus ».

tie un mandat en datte du 29 août dernier, montant à la somme
de cent cinquante huit livres dix sols arrêtté le 13 octobre courant
par les citoyens Labourdette, Lamothe, Coigt et Dabat cadet, en
sorte que ledit Couget demeure débiteur seulement en la somme
de trois livres, sept sols, six deniers, nous ayant déclaré que
depuis le règlement de son compte dudit jour 25 mars 1792, il n'a
point fait de recette, attendû qu'aucun confrère n'a voulu payer
l'annuel. Luy ayant au surplus demandé ainsy qu'à touts les
dénommés cy-dessus, ce qu'étaient devenus les ornements, le
linge et les vazes sacrés, comme soleil, civoire, encensoir, calice,
patène et burettes d'argent dont la frérie étoit fournie, touts auroient répondû qu'ils l'ignoroient, et qu'aucun d'eux n'en étoit
dépositaire, ce qui demeure pour constaté. Et tout les dits comptes, mandats au nombre de dix-sept et cathalogue des membres
de la cy devant congrégation demeurent annexés au présent
procès-verbal qui sera déposé au secrétariat de la municipalité
de Pau pour être envoyé un collationné au Directoire du district,
et avons signé avec lesdits membres et Arnaud Silvestre Lacoste
que nous avons pris pour notre greffier d'office, préalable ser-
met par luy à Dieu en nos mains pretté. Signés : Ferrand, Couget, Dabat cadet, Fournès, Dabat aîné, Auture, Noulibos, Deus,
Coigt, Roquehort, Labourdette.
    « Pour copie conforme à l'original. — Bernadotte, secr. gref. »

La lecture de ces pièces suggère quelques réflexions. Les
Congréganistes prévoyant le bouleversement qui se préparait
avaient refusé de payer la cotisation annuelle : ils ne voulaient pas enrichir le fisc. Ils avaient aussi fait disparaître
argenterie et objets précieux. Interrogés, ils déclinèrent toute
responsabilité à ce sujet. Sûrement le mande Piquemau,
détenteur des clefs, n'était pas du complot : on s'était intro-
duit dans la chapelle et dans la sacristie sans clefs, en brisant
les serrures.

Voici ce qui s'était passé. Quelques six mois avant l'inventaire ordonné par l'autorité du district, le chapelier Dabat et
le serrurier Couget, tous les deux officiers de la Congrégation, voyant la tournure prise par les événements révolutionnaires et craignant pour leur chère société, songèrent à faire
disparaître et à soustraire à la surprise d'un vol légal les

_____

(1) Ces deux pièces d'inventaires qui se trouvent aux Archives départementales sont le « collationné envoyé au Directoire du District » par le secrétaire de
la municipalité. L'original doit exister aux Archives de la Mairie.

objets les plus précieux de leur chapelle. Ils s'ouvrirent de leur projet à un autre Congréganiste, Candalle père, qui ne fut pas de leur avis et qui leur déclara tout net que « s'il étoit en place comme d'autres fois », il s'opposerait à cette combinaison, car les objets pouvaient ainsi se perdre. Les deux dignitaires lui firent remarquer qu'on pouvait éviter ce danger, en prenant la précaution de dresser un triple inventaire qui serait remis en trois mains différentes ; ainsi les objets ne courraient aucun risque et tous ces ornements pourraient servir plus tard à la Congrégation, si jamais elle venait à être rétablie ; si elle disparaissait à tout jamais, on les distribuerait entre tous les membres. Quelques jours après le chapelier, Dabat annonçait confidentiellement au père Candalle que le projet avait été exécuté ; les trois inventaires avaient été dressés et les ornements étaient en lieu sûr.

Lorsque les commissaires municipaux se transportèrent officiellement dans la chapelle, ils ne trouvèrent pas les objets précieux et, sur leurs interrogations, les principaux membres de la confrérie répondirent qu'ils ignoraient ce qu'ils étaient devenus. La municipalité ne se souciait certainement pas de pousser plus loin les investigations.

Mais voilà que dans les premiers jours de l'année 1794, le Directoire du District reçoit une communication au sujet de ces ornements. C'est Pauline Siro (1), la présidente du Club féminin des Amies de la Constitution, qui dénonce Fournès comme recéleur de différents objets appartenant à la Congrégation. « Il importe aux intérêts de la République », fait remarquer l'agent national (2), de découvrir l'auteur de ces

(1) Elle fut célèbre à Pau pendant la Révolution. C'était une blanchisseuse délurée qui habitait dans une ruelle fangeuse du quartier du collège que l'ouverture de la rue Latapie, en 1842, a fait disparaître ; il y avait là quatre ou cinq baraques délabrées, repaire de toutes sortes de truands, et cet ensemble était appelé par dérision le petit Versailles. Pauline Siro avait été nommée présidente d'un club féminin par l'influence d'un professeur du collège, A. Sordes, qui avait lui-même embrassé les idées révolutionnaires ; elle débitait des discours patriotiques composés par ce professeur et, dans ce nombre, il y en a un qui est célèbre : c'est celui qu'elle prononça dans ce club de citoyennes, le 15 juillet 1791, au milieu d'une grande agitation et des motions les plus fantaisistes. (Voir *Recueil de pièces révolutionnaires. Bibliothèque de Pau*, Ee, VII G, 156.)

(2) C'était Dulaut fils, l'une des figures les plus marquantes de la Révolution, à Pau. Il était né le 16 octobre 1767. Son père était huissier au Parlement et fut secrétaire du Directoire du District jusqu'à ce que Monestier l'appelât au

détournements. On ordonne une enquête auprès des individus que la citoyenne avait désignés. L'un déclare qu'il ne sait rien, l'autre pris de peur dénonce ses confrères, un troisième feint l'ignorance au sujet des ornements et proclame « qu'il serait bien aise de savoir ce qu'ils sont devenus afin qu'il peut en faire profiter la République ». Ce madré voulait peut-être cacher sous des apparences révolutionnaires son vif désir de servir la Congrégation. Il était de ces « *malins béarnais*, dont parle Aulard, *qui avaient trouvé le moyen de ne pas se compromettre* » (1). Voici d'ailleurs les pièces officielles :

« Extrait du Registre des Délibérations du Directoire du District de Pau (2).

Comité de surveillance. Dulaut fils, qui était avocat, fut nommé procureur-syndic du Directoire du district, titre remplacé plus tard par celui d'agent national. Lorsque Monestier arriva à Pau, il accorda à Dulaut toute sa confiance et l'opinion publique attribua à son influence les mesures violentes qui signalèrent l'administration du représentant. Dulaut avait pour prénom Jean-Baptiste. Lorsque la Convention épura le calendrier et remplaça par des noms de légumes et d'animaux les vieux noms de saints. il renia son patron et se fit appeler Romarin, nom qui figurait au 24 juin. Il épousa en pleine Terreur la fille d'un pauvre perruquier nommé Lafougère, qui faisait des barbes dans une boutique ambulante. montée sur quatre roues et qui stationnait ordinairement dans l'impasse de la Foi. Après le 9 thermidor. Dulaut fut forcé de quitter le pouvoir et il reprit sa place au barreau. Une dénonciation fut lancée contre lui par la municipalité en septembre 1795, mais la Convention ne voulut pas s'arrêter à ces plaintes. Vers 1823, l'ex-terroriste se retira à Méracq (canton d'Orthez) auprès d'une de ses nièces et y mourut quelques années après. (Voir dans le *Bulletin de la Société des Sciences, Lettres et Arts de Pau*, tome IX, p. 118, *Documents pour servir à l'histoire des temps révolutionnaires dans le Sud-Ouest*, par F. RIVARÈS.)

(1) *Revue de la Révolution Française* (n° du 13 mars 1902).

(2) Le Directoire du District fut modifié à deux reprises par Monestier. Voici la composition de ce conseil administratif,

au 28 septembre 1793 :

Lacrouts, cultivateur de Bosdarros, *président*.
Dulaut, fils, *procureur syndic*.
Broucaret, *vice-président*.
Laterrade, de Morlàas, *vice-procureur syndic*.
Garos, de Jurançon, }
Palette, de Bizanos, } *membres du Directoire*.
Palas et Laudet, *adjoints au Directoire*.
Cabeillut, de Laroin,)
Barinque, de Lème,)
Trespoey de Sedze, de Gelos } *membres du Conseil*.
Burret, de Sauvagnon,)
Bordenave, d'Aressy,)
Dulaut, père, *secrétaire*.

au 2 juillet 1794 [14 messidor, an II] :

Broucaret, de Pau, *vice-président*.
Dulaut, fils, de Pau, *agent national*.

« Séance du 23 germinal, l'an 2ᵉ de la République [12 avril 1794].

» Sur la dénonciation faite à la séance de l'administration par Pauline Siro de la présente ville qu'elle a été instruite par des citoyens qu'elle a indiqués pour témoins que le citoyen Fournés, marchand de Pau, était nanty de vazes sacrés et autre argenterie ainsi que de plusieurs meubles linges et autres ustensiles qui existoient à la chapelle de la ci-devant congrégation située au collège ; et vu le procès-verbal dressé par la municipalité de Pau qui contient les objets qui si sont trouvés et qui constate l'effraction faite à la porte de la sacristie et aux armoires où naturellement l'argenterie et autres effets précieux devoient se trouver.

« Le Directoire du District, ouï l'agent national, considérant qu'il importe aux intérêts de la République de découvrir l'auteur du détournement de l'argenterie et autres effets dont il s'agit dont la chapelle s'est trouvée dépourvûe, quoi qu'il soit notoire qu'il en existoit, ,

«Arrête que par le citoyen Laudet (1) commissaire à ce nommé il sera pris des informations avec les témoins indiqués par Pauline Siro et tous autres relativement à l'enlèvement de l'argenterie et autres effets dont il s'agit, pour à la vue être statué. Pau, en Directoire de district, le dit jour et an que dessus. Signés : Broucaret, Laterrade, Garos, Palette, Palas, Laudet, Dulau agent national, Dulau secrétaire.

Collationné : *Dulau*, secrᵉ » (2).

Laterrade, de Morlàas, *vice-agent national*.
Garos, de Jurançon, ⎫
Palette, de Bizanos, ⎬ *membres du Directoire*.
Palas, de Pau, ⎭
Bournos, de Pau, ⎫
Sicabaig, de Pau, ⎬ *adjoints au Directoire*.
Buisson, de Pau, ⎭
Pont de Bruges, *président*, ⎫
Paradis, de Pau, ⎬ *membres du Conseil*.
Cabeillut, de Laroin, ⎬
Barinque, de Garlède, ⎭
Mounou, *secrétaire général*.
Mathieu, *concierge*.

(1) Pierre Laudet était alors chef de bureau au district, adjoint au Directoire. Monestier lui avait trouvé les aptitudes nécessaires pour le choisir, dans un arrêté du 12 août 1793, comme l'un des 12 membres du Comité du Salut public. Il était aussi commandant du bataillon ci-devant Cordeliers. A ce titre, il fit partie de la Commission militaire organisée, le 14 septembre 1793, pour juger Daudoux et Cazenave, vicaires de Viella, dans le Gers, accusés, l'un d'émigration, et l'autre de refus de serment. La commission les jugea coupables mais ne prononça point de condamnation. Ce fut Dulau, le procureur syndic, qui décida qu'ils seraient mis à cinq membres et ils furent immédiatement fusillés sur la place de la Révolution (place Gramont actuelle).
Laudet sera nommé, en septembre 1794, par Monestier, secrétaire général du Directoire du Département.

(2) Cette pièce est une copie faite sur l'original par le secrétaire du Directoire du District.

Voici maintenant le texte des trois enquêtes menées par le citoyen Laudet :

« Le vingt quatre germinal, l'an 2º de la République [13 avril 1794], moi Pierre Laudet, commissaire nommé par arrêté du Directoire du District du jour d'hier pour prendre des renseignements sur l'enlèvement de l'argenterie et autres effets dépendants de la Congrégation ; En conséquence j'ai fait prier les témoins à moi indiqués de se rendre au Directoire du District pour fournir leurs déclarations.

« Le citoyen Dabat, marchand chapelier à Pau, a déclaré qu'il étoit membre de la Congrégation et en place d'officier, lorsque, vers la Notre-Dame de septembre 1792, la Congrégation prit ses vacances, qu'à cette époque l'argenterie et le reste des effets dépendants de la chapelle furent fermés à la sacristie, qui ne fut plus ouverte que par les officiers municipaux pour procéder à l'inventaire, qu'il fut appellé par eux pour y assister, qu'ils trouvèrent la porte de la sacristie enfoncée de même que les armoires qui étoient dedans, qu'il ignore absolument ce qu'est devenüe l'argenterie et les effets qui peuvent manquer, Et a signé avec moi. — Dabat — Laudet, com^{re}.»

« Ledit jour s'est présenté le citoyen Candalle père et a déclaré que dans le commencement du printemps de l'année 1792, autant qu'il put se le rappeller, les citoyens Dabat chapelier et Couget serrurier, le premier officier et le second dépositaire de la Congrégation, se rendirent chez le déclarant pour le consulter et lui dirent qu'il couroit un bruit qu'on alloit détruire toutes les fréries, qu'eux et une partie de la consulte de la Congrégation avoient pensé qu'il conviendroit de tirer de la chapelle ce qu'il y auroit de plus précieux au cas que cela arrivat, et lui demandèrent son avis là-dessus. Le déclarant leur répondit qu'il n'étoit pas de cet avis, qu'au contraire s'il étoit en place comme d'autres fois il si oposeroit et leur ajouta qu'en prenant ce parti les objets pourroient se perdre. Dabat et Couget lui dirent alors qu'il ni avoit rien à risquer, qu'il en seroit fait un inventaire triple pour être remis au détempteur et à deux officiers principaux de la frérie. Ils ajoutèrent que si la frérie venoit à être détruite, les objets pourroient servir dans un autre tems pour un chapelain qu'on prendroit, ou bien que cela seroit partagé. Le déclarant ajoute que comme ancien membre et officier de la frérie, il se rappelle que l'argenterie de la chapelle consistoit en un soleil, calice, patène, un civoire, les burettes avec le plat, un ensensoir avec sa navette et cuillere. Et a signé avec moi com^{re}. — J. Candalle. — Laudet, com^{re}. »

« Sans déplacer le citoyen Candalle a ajouté que quelques jours après l'époque indiquée dans sa déclaration, il eut occasion de voir le citoyen Dabat chapelier, qui lui dit que les objets dont il avoit été question avec lui et Couget avoient été pris à la chapelle, qu'ils étoient en lieu de sûreté et que les inventaires avoient été faits. Et a signé avec moi. — *J. Candalle. — Laudet*, com^ro.

« Le vingt-cinq. germinal, l'an 2º de la République [14 avril 1794], devant moi commissaire s'est présenté François Labourdette, menuisier à Pau, lequel a déclaré que vers le mois de septembre 1792, les citoyens Hounau et Labat, officiers municipaux com^rcs pour l'inventaire à faire du mobilier de la chapelle de la Congrégation, le firent appeler pour y assister comme sous-secrétaire de la frérie, qu'il si rendit ,et trouvèrent que la porte de la sacristie et les armoires qui y étoient avoient été enfoncées, les objets qui si trouvèrent furent inventoriés et laissés en place dont le déclarant se rendit commandataire. Le déclarant observe qu'il ne se trouva pas de l'argenterie quoi qu'il soit de sa connoissance que les ornements fussent en argent. Il ignore ce qu'ils sont devenûs, qu'il seroit bien aize de le savoir afin qu'il peut en faire profiter la République. Il observe que les dits ornements consistoient en un soleil, un civoire, un calice avec sa patène, les burettes avec le plat et un encensoir complet. Et a signé avec moy com^ro. — *Labordette. — Laudet*, com^ro » (1).

Ceux qui avaient fait le détournement de ces objets prirent peur. C'est qu'on ne badinait pas à cette époque. Un arrêté de Monestier (2) du 12 germinal venait d'instituer une Commission Extraordinaire : quatre condamnés à mort venaient d'être exécutés et avant la fin de ce mois d'avril, cinq

(1) C'est l'*original* même des enquêtes.

(2) Monestier (du Puy-de-Dôme) fut le représentant du peuple envoyé par la Convention pour organiser le gouvernement révolutionnaire dans les départements des Basses et des Hautes-Pyrénées. Il arriva à Pau en avril 1793. C'était un prêtre défroqué, chanoine et curé de St-Pierre de Clermont. Envoyé à la Convention par le Puy-de-Dôme, il vota la mort de Louis XVI sans restriction. Homme violent, sectaire, il a laissé un triste souvenir dans notre pays. Il installa à Pau un Comité du Salut public et institua une Commission extraordinaire qui mit en jugement et envoya à l'échafaud une foule de prêtres, de femmes et de gens du peuple, dénoncés par des ennemis personnels. Son rôle fut odieux et grotesque à la fois. Le 9 thermidor, qui vit tomber la dictature de Robespierre, mit fin aux folies sanguinaires du Commissaire de la Convention. Il fut rappelé et décrété d'arrestation ; la municipalité de Pau envoya à la Convention un violent réquisitoire contre lui. (Voir *Études historiques et religieuses du diocèse de Bayonne*, tome IV, p. 487). Il eut la bonne fortune de bénéficier de la loi d'amnistie du 4 brumaire et le Directoire le nomma Président du tribunal criminel du Puy-de-Dôme. Napoléon le transféra au siège de 1er président du tribunal d'Issoire, d'où la Restauration l'expulsa comme ancien régicide. (Voir RIVARÈS, *op. cit.* ; A. PLANTÉ, dans les excellentes Notes placées à la fin du *Registre des délibérations du Comité de surveillance établi à Orthez,* publié dans le *Bulletin de la Société des Sciences, Lettres et Arts de Pau*, tome XXX, p. 123 et sq.)

têtes allaient encore tomber sous le couperet ; l'une de ces victimes dont on instruisait le procès était Montagnac, le frère d'un membre de la Congrégation. Pour un *propos incivique* on pouvait être déclaré suspect et mis en jugement ; à plus forte raison pour avoir commis un détournement d'argenterie au détriment de la République. Aussi les membres de la Congrégation, sur qui pesaient peut-être quelque soupçon, firent-ils parvenir, le jour même où le citoyen Laudet terminait son enquête, un billet anonyme au Directoire du District dans lequel on faisait connaître ce qu'étaient devenus les ornements et les vases sacrés. Immédiatement le Directoire prit une décision :

« Séance du 25 germinal [14 avril 1794].

« Vu l'arrêté du 23 germinal courant qui commet le citoyen Laudet pour prendre des informations avec des témoins indiqués et autres relativement à l'enlèvement de l'argenterie et autres effets dépendants de la ci-devant frérie de la Congrégation,

« Vu les déclarations de quelques citoyens faites devant le citoyen Laudet, com^{re},

« Vu la lettre anonime adressée au citoyen Laudet trouvée en ce jour sur une table de la salle de nos séances, dont la teneur suit : « tous les effets sont à la Congrégation, mais il faut bien les chercher, celui qui les y a cachés n'est plus » (1).

« Le Directoire du District, oui l'agent national, arrête que les citoyens Palas (2) et Laudet adm^{rs} se transporteront dans la ci-devant chapelle de la Congrégation pour y faire des exactes recherches de l'argenterie et autres effets dont il s'agit pour au raport du procès-verbal être pris des mesures ultérieures s'il y a lieu » (3).

Les deux délégués se rendirent immédiatement dans la chapelle et y trouvèrent en effet les vases sacrés et ornements cachés dans la chaire et derrière un confessionnal.

---

(1) L'original de cette lettre anonyme se trouve dans le carton des Archives qui renferme les pièces relatives aux inventaires de la Congrégation. C'est un petit billet, en lettres onciales, imitant les caractères d'imprimerie, tracé dans une orthographe fantaisiste et d'une main qui tremblait ou plutôt qui voulait déguiser sa véritable écriture et détourner les soupçons. Voici d'ailleurs le texte lui-même de cette lettre : « Tous les efets | sont a la | congregation | mais il fot | bien cherché | celuy qui les l i a caché n'est | plens. » Au verso de la feuille, pliée en deux, la suscription : « pour le citoyen Laudet. »

(2) Palas faisait partie du Directoire du District, comme adjoint. en septembre 1793. Dans la réorganisation des corps constitués, le 2 juillet 1794, Monestier le conserva au même titre dans la même administration.

(3) C'est une minute ou brouillon de l'arrêté du Directoire,

« Le vingt six germinal, l'an 2ᵉ de la République [15 avril 1794], Nous Palas et Laudet administrateurs du Directoire du District de Pau, commissaires nommés par l'arrêté du jour d'hier, nous nous sommes transportés dans la ci-devant chapelle de la Congrégation située au collège de la présente commune de Pau, accompagnés du citoyen Candale père et François Labourdette de ladite commune et anciens membres de la frérie, le citoyen Labourdette porteur des clefs de la dite chapelle comme commandataire des effets qui y avoient été inventoriés par les commissaires de la municipalité. Procédant aux recherches ordonnées, nous en aurions fait quelques-unes sans succès, mais montés à la chaire nous constatons y avoir trouvé un encensoir complet avec sa navette, un ciboire, un calice avec sa patene, un soleil, deux **burettes avec le plat et un crochet de pluvial** ; tous lesquels objets sont d'argent, une lampe de cuivre et plusieurs cierges en partie coupés et tous entamés et deux morceaux de flambeaux. Continuant nos recherches, nous avons trouvé derrière le confessionnal en face de la porte d'entrée de la chapelle, une petite caisse dans laquelle se sont trouvés quatre chandeliers avec leurs girandoles de cuivre blanchies, six ornements avec leurs attirails (1) pour la célébration de la messe, deux pluvials noir et blanc avec leurs attirails, deux dalmatiques, le dessus et le tour d'un dez, tous lesquels objets sont ornés de galons et franges en or et argent, trois essuyemains, un débris de nape, trois serviettes dont une totalement déchirée, deux aubes l'une en toile et l'autre en mousseline ; tous les dits objets sont mouillés et moisis par l'effet des goutières. Nous avons trouvé ensuite sur l'autel un lustre complet doré et plusieurs girandoles en bois blanchies ; nous avons ensuite continué nos recherches qui ont été infructueuses. Constatons que le citoyen Labourdette s'est chargé des objets ci-dessus détaillés qu'il s'est obligé de représenter dès qu'il en sera requis, à l'exception de ceux en argent trouvés à la chaire dont nous commissaires nous nous sommes chargés pour les déposer au secrétariat de l'administration du District, et les citoyens Labourdette et Candale ont signé avec nous. Fait et clôturé dans ladite chapelle, le dit jour, mois et an que dessus. — *Candalle, Labordette, Palas,* comʳᵒ, *Laudet,* comʳᵒ » (2).

Une fois en possession de cette fameuse argenterie et de

---

(1) La formule brutale et peu respectueuse des sans-culottes du Directoire est à remarquer. Les termes dont s'étaient servis les commissaires de la municipalité étaient autrement dignes et calmes. On sent comme une rage chez les citoyens enquêteurs et cette impression est confirmée par une note jetée sur une feuille volante et qui fait partie du même dossier. L'argenterie de la chapelle s'y trouve détaillée et une longue accolade réunit toute l'énumération avec cette mention : « Trouvés *à la chaire des mensonges* les objets ci-contre. »

(2) Original du procès-verbal des perquisitions faites dans la chapelle.

ces ornements au sujet desquels il avait surgi tant de difficultés, le Directoire du district en disposa au mieux des intérêts de la République.

« Séance du 27 germinal, l'an deuxième de la République [16 avril 1794].

« Vu les inventaires du mobilier des ci-devant fréries formées dans la commune de Pau pour la garde desquels il a été établi des commandataires,

« Le Directoire du District, oui l'agent national, considérant qu'il est convenant de réunir les ornemens provenants des fréries formées à Pau, soit pour en éviter la détérioration, soit pour leur donner la destination déterminée par la Loi,

« Qu'un magazin ayant été établi pour ceux provenant des églises du district, on peut sans inconvénient y réunir ceux provenants des fréries en recommandant au préposé établi de les distinguer par des étiquettes,

« Arrette qu'à la diligence de la **municipalité de Pau, tous les** ornemens provenants des fréries formées dans la commune de Pau, compris dans les inventaires dressés par les com^{res} seront réunis dans le magazin établi dans la maison nationale provenante de Pujo émigré, et remis en main du citoyen Paradis com^{re}, qu'à la diligence du secrétaire de l'administration, l'argenterie déposée au secrétariat par les citoyens Palas et Laudet com^{res} par ceux-ci trouvée et inventoriée dans la chapelle de la ci-devant Congrégation le 26 germinal courant, ensemble les ornemens dont ils ont chargé le citoyen Labourdette seront également portés audit magazin,

« Arrette enfin que tous les objets compris dans les In^{res} autres que ceux qui doivent être déposés et dont on pourra tirer parti seront vendus par Palas assisté de deux officiers municipaux et du préposé à la régie qui en percevra le prix ; à cet effet il fera apposer des afiches pour annoncer la vente » (1).

Tout fut exécuté à la lettre, ainsi qu'on peut le constater par la déclaration suivante apposée au bas de l'inventaire du 26 germinal :

« Je soussigné, com^{re} nommé par le Directoire du district déclare avoir reçu les effets en argent mentionnés au présent inv^{re}. Pau, le 25 floréal, l'an. 2° républicaine. — *Paradis* (2), com^{re}.»

---

(1) Ce n'est que la minute de l'Arrêté.
(2) Jacques Paradis était prêtre prébendier, attaché à l'église Saint-Martin. Activement mêlé au mouvement révolutionnaire, il fut nommé, en 1793, par Pinet et Monestier, curé de Saint-Martin, fit partie de l'administration révolu-

L'argenterie et les ornements de prix furent donc vendus ou mis en réserve. Quant aux meubles, autel, chaire, confessionnaux, il était difficile d'en tirer parti. Dans certaines églises on avait utilisé les confessionnaux comme guérites pour les factionnaires (1), et les chaires comme tribunes pour les orateurs des Sociétés populaires, mais il restait encore une foule de choses précieuses qui auraient fait la fortune des antiquaires, si cette respectable corporation avait eu à cette époque la même vogue que de nos jours et si de plus l'article religieux avait été à la mode.

Ces meubles qui restaient, on les avait heureusement confiés à des gardiens responsables qui devaient en rendre compte et cette précaution eut pour résultat imprévu et assurément bien éloigné de l'esprit des hommes qui avaient fait les inventaires, de les conserver pour servir plus tard, lors du rétablissement du culte. La fonction de gardien n'était pas toujours facile. Dans cette crise de désordre et d'anarchie, les biens de la nation n'étaient guère respectés et c'est à chaque instant que les autorités publiques devaient prendre des mesures contre le pillage et la dilapidation des domaines ou des monuments nationaux : tantôt c'est un terrain appartenant à une communauté dispersée ou à un émigré qu'un sans-culotte logique avec les idées du jour s'est approprié et a clôturé, tantôt c'est une porte de chapelle qu'on a fracturée, tantôt ce sont des matériaux provenant d'une église démolie ou abandonnée dont un patriote s'empare impudemment.

Il en fut ainsi pour la chapelle de la Congrégation. Le menuisier Labourdette (2) qui avait reçu en garde les objets qui se trouvaient dans cette chapelle eut du mal à remplir sa fonction. Des gamins du quartier, escaladant les clôtures ou

---

tionnaire à Pau et en particulier fut désigné, le 1er germinal an II, comme commissaire chargé de recevoir les ornements et l'argenterie des églises ; c'est à ce titre qu'il signe le reçu des objets précieux de la Congrégation.

(1) D'après une délibération municipale de Pau, du 26 nivôse. an II (15 janvier 1794), il en fut ainsi pour les confessionnaux de l'église Notre-Dame.

(2) Jean-François Labourdette, menuisier, pro-secrétaire de la Congrégation avant la Révolution, avait été inscrit dans les registres le 15 août 1781. Il assista comme témoin aux inventaires de la Chapelle. et fut désigné comme gardien des objets qu'on y laissa. Après la tourmente, il fit partie de la Congrégation rétablie et nous le trouvons durant une trentaine d'années occupant les diverses charges de la Confrérie.

profitant des portes brisées, s'étaient introduits dans l'oratoire des Bourgeois et Artisans, s'étaient emparés de certains objets qui s'y trouvaient et s'en servaient irrévérencieusement dans leurs jeux, au grand désespoir de l'honnête Labourdette.

On connut tous ces faits, lorsque le collège dut être aménagé pour devenir une Ecole Centrale (1), après avoir été pendant quelques années arraché à sa destination naturelle et cédé par le Directoire du Département à une société dans le but d'y établir une manufacture de draps. Par arrêté du 5 vendémiaire an V (26 septembre 1796), l'Administration centrale des Basses-Pyrénées ordonna l'organisation d'une école et la municipalité fut chargée de surveiller les réparations que nécessitait cette nouvelle destination du local. Le commissaire délégué à cet effet par le Corps municipal devait rendre compte de sa mission et c'est parmi les observations qu'il présenta à cet effet que nous avons trouvé ce qui concerne la chapelle des Congréganistes (2).

« Séance du 28 ventôse, an V [18 mars 1797].

« Le citoyen Dulaurier a dit qu'en conformité de l'arrêté de l'administration centrale du 5 vendémiaire ordonnant la réparation des classes destinées aux écoles centrales sous la surveillance de l'administration municipale, il fut délégué par cette dernière pour suivre ces travaux, qu'ayant convenu avec le citoyen Latapie que si les moyens étoient suffisans il falloit refaire la toiture de la partie des classes où étoit située la chapelle de la ci-devant Congrégation, il lui fut observé par le citoyen Labordette 2e né qu'il existoit dans ladite chapelle plusieurs objets propres au service du culte confiés à sa garde, qu'on avoit enfoncé les portes, que quelques enfans avoient été trouvés avec quelqu'un desdits objets faisant des amusemens, qu'il avoit fait constater le brisement des portes par le juge de paix et qu'enfin il lui étoit impossible de continuer sa garde, surtout devant encore se faire des travaux dans cette partie ; Qu'il en parla à l'administration

---

(1) La Convention nationale, voulant réorganiser l'instruction publique, avait ordonné par une loi de l'an III la création des Ecoles Centrales. Celle de Pau fut ouverte le 20 brumaire an V (10 novembre 1796) et l'inauguration officielle eut lieu l'année suivante, le 23 brumaire an VI (13 novembre 1797). (*Bibliothèque de Pau*, Ee, XIV F, 6). Cette Ecole centrale végéta et fut supprimée, ainsi que toutes les autres, par une loi du 11 floréal an X (1er mai 1802) pour être remplacée par le Lycée actuel. (Voir DELFOUR, *op. cit.*, ch. XVIII).

(2) *Arch. com. de Pau*, D 10, fo 17.

et que d'accord, il fut commis avec le citoyen Néron pour faire
transporter à l'hospice civil les effets existans dans ladite chapelle ; qu'ils y trouvèrent un autel avec tous ses accessoires en
bois doré, une chaire, deux confessionnaux, un grand Christ, des
chandeliers d'autel, d'autres petits chandeliers, une armoire et
enfin plusieurs autres petits objets servant à l'exercice du culte,
le tout en bois ou en plâtre et de peu de valeur, qu'ils réclamèrent
de la directrisse, des gens de l'hospice avec lesquels ils y firent
tout porter pour y rester en dépôt jusques à ce qu'il en fut autrement ordonné, que le citoyen Labordette réclame comme de raison une décharge de sa garde ; qu'en conséquence il demande
que le citoyen Néron et lui soient autorisés à remettre audit
Labordette une déclaration des remises de ces effets, moyennant
quoi il demeurera valablement déchargé.

« Sur quoi, l'administration municipale, oui le commissiaire
du Directoire exécutif,

« Considérant qu'il est vrai que les objets qui restoient à la ci-
devant chapelle de la Congrégation furent transportés à l'hospice
civil, que la pluspart sont en évidence dans l'églize (1) dudit
hospice, qu'ils servent pour les habitans de la Porte-Neuve qui en
conformité de la loi du 11 prairial avoient demandé un local
pour servir à l'exercice du culte, que tout récemment il vient
d'être porté dans la ci-devant églize des Cordelliers (2) et pour
l'usage des assemblées électorales la vieille chaire de l'hospice
remplacée par celle de la Congrégation,

---

(1) Après la Terreur, lorsque la Convention décréta le libre exercice des cultes,
les habitants de la Porte-Neuve obtinrent de la municipalité l'église de l'Hospice. Lors du Concordat, on donna à l'église Saint-Jacques une succursale qui
avait son siège à l'Hospice. La circonscription de cette succursale fut faite par
un arrêté préfectoral du 12 messidor, an XI. Le des-ervant de cette succursale
fut l'abbé Maignaud, ancien recteur de l'Université et doyen de la Faculté de
théologie de Pau. Cette sorte de troisième paroisse fut supprimée le 15 thermidor, an XII (26 août 1804).

(2) Cette église des Cordeliers subit pendant la Révolution des vicissitudes
très diverses. C'était la plus grande de la ville ; aussi est-ce dans son enceinte
que fut prêté, le 13 février 1790, le serment de la municipalité élue en vertu der
nouveaux décrets de l'Assemblée nationale ; c'est là encore qu'on procéda à
l'élection de Sanadon, en mars 1791. Lorsqu'un décret de l'Assemblée nationale
du 12 juillet 1792 arrêta qu'il n'y aurait qu'une seule paroisse (Saint-Martin)
dans la ville de Pau, l'église des Cordeliers fut conservée comme succursale.
Pendant la Terreur, l'église fut fermée, et le 18 prairial, an III (6 juin 1795), la
municipalité constate que ce monument « devenu inutile pour sa première destination menace ruine et que les bas-côtés ont déjà croûlé. » Une loi ayant
accordé le libre exercice des cultes, les habitants de la section de la Fontaine
demandent et obtiennent le 2 frimaire an IV (nov. 1795), la libre disposition de
cette église « à la charge d'en supporter l'entretien et les réparations ». Mais en
même temps, depuis prairial an V (mai 1797) les fêtes décadaires sont célébrées
aux Cordeliers. La même église est encore le siège des assemblées primaires de
l'arrondissement de la Fontaine, en vertu d'un arrêté municipal du 7 ventôse,
an V (25 février 1797) ; c'est dans ce but qu'on y avait transporté la chaire de
l'Hospice. Enfin, au rétablissement du culte, l'église des Cordeliers devenait le
siège de l'une des paroisses de Pau sous le nom d'église de St Jacques (paroisse
de l'Est).

« Arrête que les citoyens Néron et Dulaurier sont autorisés à
fournir au citoyen Labordette une déclaration en remise des
objets sortis de la ci-devant chapelle de la Congrégation, moyennant ce ledit Labordette demeure valablement déchargé de sa
garde. — [Signé] : J. Réveil prᵗ. »

Tout était donc fini. La Congrégation était dissoute, ses
ornements vendus, ses meubles dispersés. Mais si les choses
de la Congrégation avaient disparu, les hommes restaient et
il serait intéressant de connaître leur conduite en pleine fiè-
vre de Révolution, les uns victimes, d'autres complices des
agitateurs terroristes, la plus grande partie subissant l'orage
et ne paraissant marcher avec les exaltés que pour garder le
droit à la vie. Aussitôt après la tourmente, la Congrégation
rétablie prenait une première délibération où on arrêtait certaines mesures contre les membres qui s'étaient compromis.

« Un membre a observé qu'il était de notoriété publique que
plusieurs anciens confrères avaient donné dans des excès d'irré-
ligion et d'inconduite tout à fait incompatibles avec l'honneur
et la réputation de la Société, qu'il serait possible qu'aujourd'hui
ces anciens confrères voulussent faire encore partie de la Congrégation après en avoir flétri la mémoire autant qu'il a été en
eux de le faire ; que pour prévenir ce scandale, il était urgent
de prendre quelques mesures pour écarter sans éclat du sein de
la Société des hommes qui se seraient montrés indignes de lui
appartenir, et en conséquence il a proposé d'arrêter que tout individu ayant fait partie de la Congrégation et qui voulut y rentrer,
eut à se présenter devant une Commission de six membres, pour
en obtenir un billet d'admission lequel ne serait délivré qu'à ceux
dont la conduite n'aurait pas mérité de reproches graves » (1).

Il serait facile de retrouver ces noms et de reconstituer les
épisodes auxquels ils furent activement mêlés. A quoi
bon ? Nous ferons cependant quelques exceptions, mais ce
ne sera que pour rappeler certains événements, déjà connus,
pour répéter ce que d'autres ont déjà dit.
Il y avait d'ardents anti-révolutionnaires parmi les Congréganistes. Ainsi le « nommé Turon, tisserand » (2), est dé-

(1) *Registre de la Congrégation.* Délibération du 3 novembre 1805, p. 6.
(2) Jean Turon, tisserand, était dans la Congrégation depuis le 21 juin 1785.
Il en fit encore partie après la Révolution.

noncé au Comité du Salut public de Pau pour avoir manifesté
des sentiments réactionnaires, le 9 avril 1793, durant la lecture d'une proclamation qui déclarait Dumouriez traître à
la patrie. Pendant qu'on faisait cette lecture il crie « Vive le
roi public ! avec affectation, pendant que tous les autres
citoyens craient : Vive la République ! » (1).

Nous trouvons encore un Congréganiste parmi les boulan-
gers dont les fours furent fermés par une ordonnance municipale (2) du 16 septembre 1792, « parce qu'ils avaient aban-
donné leur métier, cherchant à faire la loi aux consomma-
teurs » ; c'est Pierre For (3).

Parmi les imprimeurs de Pau, à l'époque révolutionnaire,
il y en a deux dont les noms se retrouvent souvent au bas des
placards et des arrêtés officiels : ce sont Guilhaume Sisos et
Pierre Toumiu. Les deux étaient Congréganistes. G. Sisos
était dans la Société depuis le 24 Juin 1784 ; il était alors ouvrier dans l'atelier Daumon, successeur de Desbarats. En
1794, il s'installa pour son compte et imprima une foule de
brochures et de placards (4). Il ne dut pas être un fougueux
révolutionnaire, car nous le retrouvons dans le catalogue de
la Congrégation après le rétablissement du culte. Il mourut
le 16 novembre 1808, à cinquante-cinq ans.

C'est tout autrement que se comporta son camarade Pierre
Toumiu, également ouvrier de Daumon et associé de son
patron de 1793 à 1795 (5). Il avait été reçu dans la Congrégation le 8 Décembre 1789 et ce pieux empressement, à la veille
de la Révolution, est étrange, car bientôt après nous le
voyons donner des garanties suffisantes à Monestier et à ses
confrères pour être choisi comme l'un des 12 membres du
Comité du Salut public, le 12 août 1793, et plus tard, en
messidor 1794, comme notable dans le Conseil de la com-

(1) Voir RIVARÈS, op. cit., p. 298.

(2) SOULICE, Essai d'une bibliographie du département des Basses-Pyrénées,
période révolutionnaire, paru dans le Congrès scientifique de France, Pau,
Vignancour. 1873, nº 156.

(3) Pierre For avait été admis dans la Congrégation le 25 mars 1779 et il en
fit de nouveau partie après le rétablissement de la Société.

(4) L. LACAZE. Les Imprimeurs et les Libraires en Béarn, Pau, Ribaut, 1884,
p. 210.

(5) Ibid., p. 239.

munc. Dans le catalogue des Congréganistes dressé après le rétablissement de la Société, le nom de Toumiu est effacé et en regard, à la marge, on a écrit : *rayé*. Il mourut le 29 août 1816 (1).

Enfin, parmi les Congréganistes, on trouve un nom fameux durant la période de la Terreur. C'est celui de Montagnac. On a raconté le jugement inique et l'exécution de ce pauvre huissier, dont le crime consistait au fond à avoir tenu des propos indiscrets sur l'agent national Dulau (2). Ce Montagnac qui fut exécuté avait fait partie de la Confrérie du Saint-Sacrement. Un de ses frères cadets, Jean-Antoine Montagnac, dit Lombès, serrurier, était membre de la Congrégation des Bourgeois et Artisans (3). Il habitait aux loges du Collège (4), ainsi que l'indiquent les rôles de capitation pour 1782 et 1783 (5).

Lorsque son pauvre frère fut exécuté, il se passa une chose monstrueuse. Non contents de mettre à mort le pauvre malheureux, Monestier et ses séides voulurent en quelque sorte faire approuver leur conduite par les parents et le fils lui-même de la victime. Ces faits sont racontés tout au long avec un cynisme qui frise l'inconscience dans les Registres de la Société Montagnarde (6). C'est une page trop curieuse de l'histoire de la Révolution à Pau pour ne pas la citer du moins dans la partie qui concerne le congréganiste Montagnac.

---

(1) *Registre des décès de l'église Saint-Jacques :* « L'an 1816 et le 30 août, à 9 heures du matin, ont été faites les obsèques du sr Pierre Toumiu, imprimeur, âgé de 55 ans, époux de Jeanne Biraben, décédé hier dans la communion de l'Eglise. »

(2) Joseph Lochard. *La Terreur en Béarn*, Paris, Lechevalier, 1893, p. 56. (Procès Montagnac).

(3) Il était, comme son frère, originaire de Lombès, en Gascogne, d'où son surnom. Cette famille s'était établie à Pau vers 1760. Jean-Antoine Montagnac fut reçu dans la Congrégation le 25 mars 1779; son nom se trouve encore dans le catalogue de 1791.

(4) Le corps de bâtiment du Lycée qui longe la rue Léon Daran est à quelques mètres en arrière du mur qui borde la rue. L'espace vide entre ce mur et le bâtiment lui-même était occupé autrefois par des maisons qu'on appelait les « loges » du Collège. Les Jésuites et, plus tard, les Bénédictins louaient ces maisons formées d'un étage, au-dessus d'une boutique donnant sur la rue par une entrée en arceau. (Voir Delfour, *Histoire du Lycée de Pau*, p. 22).

(5) *Archives communales de Pau*, CC 58 et 59.

(6) *Extrait du registre des Arrêtés de la Société Montagnarde de Pau, régénérée par le représentant du peuple, en exécution du décret du 14 frimaire l'an 2 de la République une et indivisible. Séance du 2 floréal an 2.* Pau, imp. Daumon, in-8°, 8 p. (*Bibliothèque de Pau*, Ec, VII G, 156).

Dans la séance du 2 floréal an II [21 avril 1794], le président de la Société Montagnarde de Pau fait lecture d'une proclamation contre Montagnac dit Lombès qu'il a dénoncé à la Commission extraordinaire et ce tribunal a condamné Montagnac à la peine de mort, comme **contre-révolutionnaire**.

« Un membre du Comité de présentation soumet à l'opinion de la Société quelques citoyens qui ont paru au Comité mériter de lui être associés. A la tête de ceux-là est le citoyen Montagnac, serrurier, au sujet duquel le rapporteur fait un discours pour marquer le contraste frappant qu'offre entre les deux frères le caractère d'incivisme et de contre-révolution qui fait tomber la tête de l'un sous le glaive de la loi ; le caractère de civisme et d'un ardent patriotisme, qui au même temps appelle l'autre comme un des meilleurs citoyens avec qui la société voudra concourir au maintien de la Révolution et au plus grand bien public.... »

« Le Représentant du peuple qui a peine à retenir les marques de sa sensibilité, prend la parole dès que l'orateur a cessé.... :
« Chaque jour, dit-il, j'ai lieu de me complaire dans le témoignage
« de ma conscience qui conduit toutes mes actions tendantes au
« bonheur du peuple : le dernier instant de ma vie me sera doux
« sous ce rapport ; après avoir formé le Comité de surveillance,
« j'ai régénéré cette Société qui est à la hauteur des principes,
« et fondée dans la vertu dont ses pensées sont l'expression.....
« Oui ! j'adopte avec elle pour membre de la Société *Montagnac*
« *serrurier*, que le Comité propose ; si la Société pense comme
« moi et son Comité, que Montagnac se rende sur cette montagne ;
« qu'il vienne prendre place avec ses frères et amis ; il devient le
« père d'une nombreuse famille (1), mais nous lui serons tous asso-
« ciés, tous ses enfants n'ont rien perdu puisqu'ils acquièrent
« pour mère la République ; l'indigence donnerait des droits aux
« secours que la plus sainte des constitutions lui a consacré. J'use-
« rai du pouvoir dont j'ai été revêtu pour hâter les bienfaits de
« la loi..... » La Société applaudit et crie d'une voix unanime l'acceptation du citoyen proposé.

« Le Représentant du peuple demande que les vertueux Montagnards formant le noyau de la Société veuillent nommer quatre d'entre eux pour aller demain visiter Montagnac, la veuve et sa famille, leur porter les consolations de la bienfaisance, la dou-

---

(1) Jean-Pierre Montagnac, dit Lombès, serrurier, puis bayle ou huissier, était né le 8 novembre 1733. Il vint à Pau vers 1760 et se maria, le 17 nov. 1761, avec Jeanne Mulé (*Arch. com. de Pau*, GG. 101, f⁰ 18). Devenu veuf, il se remaria, le 25 mars 1776, avec Jeanne Fessard, dit Lamarche (*Arch. com. de Pau*, GG. 146, f⁰ 21). Il eut sept enfants de ce second mariage, quatre garçons et trois filles ; l'aîné s'appelait Jean-Joseph et était né le 19 mars 1780. Lors de son exécution, le 2 floréal, Jean-Pierre Montagnac était âgé de 61 ans.

ceur des avantages dont les promesses solennelles anticipent la jouissance, et les embrassements de l'amitié. Les citoyens Dulau fils, Hounau, Fromental et Larriu-Bezet sont nommés commissaires ; ils acceptent avec joie la commission ».

Dans la séance du lendemain, 3 floréal, **Monestier préside** et le citoyen Dulau monte à la tribune pour rendre compte de la mission que lui et ses confrères viennent de remplir le jour même. Il parle spécialement de « Montagnac, frère de celui qui n'est plus ».

« Il dit avoir recueilli deux faits importants qu'il ignoroit, et dont il croit devoir instruire la Société pour faire connoître plus particulièrement le bon citoyen que la Société régénérée a admis dans son sein, dans la séance de la veille, sur les témoignages nombreux du civisme par lequel il s'était distingué.

« Le premier de ces faits est que *Montagnac, dit Lombez* présent, conduisit sur l'autel de la patrie deux enfants qui s'offrirent à combattre pour la patrie (1), et ils sont depuis lors dans le nombre de ses braves défenseurs : le père voulut s'inscrire lui-même, il dévouoit aussi sa vie au salut de sa patrie ; ce qui n'eut pas lieu parce que son habileté dans l'art de travailler sur le fer le fit retenir comme plus utile à la chose publique.

« Le second fait est que dans une occasion où une poutre menaça de casser, et mit dans un danger prochain des ouvriers employés à des objets publics, Montagnac sans craindre le danger pour lui-même s'il pouvoit garantir la vie à ceux de ses concitoyens qui ne pouvoient seuls se dégager, y travailla avec tant de force et de succès, qu'ils se retirèrent sains et saufs, sa jambe demeurant seulement fracassée et son corps meurtri par la suite de ses efforts victorieux.

« Voilà le citoyen que nous avons été visiter ce matin, continue l'orateur ; nous l'avons trouvé à son poste, à son attelier ; ni une douleur feinte, ni un chagrin réel, mais déraisonnable, ni une sotte vanité pour le qu'en dira-t-on, aucune de ces impressions, par l'évènement qui avoir fait disparaître son frère, n'al-

---

(1) Jean-Antoine Montagnac, serrurier. se maria à Pau, dans l'église succursale Notre-Dame, le 3 novembre 1768, avec Jeanne St-Pau (*Arch. com. de Pau,* GG. 122, fo 23). Il eut de ce mariage plusieurs enfants, entre autres un le 21 octobre 1773 et un autre le 11 août 1776 ; ce sont ces enfants qu'il conduisit sans doute « sur l'autel de la patrie ». Jean-Antoine Montagnac mourut le 14 vendémiaire, an IV, ainsi qu'il est constaté dans l'acte de décès : « 17 vendémiaire an IV. Acte de décès de Antoine Montagnac, dit Lombès, serrurier, qui mourut le 14 de ce mois, vers les 4 heures de l'après-midy, ...observant que led. feu Lombès, à l'époque de son décès, était âgé de cinquante-six ans. » (*Arch. com. de Pau*).

téra la sérénité et la constance de son âme ; il travailloit aussi ce matin, et à son ordinaire ; nous lui avons porté l'expression des sentiments fraternels et de bienfaisance que nous avons recueilli de la Société ; il l'a reçue avec sensibilité, avec démonstration de sa reconnoissance, en bon et vertueux républicain ».

Dulau continue en racontant sa visite à la veuve du décapité et à ses enfants. Enfin le fils de la victime, jeune homme de 13 ans, est appelé dans le sein de la Société où tous lui prodiguent leurs caresses ; « il vole à ses bienfaiteurs une vive reconnoissance, à sa patrie toutes les forces à attendre de l'âge, et toutes les facultés de son âme. Enfin les embrassements que lui et plus de cent jeunes citoyens se font entre eux, attendrissent tous les spectateurs et terminent cette partie de la séance, à la grande satisfaction du public ».

Finalement, on demande que « le procès-verbal de la séance d'hier et de celle-ci, soit imprimé pour qu'il puisse se transmettre dans tout le Département et dans les Départements voisins pour y servir de leçon ». — Signatures de Monestier, président ; Barbet, secrétaire ; Laterrade et Brascou fils, secrétaires.

On croirait de semblables scènes, où se coudoient le grotesque et le tragique, le fruit de l'imagination, si on ne les lisait soigneusement détaillées le long de ces placards et à travers les pages de ces registres que l'humeur paperassière des hommes de la Révolution a pris soin de classer et de nous transmettre.

Comme des enfants qui brisent tout autour d'eux sans savoir pourquoi, pour le plaisir de s'agiter et de faire du bruit, les sans-culottes avaient tout renversé et leur fureur révolutionnaire s'était encore accrue à mesure que les destructions se multipliaient. Tout n'était pas mauvais évidemment dans l'œuvre de 89, mais ce qu'il y avait de louable aurait pu être obtenu sans violences et sans secousses et quant aux ruines inutilement et injustement amoncelées, il en est beaucoup qui seront définitives et irrémédiables et, pour les autres, il faudra de longs tâtonnements et de longs efforts pour leur rendre les couleurs de la vie.

De la Révolution Française jusqu'à nos jours (1805-1910).

CHAPITRE Iᵉʳ

RÉTABLISSEMENT DE LA CONGRÉGATION

Le Concordat. — Monseigneur Loison, évêque de Bayonne. — Réorganisation religieuse de la ville de Pau. — L'abbé Baradère, premier curé de Saint-Jacques. — Pétition des Congréganistes auprès de l'évêque. — Ordonnance de Mᵍʳ Loison. — Procès-verbal du rétablissement de la Congrégation. — Modification des Statuts. — Choix de l'église Saint-Jacques.

Après la tourmente révolutionnaire, le Concordat de 1801, entre le Premier Consul et le Pape Pie VII, vint heureusement rétablir l'exercice public de la religion catholique en France. Dans la division nouvelle, l'évêché de Bayonne embrassa les trois départements des Basses-Pyrénées, Hautes-

Pyrénées et Landes. Joseph-Jacques Loison, originaire de la Meuse, fut appelé à le gouverner ; oncle d'un général, il dut, dit-on, à sa parenté, l'honneur de l'épiscopat. Sacré à Paris le 19 novembre 1802, il ne tarda pas à faire son entrée dans le nouveau diocèse et il fut solennellement installé dans sa cathédrale le 25 décembre. Quelques jours après, il se rendit à Pau, où il fut reçu triomphalement. Le premier soin du nouvel évêque fut d'organiser son vaste diocèse, de déterminer les circonscriptions ecclésiastiques, de désigner les titulaires des diverses cures et de rétablir les œuvres de piété et d'enseignement qui avaient sombré pendant la Révolution (1). Il y fut puissamment aidé par le pouvoir civil. Le préfet des Basses-Pyrénées, M. de Castellane (2), reçoit l'évêque à son entrée dans le diocèse, le harangue, s'occupe avec lui de la circonscription des paroisses, de la nomination des curés, envoie des circulaires pressantes aux municipalités pour prévenir ou apaiser les conflits, lance des arrêtés qui ferment ou ouvrent des chapelles (3) ; bref, c'est un parfait coadjuteur... laïque.

A Pau, l'organisation paroissiale se fit rapidement dès le mois de janvier 1803 (4). On divisa la ville en deux paroisses: Saint-Martin, qui existait déjà, et les Cordeliers (Saint-Jacques) (5). Dans une séance de l'administration municipale du 6 pluviôse (26 janvier 1803) on nomma les membres qui devaient composer la fabrique de la paroisse de l'Est (Saint-Jacques) et le 15 pluviôse (4 février 1803) ceux de la paroisse de l'Ouest (Saint-Martin) (6). Le 22 pluviôse (11 février 1803)

---

(1) Abbés DUBARAT et DARANATZ. *Recherches sur la ville et sur l'Église de Bayonne,* p. 307.

(2) M. de Castellane, général de brigade, maître des requêtes au Conseil d'Etat, fut préfet des Basses-Pyrénées depuis le 3 germinal an X (24 avril 1802), jusqu'au 10 août 1810. Son administration laissa de profonds souvenirs à Pau. (Voir A. PLANTÉ. *Lettres de la baronne Sophie de Crouseilhes,* publiées dans le *Bulletin de la Société des Sciences, Lettres et Arts de Pau,* IIe série, tome XXIV, p. 188).

(3) *Etudes historiques et religieuses du diocèse de Bayonne,* année 1901, *passim.*

(4) *Archives communales de Pau,* D. 10, fº 264.

(5) Les *Études historiques et religieuses du diocèse de Bayonne,* année 1893. p. 247, ont publié le texte de la délibération municipale, établissant la circonscription des nouvelles paroisses.

(6) *Arch. com. de Pau,* D. 10, fº 267.

un arrêté préfectoral ordonnait la fermeture de l'église des Capucins, dans laquelle se continuaient les exercices religieux, et le transport des ornements et autres objets du culte dans l'une ou l'autre des églises paroissiales, bien pauvres et bien dépourvues (1). Quelque temps après, le 12 messidor (2 août 1803) un autre arrêté de M. de Castellane donnait une succursale à l'église de l'Est et en déterminait exactement les limites ; le siège de cette sorte de troisième paroisse était l'église de l'Hôpital (2).

La nouvelle église de Saint-Jacques fut le théâtre, le 21 brumaire an XII (13 novembre 1803) d'une importante cérémonie : tous les curés du département s'y trouvaient réunis pour prêter serment entre les mains de l'évêque, en présence du préfet, de toutes les autorités civiles et militaires et d'une immense foule (3) ; après l'Evangile, le préfet prit la parole et adressa une allocution au clergé (4). Trois jours après, le 24 brumaire, les curés de Pau étaient solennellement installés ; ils exerçaient déjà leurs fonctions comme curés provisoires depuis le mois de janvier précédent (5). L'abbé Baradère, agissant comme délégué de l'évêque, installait l'abbé Emery (6) à Saint-Martin et celui-ci remplissait le même office à l'égard de son confrère de Saint-Jacques (7).

Le nouveau curé de Saint-Jacques, Jean-Jacques-Germain

---

(1) *Journal des Basses-Pyrénées* du 30 pluviôse, an XI.

(2) *Arch. com. de Pau*, D. 10, f° 269.

(3) *Journal des Basses-Pyrénées* du 25 brumaire, an XII.

(4) Cette collaboration du pouvoir civil et du pouvoir religieux est curieuse à constater. Les préfets d'alors prirent fréquemment la parole dans les églises. L'abbé Dantin, dans sa vie de François de Gain-Montagnac, nous cite un discours prononcé dans la cathédrale de Tarbes par le préfet Chazal, en présence de Mgr Loison, lors de la prestation du serment, le 8 janvier 1804. (*François de Gain-Montagnac*, par l'abbé L. DANTIN. Tarbes, 1908, p. 529).

(5) Le premier curé de Saint-Jacques signe des actes de baptême avec le titre de « curé provisoire » du 31 janvier au 16 novembre 1803.

(6) Pierre-Joseph Emery, né dans le Jura le 12 novembre 1748, fut amené à Pau par les hasards de la Révolution. Après la Terreur, nous le trouvons, le 24 fructidor an III (10 septembre 1795), faisant une déclaration devant la municipalité de Pau pour exercer le culte catholique. (*Arch. com. de Pau*, D. 9, f° 115). Il joua un rôle important de conseiller au milieu des prêtres béarnais insermentés, ouvrit la chapelle des Capucins le 3 juin 1797 et y remplit les diverses fonctions cultuelles jusqu'à la fin de 1802. (*Registres paroissiaux de Saint-Martin*). Au Concordat il fut nommé curé de Saint-Martin et mourut le 19 février 1811. (Voir L. LACAZE. *L'ancienne église Saint-Martin*, Pau, Ribaut, 1886, p. 101).

(7) *Archives communales de Pau*, D. 10, f° 274.

Baradère (1), était né à Luz, dans les Hautes-Pyrénées, le 7 janvier 1764. Il avait prêté le serment civique en 1790. Président de l'Ecole Centrale de Pau, dès sa création, et professeur de grammaire générale, il vécut à Pau de 1796 à 1803 (2). Lorsque le Concordat fut signé et que le culte se réorganisa partout, des démarches furent faites afin de demander, par l'intermédiaire du cardinal Caprara, au nouvel évêque de Bayonne, la cure de Saint-Jacques pour l'abbé Baradère.

L'ancien professeur de l'Ecole centrale devint en effet curé de la nouvelle paroisse et il mit tout son zèle, toute son intelligence à donner force et cohésion à ce centre de vie chrétienne qu'on lui avait confié. Il aménagea la vieille église des Cordeliers pour sa nouvelle destination ; il fit revivre les anciennes institutions que l'ordre de Saint-François avait fait fleurir à l'ombre de son couvent ; c'est ainsi que la confrérie de Notre-Dame des Agonisants Pénitents Gris, qui existait du temps des Cordeliers, reprit ses exercices dans le même local (3). Il fut aussi le restaurateur de la Congrégation.

Les membres de cette importante Société qui étaient nombreux, actifs, et qui se souvenaient des splendeurs et de la vitalité d'autrefois devaient naturellement sentir le besoin de se reformer en corps organisé. De tous côtés d'ailleurs on voyait les sociétés analogues ressusciter. A Paris, le P. Delpuits, ancien Jésuite, formait en 1801, la fameuse Congrégation dont Geoffroy de Grandmaison a écrit l'histoire et qui joua un rôle dans les événements religieux et même politiques qui marquèrent le commencement du siècle. A Pau, les anciens Congréganistes suivirent l'élan général de rénovation religieuse qui se manifestait de toutes parts. Ils ne pouvaient songer à revenir dans les bâtiments de l'ancien Collège qui devenait Lycée par décret du 16 floréal an XI (6 mai 1803) et qui commença à fonctionner sous cette nouvelle forme à partir du 1er fructidor an XII (19 août 1804). Ils

(1) Nous devons à la bienveillance de l'abbé Ricaud, le savant chercheur des Hautes-Pyrénées, la plupart des renseignements que nous donnons sur l'abbé Baradère.

(2) DELFOUR, op. cit., ch. XVIII.

(3) La Confrérie de N. D. des Agonisants Pénitents Gris fut rétablie par ordonnance épiscopale du 17 décembre 1805, sous le seul titre de N. D. des Agonisants.

s'adressèrent donc à l'évêque pour lui soumettre leur projet, leurs anciens statuts et lui demander de leur assigner un local pour leurs réunions.

« A Monseigneur l'Evêque de Bayonne.

« Monseigneur,

« Les soussignés ont l'honneur de vous exposer qu'il existait jadis à Pau un établissement religieux connu sous le nom de Congrégation des Bourgeois et Artisans, originairement établie par les Jésuites dans une chapelle du Collège ; cette confrairie subsista jusqu'à la suppression de leurs fondateurs, et se distingua toujours par sa bonne conduite, et son respect pour la religion. Privée de l'usage du local où on se réunissait, elle fut forcée de suspendre ses exercices depuis la sortie des Jésuites jusqu'à ce que le Collège de Pau eut été accordé aux Bénédictins de Saint-Maur ; à cette époque, elle demanda à votre prédécesseur, Monsieur de Noé, de la rétablir dans son ancienne chapelle sous la direction de ces religieux successeurs des Jésuites ; sa demande fut accueillie, ses exercices furent repris et se continuèrent avec les mêmes fruits de piété, jusqu'à la désastreuse époque qui proscrivit la religion, pour faire régner la licence. Ces jours de délire et d'impiété sont heureusement passés, et c'est vous, Monseigneur, qui avez été choisi pour nous annoncer le retour de l'ordre et pour nous faire jouir de ses bienfaits.

« Vers le commencement de votre mission, les soussignés se livrèrent à l'espoir de voir leur confrairie sortir du néant pour la troisième fois, et ils n'ont attendu si longtemps de vous présenter leur supplique pour son rétablissement, que parce qu'ils vous ont vu absorbé jusqu'ici par les soins et les sollicitudes que vous a donnés la complette organisation de votre vaste diocèse. Vous avez terminé aujourd'hui ce grand ouvrage à la très grande satisfaction des fidèles ; veuillez donc, Monseigneur, que nous profitions des premiers momens de votre repos pour fixer votre attention sur le rétablissement de notre Congrégation.

« Le Collège n'étant plus tenu par des écclésiastiques, ce n'est plus dans son enceinte que cette confrairie peut reprendre ses exercices ; les ordres religieux étant tous éteints, ce n'est plus sous la direction des réguliers qu'elle peut recommencer son existence. Vous voudrés donc, Monseigneur, lui désigner l'église et les chefs que vous jugerez les plus convenables à la recevoir et à la diriger.

« Les soussignés ont l'honneur de joindre à leur supplique un exemplaire des anciens règlemens de leur Congrégation, afin que vous daigniez les approuver, sauf les modifications que dans votre sagesse vous jugerez devoir y faire.

En accueillant leurs vœux, vous exciterez toute leur reconnaissance, et ils ne cesseront de vous en donner des preuves par les
soins qu'ils auront d'adresser constamment à Dieu des prières
pour vous.

Suivent les signatures : Noulibos, ancien préfet, Auture, premier
assistant, Lamarque-Biron chef de sacristie. Dabat offer, Luc, trés.,
Bellocq, ex-préfet, Cabané offr, Saintongez, Labordette sre, Aba-
die s. sre, Lafleur, Lavigne, Cambeilh, Anglade, Fille, Loup,
Puyau, Larribau, Auture cadet, Nogué, Clarens, Roquahort,
Daste, Clavé, Sisos, Pucheu, Lahargue, Bellocq, Cabanné cadet,
Cabanné fils, Anglade Lirette, Dufau, Fourcade, Poublan aîné,
Minvielle dit Paulet, Tuquet, J. Ferré, Barthe ».

Trop heureux de constater ces bonnes dispositions et ce
zèle pieux, Monseigneur Loison fit bon accueil à cette demande et autorisa la reconstitution de la Congrégation par l'ordonnance suivante :

ORDONNANCE EPISCOPALE

« Joseph-Jacques Loison, évêque de Bayonne,

« Vu la requête à nous présentée par plusieurs anciens membres
de la Congrégation établie autrefois dans le Collège de Pau, sous
l'invocation de la Bienheureuse Vierge Marie, et qui fut successivement dirigée par les Jésuites et par les Bénédictins, avec l'agrément et l'autorisation de nos prédécesseurs ; Tendant lad. requête
à ce qu'il nous plaise rétablir lad. Congrégation et lui assigner
une église pour y faire ses exercices, avec un Directeur pour en
être le chef,

« Vu les règlemens auxquels cette Congrégation était soumise,
ensemble les autorisations et approbations qui lui avaient été accordées par nos prédécesseurs,

« Considérant que rien ne s'oppose au rétablissement de cette
Congrégation et que rétablie, elle peut produire de grands avantages sous tous les râports,

« Considérant que de trois églises existantes à Pau, celle de
Saint-Jacques paraît seule assez vaste pour recevoir cet établissement,

« Considérant qu'une institution religieuse quelconque doit être
dirigée par le chef de l'église dans laquelle elle s'établit, afin
que l'ordre y soit maintenu,

« Désirant concourir autant qu'il est en nous à l'accroissement
de la foi, à la réformation des mœurs et au progrès de la piété,
nous avons permis et permettons aux suppliants de reprendre les

exercices de la Congrégation dite des Bourgeois et Artisans, dans l'église de St Jacques et sous la direction du sieur curé de la paroisse de ce nom, que nous invitons à diriger avec zèle ce pieux établissement et que nous chargeons de nous informer chaque année de la conduite spirituelle des membres de la Congrégation, laquelle se conformera aux Règlements et Statuts qui étaient en vigueur en 1780 et dont un exemplaire par nous paraphé à la première et dernière page demeurera dans ses archives, pour être ses dispositions régulièrement suivies, sauf les modifications suivantes :

« 1° Le curé de St Jacques aura dans la Congrégation toutes les attributions données au Père Directeur par les Statuts et Règlements susdits et pourra se faire remplacer dans ses fonctions de directeur par un prêtre de son choix, toutes les fois qu'il le jugera expédient ;

« 2° Les Congréganistes n'auront pas de procession particulière; ils suivront dans tous les cas celles de la paroisse à laquelle nous les avons attachés ;

« 3° La Congrégation qui, suivant les usages du Collège où elle était établie, prenait des vacances depuis la Nativité de Notre-Dame, jusqu'au premier dimanche après la Toussaint, n'en prendra plus à l'avenir ; elle fera ses exercices tous les dimanches et fêtes sans exception ;

« 4° Lors des funérailles d'un confrère, les Congréganistes se rendront chacun en particulier dans l'église où se feront les obsèques et s'en retireront de même ;

« 5° Lorsque, d'après les usages anciens, le St Sacrement devra être exposé dans la Chapelle des Congéganistes, la bénédiction à la fin des vêpres se donnera au grand autel de la paroisse, les officiers de la Congrégation portant les torches ;

« 6° A la messe de chaque dimanche ou fête, le directeur ou son remplaçant liront le prône de Paris, l'annonce des fêtes indiquées dans le même rituel, ainsi que l'épître et l'évangile du jour, si le temps le permet. Les Congréganistes devant pour les autres instructions se trouver dans leurs paroisses respectives, nous consentons néanmoins à ce qu'ils ayent un sermon le jour de la fête de Sr Jean-Baptiste (que nous transférons pour eux comme patronale au dimanche suivant, lorsqu'elle ne coïncidera pas avec le dimanche dans lequel on célèbre celle des SS. Apôtres Pierre et Paul et au précédent lorsqu'il en sera différemment), et le jour de la fête de l'Assomption ; à cet effet les officiers sont autorisés à prendre sur les annuels les honoraires du prédicateur qui leur sera donné.

« La présente ordonnance sera remise au s^r curé de St Jacques qui la fera transcrire dans les registres de la Congrégation, qui en adressera une copie collationnée au s^r curé de St Martin et une autre au s^r desservant de la Porte Neuve, et qui nous informera de son exécution.

« Donné à Pau, sous le seing de l'un de nos Grands Vicaires, le sceau de l'évêché, et le contre-seing d'un pro-secrétaire, le 20 octobre 1805. Signé à l'original : Lallemand vic^{re} général, Par mandement de Monseigneur l'évêque : Signé : Allard, pro-secrétaire ».

Muni de toutes les autorisations nécessaires, l'abbé Baradère se hâta de réunir les principaux membres de la Congrégation et d'exécuter l'ordonnance épiscopale.

« Nous Jean Jacques Germain Baradère curé de St Jacques, ayant été chargé par Monseigneur l'Evêque de l'exécution de son ordonnance du 20 octobre 1805, portant rétablissement dans notre église de la Congrégation dite des Bourgeois et Artisans de la ville de Pau, nous avons appelé près de nous les signataires de la requête présentée aux fins de ce rétablissement, et réuni auxdits signataires, nous leur avons donné lecture de lad. ordonnance, nous leur avons témoigné que, suivant les vœux de Monseigneur l'évêque, nous nous chargions avec plaisir de la direction de cet établissement, et en conséquence nous les avons invités à se rendre demain dimanche, à 8 heures du matin, dans le chœur de notre église pour y reprendre leurs exercices, leur annonçant que l'autel qui s'y trouve serait affecté comme actuellement le plus commode pour eux aux fonctions qui les regardait, en attendant que par le rétablissement présumable des chapelles latérales, ils pussent avoir un local plus isolé, et nous avons signé. — A Pau, le samedi 2 novembre 1805. — Baradère, curé de St Jacques ».

Le dimanche 3 novembre, la Congrégation reprenait solennellement ses exercices, comme le prouve le procès-verbal de la cérémonie dressé par le curé :

« Continuation du procès-verbal d'hier.

« Dès avant huit heures, nous nous sommes rendus dans le chœur de notre église pour y recevoir les signataires de la requête et autres confrères de la Congrégation, que nous devions rétablir; il s'en est rendu un grand nombre ; nous les avons invités de prendre place dans les stalles et de commencer les exercices qu'ils étaient en usage de faire autrefois avant la messe de la Congrégaiton ; ils se sont en conséquence préparés à réciter l'Office de la Vierge suivant l'ancienne coutume ; cet office fini, nous sommes venus pour commencer la messe, avant laquelle nous avons entonné le *Veni Creator* qui a été continué par le chœur et nous avons commencé la messe. Parvenus à l'*Offertoire*, nous avons

parlé aux confrères présents, pour leur faire connaître de nouveau l'ordonnance de Mgr l'Evêque, ses vœux pour les soins du
rétablissement de la Congrégation et notre désir de les seconder ;
nous avons fini par proclamer que cette pieuse Institution était
rétablie dès ce moment, ajoutant que les anciens officiers repren-
draient leurs fonctions respectives jusqu'à l'époque du renouvellement annuel, et les invitant à se réunir avant Vêpres dans notre
logis pour pourvoir aux besoins du moment ; nous avons ensuite
continué la messe, à la fin de laquelle nous avons chanté le *Te
Deum* en actions de grâce, et rentré dans la sacristie nous avons
signé le présent procès-verbal. A Pau, le dimanche 3 novembre
1805. — Baradère, curé de St Jacques ».

Dans l'ensemble, la Congrégation gardait son ancienne
physionomie. Les modifications apportées par l'évêque à
l'ancien règlement étaient de peu d'importance ; elles se rap-
portaient à des points secondaires et tâchaient d'adapter la
Société aux nécessités et aux circonstances nouvelles au milieu desquelles la vie religieuse des Congréganistes devait
s'exercer.

Une préoccupation spéciale semble dominer les quelques
innovations que l'évêque apporte aux anciens Règlements,
sauvegarder l'autorité souveraine du curé dans sa paroisse.
Avant la Révolution la multiplicité des couvents et des œuvres, jouissant de privilèges et d'exemptions qui leur donnaient une autonomie et une indépendance très étendues parfois, avait pour résultat l'éparpillement des forces et était
trop souvent la source de regrettables conflits. Après la tourmente, les évêques voulant donner plus de vitalité aux éléments religieux qui se reconstituaient, eurent à cœur d'atta-
cher toutes les œuvres à la paroisse comme à leur centre
naturel. Le curé était le chef, le directeur-né de toutes les
sociétés pieuses ; il devait diriger, contrôler toutes les manifestations religieuses et subordonner l'intérêt particulier de
chaque œuvre à l'intérêt général de la paroisse.

Pourquoi l'évêque fit-il choix de l'église de Saint-Jacques
pour y établir la Congrégation ? L'ordonnance déclare qu'elle
est « seule assez vaste pour recevoir cet établissement ». L'ancienne église des Cordeliers était en effet un peu plus vaste
que la vieille église de Saint-Martin. Pendant le xviiie siècle,
les grandes cérémonies que les Etats de Béarn organisaient

lors des grands événements survenus dans le royaume, en
particulier la mort du Roi, avaient lieu dans l'église des
Cordeliers (1). Pendant la Révolution certaines grandes réunions publiques se tinrent dans son enceinte. Un des curés
constitutionnels de St-Martin, Texier-Lavigerie, voulut même,
à un certain moment transporter la paroisse à l'église des
Cordeliers « par la raison que celle de Saint-Martin est à
l'extrémité de la ville et d'ailleurs très peu spacieuse, tandis
au contraire que l'églize des Cordeliers se trouve au centre,
dans l'enceinte des corps administratifs et très vaste » (2)
Cette demande présentée à l'administration municipale, le
17 janvier 1793 fut examinée par une commission qui en
reconnut le bien fondé mais qui décida de laisser les choses
dans le statu quo. Au XIXe siècle, pendant l'Empire et la Restauration, nous trouvons que l'église de Saint-Jacques fut
toujours choisie pour la célébration des grandes manifestations religieuses qui faisaient partie du programme des fêtes
officielles (3).

Pour recevoir les 300 Congréganistes qui reprenaient leurs
exercices, il fallait un vaste local et il était naturel que
l'évêque désignât l'église de Saint-Jacques comme siège de la
Congrégation restaurée.

---

(1) DUGENNE. *Panorama historique de Pau*, p. 414.
(2) *Archives communales de Pau*, D. 6, f° 101.
(3) *Journal des Basses-Pyrénées* et *Mémorial béarnais*, *passim*.

CHAPITRE II

———

LA CHAPELLE DE LA CONGRÉGATION — LES REVENUS

*La destruction des chapelles latérales des Cordeliers pendant
la Révolution ; leur relèvement. — L'autel de la Congrégation
est déplacé ; difficultés diverses. — Une Assomption de Butay.
— Restaurations. — La salle de la Consulte. — Vol d'un
ciboire. — Nouvelles réparations. — L'abbé Bordenave ;
reconstruction de l'église Saint-Jacques; l'autel de Saint Jean-
Baptiste. — Le droit de réception ; les annuels ; souscriptions
volontaires ; dons en nature ; le tronc ; les livres d'Heures ;
les enchères.*

Le local affecté par le curé de Saint-Jacques aux Congréganistes fut le chœur même de l'église et un autel secondaire placé dans ce chœur fut assigné à la Société. En leur
attribuant ce lieu de réunion, le curé faisait remarquer qu'il
était « actuellement le plus commode pour eux, en attendant
que par le rétablissement présumable des chapelles latérales,
ils pussent avoir un local plus isolé ».

Ces chapelles latérales dont il est ici question ont toute
une histoire. L'église des Cordeliers se trouvait placée entre la

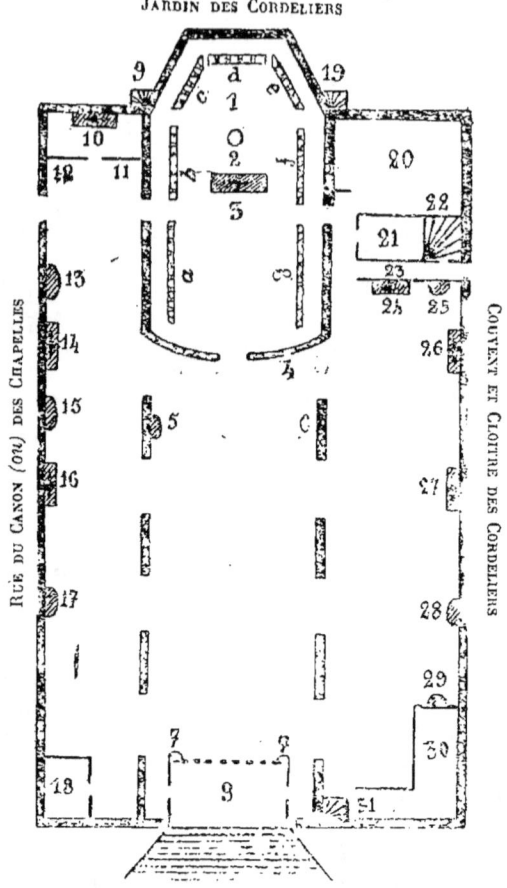

JARDIN DES CORDELIERS

PLACE DES CORDELIERS

PLAN DE L'ANCIENNE EGLISE SAINT-JACQUES (VERS 1850)

(Reconstitution due au R. P. Mignou, Lazariste)

LÉGENDE :

1. Stalles du célébrant.
a. b. c. d. e. f. g. Stalles du chœur.
2. Lutrin.
3. Maître-autel.
4. Table de communion.
5. Chaire.
6. Banc d'œuvre.
7. Bénitiers.
8. Porche.
9. Escalier conduisant aux galeries ouest.
10. Autel et chapelle de la Congrégation des Bourgeois et Artisans.

11. Balustrade de cette chapelle.
12. Porte donnant sur la rue de la Facture.
13 - 15 - 17. Confessionnaux.
14. Autel du Sacré-Cœur.
16. Autel de la Vierge ou du Rosaire.
18. Chapelle baptismale.
19. Escalier conduisant aux galeries est.
20. Sacristie.
21. Sacristie des chantres et des enfants de chœur.
22. Escalier conduisant à la

chambre de M. le Curé, à la chambre de la Consulte des Congréganistes et au clocher.
23. Porte du côté du couvent.
24. Autel des Morts.
25 - 28 - 29. Confessionnaux.
26. Autel de saint Crépin.
27. Autel de la Confrérie des Agonisants.
30. Emplacement réservé aux chaises.
31. Escalier de la tribune de l'orgue.

place des Cordeliers au sud, la rue du Canon (1) à l'ouest, le cloître et jardin du couvent à l'est et au nord.

Cette église était formée d'une nef centrale, flanquée de deux bas-côtés, donnant à droite du côté du cloître du couvent et à gauche du côté de la rue du Canon. Pendant la Révolution, ces bas-côtés, mal entretenus, tombèrent en ruines, comme le fait remarquer une délibération municipale du 18 prairial, an III (2). Certains individus voulurent profiter de l'anarchie du moment pour achever la complète démolition de ces chapelles latérales, comme le prouve cet arrêté (3) de l'Administration Centrale, en date du 6 floréal an VI, qui fut pris sur la demande de quelques habitants, désireux de faire officiellement légitimer le vandalisme dont ils s'étaient rendus coupables :

« Considérant que la ci-devant église des Cordeliers est érigée en temple décadaire et que, depuis cette destination, les chapelles latérales ont été jugées inutiles et supprimées; qu'en conséquence elles ont été séparées de l'édifice par un mur,

« Considérant que leur démolition a en partie été exécutée, et qu'il n'en reste que des parties désagréables à la vue et nuisibles au public puisqu'elles rétrécissaient singulièrement une rue susceptible d'une grande fréquentation,

« Arrête que la démolition des murs des ci-devant chapelles de la ci-devant église des Cordeliers aura lieu par les soins de l'administration municipale et conduite de l'ingénieur en chef ou de l'ingénieur d'arrondissement qui veillera à ce que les murs des chapelles attenantes aux murs du temple décadaire ne soient point détruits, c'est-à-dire qu'il en demeurera une saillie qui sera nécessaire pour servir d'appui aux murs du temple décadaire,

« Que le terrain où sont ces chapelles servira à l'élargissement de la rue appelée du Canon,

« Que l'administration municipale prendra les moyens les plus

---

(1) La rue qui longeait le côté ouest de l'église des Cordeliers fut ouverte en 1718 et porta le nom de « rue Traversière le long des chapelles des Cordeliers. » Pendant la période révolutionnaire, elle s'appela « rue du Canon » et plus tard « rue des Chapelles ». Elle fut comprise ensuite dans l'ensemble de la « rue de la Facture », ou simplement « Facture », (aujourd'hui « J.-B. Carreau »). — L. LACAZE. *Origine des noms des rues anciennes et modernes de la ville de Pau*, p. 78.

(2) *Arch. mun. de Pau*, D. 9, f° 41 v°.

(3) Cité dans une délibération du Conseil de Fabrique de Saint-Jacques du 25 février 1812.

économiques et les plus profitables à cet objet, soit en acceptant l'offre des pétitionnaires de se charger de la démolition pour le prix des décombres, soit en prenant tout autre parti, et en ayant la précaution de réserver les cailloux et les pierres qui en pourraient provenir, lesquels devront être employés, savoir, ceux qui y seront propres pour faire le pavé sur le terrain qu'occupaient ces mêmes chapelles, et le restant qui sera bien entoisé sur le terrain, pour être employé au fur et à mesure des besoins de la construction du pont de la République (1) ou pour l'empierrement de la rue à ses abords ».

Cet arrêté eut le sort de beaucoup d'autres décrets et règlements, solennellement pris durant cette époque troublée ; il ne reçut heureusement aucune exécution. Les pierres et les décombres restèrent en place et tout se retrouva dans le même état au moment du rétablissement du culte. On songea tout de suite à réparer et à relever les chapelles. « Cette reconstruction était recommandée non-seulement par l'intérêt de la régularité et de la décoration de l'édifice, mais par celui bien plus impérieux de donner à l'enceinte une étendue proportionnée à la population de la paroisse qui était d'environ 6.000 âmes » (2). On s'empressa de réédifier les chapelles de droite, ce qui n'entraîna aucune difficulté, ce côté de l'église donnant sur le cloître de l'ancien couvent. Il devait en être bien autrement pour les chapelles du côté ouest.

Le Conseil municipal, faisant écho à une demande du Conseil de Fabrique, avait voté des secours pour la reconstruction du bas-côté de gauche, et déjà les travaux étaient commencés, lorsque le Préfet du Département les fit suspendre provisoirement, au commencement de 1812. Il venait de recevoir diverses pétitions ; la première, signée de vingt habitants des rues de la Facture et du Canon, et la seconde, envoyée par Cuyeu, propriétaire du jardin des ci-devant Cordeliers, faisaient opposition à la réédification de ces chapelles ; la troisième pétition, signée de quarante habitants du quartier des Cordeliers, demandait au contraire le prompt

(1) Il s'agit du pont jeté sur le Hédas au milieu de la rue Serviez actuelle.
(2) *Registre des Délibérations du Conseil de Fabrique de Saint-Jacques.*

rétablissement de cette partie de l'église. Le Conseil de Fabrique présenta en vain ses observations, les travaux restèrent suspendus jusqu'en 1817. Une délibération du Conseil municipal ayant remis la question sur le tapis, l'affaire fut définitivement tranchée par une décision du ministre de l'Intérieur du 6 septembre 1817 ; voici la lettre que le ministre écrivait au maire de Pau (1) :

« J'ai fait examiner toutes les pièces que vous m'avez adressées le 21 juillet, concernant la discussion qui s'est élevée au sujet de la reconstruction des chapelles de l'église Saint-Jacques de Pau. L'opposition formée par les habitants des rues du Canon et de la Facture ne m'ayant point parue fondée, j'ai autorisé par décision de ce jour les administrateurs de la Fabrique à faire reconstruire ces chapelles, à la charge de se conformer à la délibération du Conseil municipal du 8 février dernier et aux plans et devis rédigés par M. Latapie, montant à 6.730 francs, 90 centimes, que j'ai approuvés ».

Le 13 décembre 1818, on constate que les travaux de reconstruction sont complètement terminés (2).

Le curé Baradère était mort (3), sans avoir vu la fin des travaux. Son successeur, l'abbé Ricau (4), reprenant sa pensée, voulut transporter la Congrégation dans une des nouvelles chapelles et dégager ainsi le chœur de l'église. Il proposa donc à la Consulte de la Congrégation la chapelle située à l'extrémité nord de la nef latérale et mit à la disposition de la Société tout l'espace compris entre cette chapelle et l'autel de la Vierge ou du Rosaire. Cette offre fut acceptée, mais

(1) Extrait d'une *Délibération du Conseil de Fabrique de Saint-Jacques*, du 15 février 1818.

(2) *Registre des Délibérations du Conseil de Fabrique*.

(3) L'abbé Baradère mourut le 13 juin 1817. Le *Mémorial Béarnais*, dans son numéro du 20 juin, publia sur lui un article nécrologique. Nous n'entrons pas dans d'autres détails sur la vie et le ministère du premier curé de Saint-Jacques, nous réservant de faire paraître plus tard une étude biographique complète.

(4) Jean-Paul Ricau, né à Bordeaux le 21 mai 1779, vicaire de Tarbes pendant 7 ans, puis curé de Rébénacq, nommé curé de Saint-Jacques à la mort de l'abbé Baradère, fut installé le 13 septembre 1817. (*Mémorial Béarnais* du lundi 15 septembre 1817). Il mourut en 1852 et fut enseveli au cimetière de Pau. La ville lui éleva un mausolée de marbre blanc avec cette épitaphe : « LA RECONNAISSANCE DE LA VILLE DE PAU | A CONSACRÉ CE SOUVENIR | A SON PASTEUR BIEN-AIMÉ, | AU PRÊTRE SELON LE CŒUR DU SEIGNEUR | JEAN-PAUL RICAU, VICE-ARCHIPRÊTRE, | CURÉ DE SAINT-JACQUES PENDANT 35 ANS, | NÉ A BORDEAUX LE 21 MAI 1779, | DÉCÉDÉ A PAU LE 19 AVRIL 1852. | TOUS CEUX QUI SOUFFRAIENT ALLÈRENT A LUI | ET IL LES SOULAGEA. »

dans la suite une chapelle intermédiaire fut établie qui prenait « près de la moitié de l'espace originairement proposé » et le réduisait par conséquent « à environ 30 pieds en longueur sur 11 de largeur » (1). Dès lors le local désigné devenait insuffisant pour contenir les 140 membres de la Congrégation et permettre d'y célébrer avec décence les exercices accoutumés. Ces observations furent présentées à l'abbé Ricau qui proposa « un tempérament » : l'autel de la Société serait déplacé et transporté dans le local indiqué ; quant aux offices ordinaires de la confrérie, les jours de dimanches et de fêtes, ils seraient faits au maître-autel et les confrères se placeraient dans les stalles du chœur, comme ils avaient déjà coutume de le faire. Ce changement fut longuement examiné par le Conseil, lequel déclara enfin que « pour voir disparaître jusqu'à la plus légère trace d'une division d'opinion avec M. le Directeur, et quelque désir que la Congrégation eût eu de conserver son autel particulier pour ses propres exercices, elle sacrifiera sa répugnance aux désirs d'embellissement projetté par M. le Curé, parce qu'ils doivent concourir au bien général de la paroisse » (2). Bientôt après, en assemblée générale, on accepta à la majorité de 54 voix contre 17, les décisions prises par la Consulte (3).

On comprend que les Congréganistes eussent le vif désir de conserver leur autel à la place qu'il occupait bien en évidence dans le chœur de l'église et que la pensée de le voir relégué dans une chapelle écartée leur fut pénible. Ils l'avaient embelli avec tant de soin ! Comme les vieilles confréries du moyen-âge, ils avaient tenu à posséder un beau tableau d'autel et, dans ce but, ils s'étaient adressés à un artiste qui jouissait d'une grande notoriété en Béarn, au commencement du xixᵉ siècle, J.-B. Butay (4). En 1812, ils

<hr/>

(1) *Registre de la Congrégation.* Délibération du 13 juin 1819. Cette chapelle intermédiaire dont il est question fut placée sous le vocable du Sacré-Cœur; une confrérie de ce nom avait été fondée par l'abbé Baradère en 1804.

(2) *Registre de la Congrégation.* Délibération de la Consulte du 13 juin 1819.

(3) *Reg. de la Congrégation.* Délibération du 11 juillet 1819.

(4) Il appartenait à une vieille famille de peintres palois. Un de ses ancêtres, Pierre Butay, peintre du Roy, était mort à Pau en 1693. Un autre Butay, Jean, peintre du Roy, était décédé le 16 février 1754. L'artiste qui nous occupe s'appelait Jean-Baptiste; il était né à Pau en 1760 et il y est mort en 1852. Il avait étudié la peinture à Paris et il fut professeur au Lycée de Pau

lui avaient commandé une Assomption de la Vierge (1). Ce
tableau, qui se trouve aujourd'hui dans la chapelle des caté-
chismes, est peut-être d'un genre un peu fade et sans originalité, mais cependant il est juste de louer la richesse du
coloris, la grâce des attitudes et l'expression d'extase dans
la figure de la Vierge.

Pour que l'autel fut en harmonie avec le beau tableau qui
le surmontait, il fallait y faire quelques embellissements. On
décida de le faire marbrer et décorer. Le peintre Butay présenta un projet d'ornementation qui fut accepté et il offrit de
surveiller lui-même gratuitement les travaux ; cette œuvre
fut confiée au peintre doreur Girody, qui l'exécuta pour la
somme de 450 francs (2).

Le zèle des Congréganistes ne se borna point à orner seulement le corps de l'autel ; il s'étendit aussi aux accessoires.
Le 19 juin 1814, le Préfet faisait « observer à l'assemblée
que la restauration de l'autel réclame celle de tous les objets
qui s'y rapportent ; que les cadres des trois cartons sont d'un
mauvais goût et d'une vétusté qui déparent l'élégance et la
fraîcheur des autres ornements ; qu'il en est de même non
pas des formes des chandeliers, puisqu'ils sont d'un très
bon genre, mais de leur dorure qui est entièrement dégradée.
Il fait observer en outre que la chapelle a besoin d'une balustrade qui serve de table de communion ; qu'il est nécessaire
de faire deux grandes armoires à côté de la salle de la Consulte pour serrer les objets de la confrérie, qu'on a besoin
aussi d'une table à tiroir, et qu'on manque de quatre torches
propres et légères pour les bénédictions et les processions ;
il invite en conséquence l'assemblée à voter les acquisitions

pendant un demi-siècle. Plusieurs tableaux d'église, œuvres de Butay, existent
encore aujourd'hui à Bosdarros, dans l'ancien Grand Séminaire de Bayonne, à
Méritein, à Coarraze, à Ordiarp, etc. (Etudes hist. et rel. du diocèse de Bayonne,
an. 1893, p. 197 et 271 ; an. 1899, p. 176 ; an. 1900, p. 498). A Saint-Jacques de
Pau, il peignit une remarquable perspective de dôme qui a disparu lors de la
reconstruction de l'Eglise. (L. LACAZE. Les Imprimeurs et les Libraires en
Béarn, p. 126). Elle est aussi l'œuvre de Butay, la Descente de Croix à figures
découpées que l'on voit à Saint-Jacques dans le monument du Jeudi-Saint ; les
tableaux qui forment cette œuvre d'un si bel effet furent exposés pour la première fois en 1806 et le Journal des B.-P. les apprécia avec éloges. (Journal
des B.-P., n° 305, mardi 25 nov. 1806). Le Musée de Pau possède quelques
portraits dûs au pinceau de cet artiste.

(1) Registre de la Congrégation. Délibération du 6 décembre 1812.

(2) Ibid. Délibérations des 13 et 20 décembre 1812.

et les réparations dont il s'agit, et dont personne ne méconnaît la nécessité, offrant de donner le bois qu'il faut pour la balustrade, et de concourir en outre comme les autres à l'acquit de la dépense nécessaire par une prestation volontaire, si les fonds de la caisse commune ne suffisent pas » (1).

Tout cela fut exécuté et la dépense se monta à 370 francs. On acheta encore un drap mortuaire, « attendu la vétusté de celui qui existait », et la confection coûta 246 francs ; on fit fabriquer enfin un mausolée « pour célébrer la messe des morts », qui demanda 60 francs.

Il est parlé souvent dans les délibérations de cette époque de la « salle de la Consulte » ; les officiers de la Congrégation, désirant un local isolé pour leurs réunions et aussi pour leurs archives et leurs ornements, avaient fait construire, vers 1812, une petite chambre, dans les dépendances de l'église, au-dessus de la sacristie (2).

Les diverses acquisitions que firent les Congréganistes dans cette première partie du XIXᵉ siècle nous amènent à parler d'un événement que Dugenne raconte en détail dans son livre sur Pau et ses environs. Il s'agit d'un vol qui fut commis en 1824 ; la Congrégation perdit les vases sacrés qu'elle possédait.

« Dans la nuit du 10 au 11 mars 1824, les deux églises de Pau furent dévastées. Un vent impétueux et une pluie diluvienne avaient rendu toutes les rues désertes. Sept malfaiteurs, — deux décrotteurs, un scieur de long, deux voltigeurs du 29ᵉ de ligne, un ménétrier et un marchand de chiffons, — qu'on avait vus attablés toute la soirée dans un cabaret du quartier Gassies, pénétrèrent par effraction et par escalade dans ces deux églises, en brisèrent le tabernacle et les troncs, et y volèrent six calices, deux ostensoirs dont l'un était enrichi de diamants, quatre *ciboires* et une somme d'environ 600 francs. Le lendemain matin, on trouva les saintes hosties maculées et couvertes de boue !... Cet attentat sacrilège jeta une grande consternation dans la ville, et par l'horreur du crime et par l'audace de son exécution. L'un de ces

---

(1) *Ibid*. Délibération du 19 juin 1814.
(2) Dans la vue extérieure de la vieille église de Saint-Jacques que nous reproduisons, on peut remarquer, au-dessus de la porte d'entrée de la sacristie, adossé au côté sud du clocher, une sorte de petit appentis à deux fenêtres ; c'était la « salle de la Consulte ».

VUE EXTÉRIEURE DE L'ANCIENNE ÉGLISE SAINT JACQUES (VERS 1850). RECONSTITUTION DUE AU R. P. MIGNOU, LAZARISTE.

misérables fut condamné aux travaux forcés à perpétuité, les
six autres à vingt ans de bagne » (1).

L'un de ces ciboires appartenait à la Congrégation. Aussitôt après le vol, le Conseil se réunit et le préfet ayant fait connaître que « des profanateurs qui ont entièrement perdu toute idée de religion, se sont introduits dans l'église Saint-Jacques, en ont enlevé tous les vases sacrés et notamment un ciboire de la confrérie », il fut arrêté qu'on le remplacerait et qu'à cet effet on aurait recours à la générosité des membres de la Société ; une commission fut immédiatement choisie pour recueillir les cotisations (2).

Lorsqu'en 1819, l'autel des pieux congréganistes fut transporté dans l'abside de la nef latérale, la sollicitude des membres de la Société continua à s'exercer pour l'entretenir et l'orner soigneusement. Ainsi, dans une assemblée générale tenue en 1840, on faisait remarquer que « la chapelle avait besoin d'une entière réparation, qu'il était nécessaire de renouveler toutes les peintures et nettoyer la dorure » ; M. Roussille, peintre, se chargeait de ces travaux pour la somme de 100 francs (3). Quelque temps après, le préfet Bidau déclarait que « l'élégance des réparations qui venaient d'avoir lieu » exigeait un complément nécessaire, et la Consulte votait l'achat de six bouquets et de six vases en bois doré, ce qui demandait une somme de 44 francs cinquante centimes (4). Ces bouquets commencèrent « de servir d'ornement à la chapelle le 25 juillet, fête paroissiale de l'église Saint-Jacques » et il fut décidé que « désormais ils serviraient pour le 3ᵉ dimanche de chaque mois, ainsi que pour les grandes fêtes ». En 1841, on vote l'acquisition de « quatre chandeliers pour le service du 3ᵉ dimanche de chaque mois et pour les fêtes » et dans la réunion suivante les quatre chandeliers « en matière de métal argenté » sont apportés en pleine assemblée (5).

Malgré tous ces embellissements, il était impossible de

(1) A. Dugenne. *Panorama... de Pau*, p. 438.
(2) *Registre de la Congrégation*. Délibérations du 14 mars et du 10 avril 1824.
(3) *Registre de la Congrégation*. Délibération du 5 avril 1840.
4) *Ibid*. Délibération du 12 juillet 1840.
(5) *Registre de la Congrégation*. Délibération du 8 août 1841.

donner une couleur de jeunesse à la sombre et croulante église de l'ancien couvent des Cordeliers. La vétusté et l'insuffisance de ce monument appelaient une restauration complète. Sur ces entrefaites, en 1852, l'abbé Ricau fut remplacé par un prêtre plein d'ardeur et d'ambition apostolique, l'abbé Bordenave (1). L'une des premières préoccupations du nouveau curé fut la reconstruction de l'église Saint Jacques.

Dès 1854, les registres de la fabrique parlent d'une proposition du maire de Pau relative à cette restauration ; le conseil municipal délibérait là-dessus le 17 mai 1854. Le 15 avril 1855 l'abbé Bordenave propose d'ouvrir une souscription. Dans le même moment la reconstruction de Saint-Martin absorba les fonds municipaux et Saint-Jacques passa au second rang. Mais l'abbé Bordenave, confiant dans l'avenir et dans la générosité de ses paroissiens, tenta malgré tout de construire son église. Il développa son projet, le 15 avril 1860, devant le Conseil de fabrique qui l'accepta, et, le jour de la Pentecôte, il lançait solennellement la souscription ; l'évêque, Mgr Lacroix, s'inscrivit en tête de la liste pour 6.000 francs et le curé pour 5.000 ; le 21 octobre suivant, le curé de Saint-Jacques déclarait que les sommes souscrites s'élevaient à 271.000 francs. Un traité était passé avec M. Loupot, architecte entrepreneur et le 25 juillet 1861 on posait la première pierre. Une partie de l'édifice était terminée et inaugurée en 1864 et l'ensemble était entièrement achevé en 1866. Deux ans après, le 15 novembre 1868, l'abbé Bordenave avait la

---

(1) Jean-Antoine Bordenave naquit à Os, le 21 septembre 1821, fut envoyé à la fin de son Grand Séminaire dans la maison des Hautes-Études d'Oloron, ordonné en 1845, nommé vicaire de Notre-Dame d'Oloron, transféré à Saint-Martin de Pau en 1848 et enfin chargé de la cure de Saint-Jacques en 1852. Il avait 30 ans à peine. Par son activité, son administration sage et prudente, son zèle intelligent, il fut un curé modèle, le fondateur et l'organisateur de toute la vie paroissiale de Saint-Jacques. Il mourut le 17 août 1889. (Voir dans le n° du 25 août 1889 du *Bulletin Catholique du Diocèse de Bayonne,* un article nécrologique signé de l'Abbé DUBARAT). Le 23 janvier 1890, les restes de l'abbé Bordenave étaient solennellement transférés dans un caveau placé au milieu du chœur de l'église St-Jacques. Sur la plaque de marbre noir qui recouvre le monument, on lit cette épitaphe : « † | HIC IACET IN DOMINO, | EXPECTANS RESURRECTIONEM, | IOANNES ANTONIUS BORDENAVE, | E LOCO OS ORIUNDUS, | L.XVIII ANNOS NATUS | EX QUIBUS XXXVII REXIT | PALENSEM SANCTI IACOBI PAROECIAM. | PIETATE, PRUDENTIA BONI PASTORIS VIRTUTIBUS | INSIGNIS, | ZELOQUE DOMUS DEI SUCCENSUS ARDENTI, | HANC SACRATISSIMAM AEDEM, | SENIO COLLABENTEM, | FUNDITUS EXSTRUXIT, ORNAVIT, DITAVIT, | CUJUS IN SANCTUARIO, | MAGNO CIVITATIS CLERI PROXIMORUM PLAUSU | FUIT HONORIFICE TUMULATUS. | SUPREMUM EFFLAVIT SPIRITUM | DIE XVII AUGUSTI MDCCCLXXXIX. | R. I. P. | »

satisfaction d'assister à la consécration solennelle de son église, comme l'atteste l'inscription placée sur la porte qui conduit aux tours du clocher :

D. O. M.

HANC ECCLESIAM IN HONOREM S. JACOBI
PIA FIDELIUM LIBERALITATE ERECTAM
ANNO M.DCCCLXVI CONSECRAVIT ILL. AC REV.
FRANCISCUS LACROIX EP. BAJONEN.
DIE DEDICATIONIS ECCLESIARUM
XV NOVEMBRIS MDCCCLXVIII (1).

La nouvelle église avait coûté 600.000 francs environ (2). Pour recueillir cette somme l'abbé Bordenave sollicita toutes les bonnes volontés ; il frappa à la porte du riche et il accepta avec reconnaissance l'obole du plus pauvre. Parmi les œuvres de la paroisse, la Congrégation était l'une des plus prospères, sinon des plus fortunées. Le curé fit appel à la générosité de ses membres et sa demande fut l'objet d'une discussion consignée en ces termes dans les registres :

« La consulte ayant été convoquée pour se réunir d'urgence au sujet de la souscription présentée par M. Bordenave archiprêtre et Père directeur de la Congrégation pour la construction de la nouvelle église paroissiale de Saint-Jacques, Monsieur le Préfet a proposé aux membres de la Consulte qui étaient présents de souscrire pour la somme de *deux cents francs* qui seront pris dans la caisse des annuels.

« Quelques-uns des membres ont fait une objection qu'ils n'étaient pas d'avis qu'on souscrive pour rien et qu'il serait plus convenable de conserver cette somme en cas de besoin.

« Monsieur le Préfet a dit que puisque tous les membres présents n'étaient pas d'accord de souscrire, il y avait lieu de passer aux voix ; comme tous les membres étaient assis sur les bancs, M. le Préfet a dit que tous ceux qui étaient d'avis pour souscrire pour la somme sus-énoncée se mettent debout. La majorité absolue a donné un avis favorable » (3).

_____

(1) Cette église, érigée en 1866 en l'honneur de Saint-Jacques, par la pieuse libéralité des fidèles, a été consacrée par Mgr l'Illustre et Révérende F. Lacroix, év. de Bayonne, le 15 nov. 1868, jour de la Dédicace des églises.

(2) Au 19 avril 1868, le trésorier de la Fabrique, rendant compte de la situation financière de la nouvelle église, déclarait une dépense totale de 601.050 fr. 10 c. D'après une délibération du 31 décembre 1867, cette somme était le fruit des souscriptions volontaires des fidèles ; le Gouvernement avait accordé 50.000 fr. et la Ville une subvention de 10.000 francs.

(3) *Registre de la Congrégation*. Délibération du 29 juillet 1861.

Cette légère division qui s'était manifestée au sujet de la souscription ne se reproduisit pas lorsqu'il fut question de meubler la chapelle que la Congrégation devait posséder dans l'église restaurée. Ce fut en effet une préoccupation de l'abbé Bordenave de mettre toute l'ornementation intérieure en harmonie avec la beauté extérieure du monument qui s'élevait si gracieux et si pur dans sa blanche parure de pierre. Les vieux autels en bois doré ne pouvaient pas servir ; il fallait du marbre. Les Congréganistes le comprirent et se montrèrent généreux. Réunis en assemblée générale, le 26 avril 1868, ils prirent les résolutions suivantes :

« A l'occasion de la reconstruction de l'église Saint-Jacques où la Congrégation est établie, l'ancien autel appartenant à la Confrérie ne pouvant plus y être rétabli, il y a lieu et nécessité pour la Confrérie de procurer un nouvel autel ; pour subvenir à cette dépense qui est de 1.200 francs, Monsieur Bordenave, curé de Saint-Jacques et directeur de la Congrégation a bien voulu venir au secours de la Société et a offert de fournir une somme de 200 francs, de sorte que la somme de 1.000 francs reste à la charge de la Confrérie. Quelques membres ont fait observer que pour payer cette somme on pouvait prélever sur les fonds placés à la caisse d'épargne. Ces fonds appartiennent en commun à la caisse de la Société et à la caisse des pauvres et s'élèvent à ce jour à la somme de 2.180 fr. 23 c. En prélevant la somme de 1.000 fr. pour l'autel ,il restera à la caisse pour le soulagement des membres malades qui font partie de la Corporation la somme de 1.180 fr. 23 c. ».

L'autel, dédié à Saint Jean-Baptiste, le patron de la Congrégation, fut exécuté en marbre d'Italie par M. Gaudy, marbrier à Bagnères-de-Bigorre. Les Congréganistes achetèrent la statue de Saint Jean pour la somme de 180 fr. La pose de l'autel, le carrelage, le marchepied, la grille de la chapelle, tout cela fut payé par la Fabrique et la dépense totale pour cette chapelle fut de 1.765 francs. Lorsque les travaux furent terminés ,la Consulte se réunit et dans sa délibération (1) nous trouvons les remarques suivantes :

1° Tout ce qui a été payé par la Fabrique reste sa propriété.

---

(1) *Registre de la Congrégation*. Délibération du 12 juillet 1868.

2° Quant à l'autel, à la statue et autres accessoires composant l'ornement de l'autel et fournis par la Congrégation, ils resteront toujours la propriété de la Société.

Après des vicissitudes diverses ,la chapelle actuelle de Saint Jean-Baptiste restait donc la chapelle particulière de la Congrégation des Bourgeois et Artisans.

LA NOUVELLE ÉGLISE SAINT-JACQUES

En énumérant toutes ces dépenses occasionnées par les changements successifs de local, une question se pose tout naturellement. D'où venaient les ressources ? Les religieux fondateurs des premières Sodalités de la Vierge avaient conseillé la pauvreté la plus absolue ; c'était une nouveauté, car les associations analogues avaient coutume de posséder des biens, parfois considérables et de former ainsi des Corps riches et puissants. Dans la suite on se relâcha de cette stricte sévérité, mais cependant l'esprit de pauvreté subsista et les Congrégations ne possédèrent jamais des immeubles de valeur ni de gros revenus. Les inventaires qui furent faits au moment de la Révolution sont significatifs : ils n'enregistrent que des ornements et un petit mobilier de chapelle. La Congrégation de Pau ne fit pas exception ; nous avons vu que ses biens, en 1792, étaient de peu de valeur. Lorsqu'elle se rétablit, elle continua à vivre pauvrement comme par le passé, faisant face à ses dépenses au moyen des *annuels*, des *réceptions*, des *souscriptions* ou des *dons volontaires*, et des *aumônes* déposées dans un *tronc* spécial.

Le droit de réception était, d'après une délibération de 1784, de 6 livres, et pour les fils de confrères de 3 livres seulement. Cet article resta en vigueur pendant longtemps et ne fut pas modifié lors du rétablissement de la Société. Cependant, en 1833, la Consulte arrêta que « tout individu qui se présentera pour être reçu ne paiera lors de sa réception que la somme de 3 francs, comme les fils de confrères, au lieu de celle de 6 qu'ils étaient tenus de payer antérieurement » (1). Cette détermination resta lettre morte, car, durant toutes les années qui suivent, les postulants continuent de verser 6 francs, à leur entrée dans la Société.

La source principale des revenus consistait dans les *annuels ;* on désignait sous ce nom la cotisation que tout confrère devait donner chaque année ; elle était de *deux francs* et payable, la première moitié au dimanche des Rameaux, et la seconde au dimanche de la Pentecôte. Le recouvrement était effectué par les soins du trésorier et les mauvais payeurs étaient menacés de certaines peines disciplinaires énumérées dans le règlement de 1779 (2), et légèrement modifiées en 1784. Le trésorier dressait un catalogue de ceux qui avaient payé leur annuel et faisait l'appel le Jeudi-Saint et lors des processions publiques ; à ceux qui étaient en règle le Préfet remettait un cierge fourni par la Congrégation ; les autres ne recevaient point de cierge, à

---

(1) *Registre de la Congrégation.* Délibération du 2 juin 1833.
(2) Voir plus haut, *IIe période, chap. III.*

moins que le directeur ou le préfet ne jugeassent autrement pour des raisons particulières. Au décès d'un confrère, le trésorier confiait le drap mortuaire au mande, lequel le portait chez le défunt pour l'étendre sur le lit ou sur la bière jusqu'au moment des obsèques ; si le décédé n'avait pas payé son annuel, le trésorier devait avoir soin de recouvrer l'arrérage avant de donner le drap. Avant l'Ascension, on dressait une liste des confrères en retard dans leur paiement et la Consulte, après en avoir pris connaissance, nommait des commissaires chargés du recouvrement de ces annuels ; si l'argent ne rentrait pas, on écrivait des « lettres de la part du Corps » et quand tous les moyens de douceur étaient épuisés, on rayait le nom sur le catalogue et le réfractaire ne pouvait désormais « jouir d'aucune qualité de confrère ».

Ce droit d'entrée et ces cotisations annuelles suffisaient bien pour les dépenses ordinaires de la Congrégation, mais lorsqu'un imprévu se présentait, on était obligé d'ouvrir une souscription volontaire. En 1812, pour la restauration de l'autel, la contribution souscrite par les membres de la Société s'éleva à 283 fr. 10 ; en 1815, pour d'autres réparations, à 137 fr. 45 ; le drap mortuaire qu'on acheta en 1818 coûta 246 fr. 80 et la souscription ouverte donna 186 fr. 05. Lorsqu'on voulut remplacer le ciboire volé en 1824, les confrères Bidau et Bernadotte premier-né furent nommés commissaires pour recevoir les dons individuels et acheter le vase sacré en question : ils recueillirent 147 fr. 70 et l'acquisition dont ils étaient chargés se monta à 146 fr. 25, « d'après la quittance de M. Biget, orfèvre ». Les nouvelles réparations à l'autel, en 1840, exigèrent un nouvel appel aux bonnes volontés ; la somme de 93 fr. 60 fut versée par divers confrères. L'année suivante ce sont les officiers seuls qui contribuent à l'achat de quatre chandeliers et qui réunissent 30 fr. 50 ; il y a ici un réfractaire, Jean Casebonne, qui refuse de souscrire « parce qu'il n'a pas été consulté ni même eu aucune connaissance qu'après l'achat des chandeliers » ; mais pour prouver qu'il n'agit pas par lésinerie et que sa dignité offensée est seule en jeu, il donne « un rideau noir pour couvrir la chapelle lorsqu'on chante la messe des morts, ainsi que deux paires de gants blancs servant à porter le calice pour la messe de la Congrégation, le tout montant à 18 fr.» Une autre fois, ce sont les sacristains, — au nombre de quinze, — qui se cotisent pour acheter un grand crucifix en métal argenté. Une souscription est encore ouverte en 1878 pour l'achat d'un voile violet destiné à auréoler la croix processionnelle ; on recueillit 113 fr. 50. Le curé, qui était le directeur de la Congrégation, se trouvait toujours en tête de ces souscriptions ; il faisait aussi parfois des dons supplémentaires qui sont consignés avec soin au chapitre des recettes. En 1857, on trouve même une somme de 40 fr. offerte par Monseigneur l'évêque de Bayonne.

Avec de l'argent la Société recevait aussi de temps en temps des objets divers. Dans une assemblée du 19 juin 1814, la Consulte acceptait avec gratitude : 1° une Vie de Saints (1) léguée par Barthelemy Cabanné, ancien officier ; 2° deux nappes de communion données par Bidau, préfet en exercice; 3° des pièces d'étoffe de soie noire destinées à la confection d'un pluvial et de divers ornements pour les messes de la chapelle, données par un anonyme. Ailleurs, on « comble de remerciements les personnes qui ont bien voulu faire présent » de divers objets, consistant en cinq nappes d'autel, un encensoir et un « rideau noir garny de plureurs servant à couvrir l'autel lors des messes des morts » (2).

Le budget de la Congrégation était encore alimenté par un tronc placé dans la chapelle ; les aumônes qu'on y trouvait étaient destinées aux Congréganistes pauvres ; les sommes recueillies annuellement subirent une gradation ascendante : entre 1806 et 1840 elles varient de 8 à 15 fr.; à partir de 1830 elles augmentent et atteignent une moyenne de 50 fr; enfin vers 1870 elles montent à 150 et 200 fr. Cette progression tenait au développement de la ville de Pau comme résidence des étrangers riches ; ce qui le prouve, c'est

---

(1) C'étaient deux gros volumes in-f°, contenant de curieuses gravures sur bois. dont voici le titre : « Le sacré parterre | émaillé de toutes ' les fleurs | des Vies des Saints | ..... recueillies cy-devant | par le R. P. Ribadeneira de la Compagnie de Jésus, etc. | A Lyon | chez Jean Grégoire, rue Merciere, à l'enseigne | de la Renommée. | MDCLXXVII. |

(2) Registre de la Congrégation. Délibération du 14 septembre 1845.

qu'à diverses reprises, à la levée du tronc, les commissaires notent que la moitié de l'argent est en monnaie étrangère.

Un léger appoint au chapitre des recettes était fourni par la vente des livres d'*Heures de la Congrégation* et des *Statuts;* le prix du règlement était de 0 fr. 30 et celui des Heures 1 fr. pour un volume broché, 2 fr. pour un volume relié (1).

Enfin il ne faut pas oublier une coutume originale, qui n'était pas d'ailleurs spéciale à la Congrégation, et qu'on trouvait autrefois en honneur dans toutes les Confréries. Lors des processions solennelles, on donnait aux enchères le droit de porter la croix et les flambeaux ; l'honneur de tenir ces insignes restait au plus offrant. En 1806, dans la première ferveur du rétablissement de la Société, l'enchère pour la procession du Jeudi-Saint monta à 13 fr. 25. Cette source de recettes varia dans la suite de 1 à 3 fr. et disparut définitivement vers 1850.

On voit que la Congrégation n'était pas riche. Ses revenus étaient aléatoires, mais cependant elle n'a jamais périclité faute de ressources. Dans son honnête pauvreté, elle a toujours pu subvenir à ses besoins, et faire bonne figure lorsque les nécessités ou les convenances l'exigeaient.

---

(1) Une réimpression des Statuts fut faite en 1856 et une autre du livre d'Heures en 1862. On paya ces travaux 500 fr. à l'imprimerie d'E. Vignancour. (*Comptes des dépenses du 29 mai 1862 au 14 mai 1864*).

CHAPITRE III

Vie intérieure et Œuvres de la Congrégation

Les processions. — Le sac des Pénitents Gris. — Histoire d'une ordonnance de Mgr d'Astros; protestation des Congréganistes; lettre de l'Evêque ; entêtement des confrères ; on leur rend justice. — Fidélité dynastique de la Congrégation. — Exclusion de divers membres. — Piété envers les défunts. — Les œuvres de bienfaisance : les prisonniers, les pauvres de la Société. — La Congrégation, société de secours mutuels.

Les exercices de piété de la Congrégation reprirent dans l'église St-Jacques à peu près dans le même ordre et avec la même assiduité que dans la chapelle du Collège. C'est dans les processions surtout qu'on tâcha d'égaler la pompe et la ferveur d'autrefois. Nous avons vu au précédent chapitre qu'on avait acheté une croix argentée avec un grand voile violet pour l'auréoler et aux jours solennels du Jeudi-Saint, de la Fête-Dieu et de Saint Jean-Baptiste, les Congréganistes étaient fiers de parcourir les rues, un cierge à la main, psalmodiant ou chantant les prières latines de leur livre d'Heures.

En même temps que la piété d'autrefois il semble que les

confrères aient mis un soin jaloux à conserver aussi les privilèges de leur Corps. Les incidents qui s'étaient élevés en 1779 au sujet du rang à garder dans les processions solennelles, se reproduisirent en 1824. Pour bien comprendre les faits il faut établir certains points de l'histoire religieuse de cette époque.

A Saint-Martin, les Confrères du Saint-Sacrement Pénitents Blancs, qui s'étaient reconstitués après la Révolution, tentèrent à diverses reprises entre 1806 et 1828 de reprendre le sac blanc dans les processions générales. Ce fut l'occasion de luttes au sein de la Confrérie, de conflits avec le curé Darbelit, de délibérations curieuses, toutes choses qui ont été racontées avec humour par M. l'abbé Bordedarrère dans son Histoire de cette pieuse association (1). Dans un élan d'émulation et pris d'un beau zèle pour le sac de pénitence, ne voilà-t-il pas que les Confrères de Notre-Dame des Agonisants, rétablis à Saint-Jacques, voulurent à leur tour reprendre l'habit d'autrefois et se revêtir de la cagoule grise. Ils décidèrent, dans une délibération du 21 octobre 1821 de revenir à l'ancienne livrée de pénitence. Le curé Ricau favorisa ce retour au costume des Pénitents Gris et fit même des démarches auprès de l'évêque afin d'obtenir le droit de préséance dans les processions solennelles pour les Confrères revêtus du sac. Monseigneur d'Astros (2) promulgua une ordonnance conforme aux désirs du curé et arrêta que les Pénitents Gris auraient le pas sur toutes les autres Confréries et Associations pieuses, et marcheraient immédiatement

---

(1) Abbé BORDEDARRÈRE. *La Confrérie du Saint-Sacrement et des Pénitents Blancs*, ch. VI.

(2) Le Cardinal d'Astros, né le 15 décembre 1772, en Provence, mort archevêque de Toulouse en 1851, fut évêque de Bayonne de 1820 à 1830. Il avait pris une part très active dans les affaires religieuses du Consulat et de l'Empire. Il exerça à Bayonne une grande influence sur toutes les œuvres diocésaines : il restaura le Grand Séminaire, releva Larressore, organisa les retraites ecclésiastiques, les conférences, les examens, donna des Statuts Synodaux à son clergé, composa un catéchisme qui est encore en usage, fit prêcher partout des missions, s'occupa activement des écoles. C'est une grande figure parmi les évêques du XIXe siècle. Le P. Caussette a célébré ce grand prélat, raconté ses luttes avec Napoléon, quand il n'était que vicaire-général de Paris, et plus tard, ses débats avec D. Guéranger, ainsi que son initiative dans la condamnation de La Mennais, etc. (Sur Mgr d'Astros, évêque de Bayonne, voir un numéro spécial du *Bulletin Catholique du diocèse de Bayonne*, 1886, Les Evêques, p. 35, et *Recherches sur la Ville et l'Eglise de Bayonne*, par DUBARAT et DARANATZ, p. 311.)

avant les membres du clergé. Ce règlement nouveau fut communiqué aux Congréganistes le 18 juin 1824.

L'ardeur batailleuse et l'amour-propre de corps se réveillèrent chez les Bourgeois et Artisans. Ils avaient lutté autrefois pour la première place et s'ils avaient cédé devant les droits incontestables des Pénitents Bleus et Blancs, ils avaient fait reconnaître officiellement leurs prérogatives sur les Pénitents Gris et les Confrères de St-Jacques (1). Dès que M. Ricau leur eut fait connaître la sentence épiscopale, ils délibérèrent, en appelèrent à l'évêque mieux informé et soutinrent vigoureusement leurs droits de préséance. Pour ne pas paraître céder, même un instant, ils décidèrent qu'ils s'abstiendraient de prendre part aux processions, jusqu'à ce que leurs droits fussent observés.

« L'an mil huit cent vingt-quatre et le 20 juin, en assemblée générale de la Congrégation des Bourgeois et Artisans de la Ville de Pau établie dans la paroisse Saint-Jacques, convoquée aux formes ordinaires,

« Il a été donné lecture d'une lettre écrite le 18 du courant par M. Ricau, directeur de la Congrégation, soit à M. le Préfet de la confrérie, soit à l'un et à l'autre des assistans ; il en résulte que Mgr l'Evêque aurait par une ordonnance récente, transmise à M. Ricau et dont celui-ci n'a pas jugé à propos de donner copie, statué que les confréries revêtues d'un sacq devaient avoir le pas dans les processions sur toutes celles qui n'ont pas de costume religieux ; M. Ricau ajoute que la convenance de cette disposition se fait aisément sentir et exhorte la Congrégation à éviter tout scandale en se soumettant à la décision dont il s'agit, en conséquence, à prendre sa place dans la procession du Saint-Sacrement qui doit avoir lieu ce jourd'hui immédiatement après les confréries des femmes, qui doivent à l'avenir marcher en tête de la procession, et non pas après le Saint-Sacrement.

« M. le Préfet en faisant remarquer toute la précipitation d'une pareille mesure, qui donne à peine le tems de la réflexion, croit devoir rappeler à l'assemblée que la place que la Congrégation a constamment occupée dans les processions générales lui est assignée par des règlemens positifs émanés de l'autorité ecclésiastique, et consacrés de même par des arrêts du Parlement, en tout ce qu'ils peuvent contenir de temporel ; qu'il est peu naturel de croire que si ces règlemens eussent été connus de Monsei-

(1) Voir plus haut, *IIe période*, ch. II.

gneur l'évêque, ce digne prélat se fut porté à les annuler, lorsqu'ils n'excitaient la moindre plainte de personne, et dans le seul objet d'une innovation qui ne fait que réveiller d'anciennes rivalités, d'un trop affligeant souvenir ; il a demandé de prendre cet objet en considération.

« Sur quoi, considérant que la nouvelle détermination de Monseigneur l'évêque est sous tous les rapports une véritable innovation, destructive de l'ancien état des choses, qu'en effet il ne fut jamais d'usage qu'aucune des confréries revêtues d'un sacq parut sous ce costume à la procession générale de la Fête-Dieu ; que jamais les Pénitens Bleus, les Blancs, ni les Gris, ne parurent sous ce costume, mais seulement avec leurs habits ordinaires et un cierge à la main, ainsi que les Congréganistes, que la place de tous était fixée par des règlemens exécutés depuis plus d'un siècle, et c'est sans doute ce que les personnes qui ont provoqué la décision de Mgr l'Evêque lui ont laissé ignorer, et qu'elles ignoraient peut-être elles-mêmes lorsqu'elles lui ont adressé la demande ;

« Que les raisons qui déterminèrent autrefois à bannir les sacqs de la procession générale existent aujourd'hui comme alors, et paraissent devoir faire maintenir la même disposition, sans préjudice du droit des Confréries qui sont dans l'usage de se couvrir d'un sacq dans les cérémonies propres à chacune d'elles ;

« Que la place constamment occupée par la Congrégation, dans les processions générales et particulièrement à celle de la Fête-Dieu, lui est assignée par un règlement du 13 mars 1718, renouvelée par une ordonnance de Mgr l'évêque en date du 10 mars 1779, qui a été constamment exécutée jusqu'à ce moment sans aucune espèce de contradiction de la part de qui que ce soit, et qui constitue conséquemment une espèce de propriété à laquelle Mgr l'évêque ne peut avoir aucune raison de porter atteinte ; ces divers règlemens furent au reste sanctionnés par arrêt du Parlement du 2 juin 1779, en tout ce qui pouvait s'y trouver de temporel, nouvelle raison pour les faire de plus en plus respecter ;

« Que du reste tout se réduit ici à enlever à la Congrégation une préséance due à son ancienneté, et dont elle jouit depuis plus d'un siècle, à l'ombre des règlemens les mieux établis, pour la donner à une Confrérie de date bien plus récente, qui ne la réclama jamais, et par cela seul que partie de ses membres auraient repris depuis quelques jours l'usage d'un sacq qui ne figura jamais dans les processions générales et particulièrement à celle de la Fête-Dieu ; — car pour la Confrérie du Saint-Sacrement, ou Pénitens Blancs, soit qu'il ait été décidé que contre l'usage de tous les tems, ils assisteront à la dite procession, revêtus d'un sacq ou sans sacq, il est constant qu'ils auront toujours la préséance sur la Congrégation, et on n'entend nullement le leur disputer, quel que soit leur costume ;

« Considérant enfin, que de cette mesure il ne peut résulter ni la plus grande gloire de Dieu, ni l'édification publique, principal objet qui devrait occuper les directeurs de toute confrérie ; il n'en peut résulter que du scandale, des rivalités et des mécontens, dont il est du plus grand intérêt de tarir les sources et d'éviter tout aliment à la malignité;

« Qu'il est dès lors à croire que ces faits étant plus particulièrement connus de Mgr l'évêque, il voudra bien retirer la décision qu'il a prise, décision qui attaque les droits les mieux établis et dont aucun intérêt général ne sollicite la suppression ;

« Par ces motifs, il a été unanimement arrêté : 1° que par prudence et pour éviter toute occasion de trouble et de scandale, et pour entrer autant que possible dans les vues de M. Ricau son directeur ,la Congrégation des Bourgeois et Artisans s'abstiendra d'assister en corps à la procession du Saint-Sacrement, chacun de ses membres demeurant invité à y assister comme particulier ; 2° qu'il sera adressé à Monseigneur l'Evêque, par les soins de M. le Préfet de la Congrégation et par ses assistans un collationné de la présente délibération, en suppliant Sa Grandeur de vouloir bien retirer la nouvelle disposition surprise à sa religion, et en conséquence de maintenir les anciens règlemens qui fixent la place que la Congrégation doit occuper dans les processions générales et notamment à celle de la Fête-Dieu, à cet effet revêtir lesdits règlemens de sa nouvelle sanction. Et les membres présents ont signé : Baron, Tuquet père, Bernata, Cambeilh, Bellocq 1er né, Nougué, Bidau, Labourdette, Pedebearn, Soubira, Ferré Jean, Bernadotte, Courribet, Bellocq 4e né, Darracq, Fessart, Tuquet fils, Anglade, Lamothe, Puyou, Lauronce, Lalanne, Sempé » (1).

Le préfet de la Congrégation exécuta les décisions prises par l'assemblée et envoya la délibération à Monseigneur l'évêque en l'accompagnant de la lettre suivante :

« Lettre de la Consulte de la Congrégation à Monseigneur l'évêque de Bayonne, sous la date du 20 juin 1824.

« Le Préfet de la Congrégation des Bourgeois et Artisans de la Ville de Pau et ses assistants, à Monseigneur l'Evêque de Bayonne.

« Monseigneur,

« La Congrégation des Bourgeois et Artisans de la Ville de

_____

(1) *Registre de la Congrégation*. Délibération du 20 juin 1824.

Pau, établie dans l'église paroissiale de Saint-Jacques, sous la direction de Monsieur Ricau curé de cette paroisse, a été vivement affectée de la décision que vient de prendre Votre Grandeur, dont M. Ricau leur a donné connaissance par sa lettre du 18 juin courant. Cette décision, sans aucun égard pour des règlements consacrés par l'usage non interrompu de plus d'un siècle, les annule et dépouille la Congrégation d'une place que ses règlements lui assignaient dans l'ordre des préséances ,pour la donner à une Confrérie de nouvelle date, et par la seule raison que ses membres seraient revêtus d'un sacq.

« La Congrégation dont nous sommes en ce moment les organes a cru devoir par prudence et pour éloigner toute occasion de rixe et de scandale, s'abstenir d'assister en corps à la procession générale de la Fête-Dieu, elle a pris une délibération, par laquelle elle a essayé, MONSEIGNEUR, de vous faire connaître l'ancien état des choses, et supplier Votre Grandeur de la maintenir dans un droit consacré par des règlements positifs et dont elle sollicite votre sanction. C'est l'objet de la mission que nous remplissons en vous adressant un collationné de la délibération qui a été prise et sur laquelle nous attendons avec la plus grande confiance votre décision.

« Nous sommes avec respect, etc... ».

L'évêque en promulguant son ordonnance n'avait pas prévu cette opposition. Comme il ne voulait pas mécontenter ces bons Confrères et que le développement religieux de son diocèse était sa grande préoccupation, il écrivit une longue lettre où il expliquait sa décision, la maintenait, affirmait assez catégoriquement son droit épiscopal de régler ce qui concerne le culte divin et se défendait d'avoir voulu léser les droits des Congréganistes.

Réponse de Monseigneur l'Evêque.

Bayonne, le 17 juillet 1824.

« Messieurs,

« J'ai reçu la réclamation que vous m'avez adressée en date du 20 juin dernier contre la décision par laquelle j'ai déclaré à Mr Ricau, curé de Saint-Jacques, qui m'avait demandé mon avis à ce sujet, que les Confréries dont les membres sont revêtus d'un sacq, doivent, dans les processions, avoir le pas sur toutes les Confréries qui n'ont point de costume religieux.

« Je n'aurais pas soupçonné qu'une pareille décision pût être accusée de nouveauté, d'injustice et être regardée comme une source de scandale. J'avais au contraire la confiance que MM. les membres de la Congrégation des Bourgeois et Artisans, établie dans l'église Saint-Jacques, s'y conformeraient sans difficulté, attendu que cette décision est raisonnable, qu'elle ne blesse les droits de personne et qu'en la donnant je n'ai fait qu'user d'un droit incontestable.

« Premièrement, la décision donnée est raisonnable. J'en appelle, MM., à votre propre jugement ; est-il quelqu'un parmi vous qui ne trouvât bizarre une procession où des confréries por_ tant un habit religieux seraient mêlées avec des associations d'hommes et de femmes en habits séculiers ? L'ordre le plus natu- rel n'est-il pas de placer les confréries en habits religieux immé- diatement avant le clergé ?

« Secondement, la décision dont il s'agit ne blesse les droits de personne. Vous vous en plaignez, comme d'une innovation qui vous enlève une préséance, dont vous étiez en possession depuis longtemps. Une innovation n'a jamais pu être considérée comme une injustice par cela seul qu'elle est une chose nouvelle ; et en supposant même que jamais aucune confrérie de pénitens n'eût paru aux processions avec le costume qui lui est particulier, per- sonne ne pourrait accuser d'injustice l'autorisation que l'évêque croirait devoir donner à quelque confrérie d'assister aux proces- sions avec ce costume.

« Vous ne pouvez pas non plus alléguer que ma décision vous enlève une préséance dont vous étiez en possession depuis long- temps. Pour qu'il fut vrai que vous fussiez depuis longtemps en possession de la préséance sur une confrérie en costume religieux, il faudrait que cette confrérie fut dans l'usage d'aller aux pro- cessions avec ce costume.

« Un exemple vous rendra la vérité de ce raisonnement plus sensible. Je suppose qu'il s'établisse dans la ville de Pau une mai- son d'un ordre religieux quelconque ; ces religieux prendraient nécessairement dans les processions leur rang immédiatement avant le clergé séculier et au-dessus de toutes les confréries d'hommes et de femmes. Ces confréries pourraient-elles se plain- dre que par cet arangement on leur enlève une préséance dont elles étaient en possession ? Il est donc évident, MM., que ma déci- sion ne blesse point réellement vos droits ; elle ne fait que per- mettre à une confrérie de Pénitens d'assister aux processions revêtue d'un costume religieux qui lui est propre, circonstance qui requiert nécessairement que la dite confrérie marche immé- diatement avant le clergé ; c'est l'ordre naturel qui doit être suivi dans tous les temps et dans tous les lieux.

« J'ai ajouté, qu'en la donnant, je n'avais fait qu'user d'un droit incontestable ; il a été en tout temps reconnu qu'il apparte- nait aux évêques de régler tout ce qui concerne le culte divin,

particulièrement ce qui regarde la marche et le rang des confréries composées de laïques, et l'exécution de leurs règles et statuts. Telle est la disposition des Saints Canons, et même celle
des lois de l'Etat ; on peut voir pour s'en convaincre l'arrêt du
Conseil privé du roi du 30 septembre 1650 et celui du 9 août 1664,
arrêts auxquels il n'a été dérogé par aucune loi postérieure.

« Il est donc prouvé, MM., qu'en donnant la décision dont il
s'agit, je ne suis point allé au-delà de ce que je pouvais faire.
Vous ne croirez certainement pas que j'ai voulu blesser vos droits,
vous enlever l'honneur de la préséance, en un mot, rien faire
qui pût être pour vous un sujet de plainte. Les associations religieuses, si utiles pour entretenir la piété, nous sont trop chères,
pour vouloir leur susciter des contradictions et leur causer de la
peine.

« J'ai tout lieu d'espérer, MM., que d'après les explications que
je viens de vous donner, assurés comme vous devez l'être, que
vos droits ne sont point blessés, vous ne vous priverez plus de
l'avantage d'assister aux cérémonies religieuses ; et surtout que
vous ne changerez point en source de division et de scandale une
institution dont le but est d'unir entr'eux les fidèles, et d'édifier
l'Eglise.

« J'ai l'honneur d'être, etc.... ».

Les explications de l'évêque ne donnèrent point satisfaction aux Congréganistes. L'évêque maintenait sa décision.
Eux aussi s'entêtèrent et maintinrent leurs conclusions premières. Dans une assemblée générale (1) ils discutèrent les
raisons alléguées par l'évêque dans sa lettre du 17 juillet et
ils persistèrent « de plus fort » dans leur résolution de
s'abstenir de toute procession générale « jusqu'à ce que les
griefs auront été réparés ».

« L'an 1824 et le 15 août, en assemblée de la Consulte de la
Congrégation des Bourgeois et Artisans de la Ville de Pau, établie dans l'église paroissiale de Saint-Jacques, convoquée aux
formes ordinaires ;

« M. le Préfet de la Congrégation a dit qu'en exécution de la
délibération du 20 juin dernier, tant lui, que MM. les Assistans,
ont adressé leurs réclamations à Mgr l'évêque, à l'effet de faire
cesser le sujet de trop justes plaintes, que la Congrégation avait
consignées dans sa délibération et qui se prenaient de la nou-

---

(1) *Registre de la Congrégation.* Délibération du 15 août 1842.

velle disposition, qui enlève à la Congrégation la place qu'elle avait constamment occupée dans les processions générales et qui lui était assignée par les règlements les plus positifs, pour la donner à la confrérie des Pénitens Gris qui ne la réclama jamais et dont l'établissement est de beaucoup postérieur à celui de la Congrégation.

« Que le dit s^r Préfet et ses assistans avaient une juste raison de croire que cette disposition, surprise de la religion de Mgr l'évêque, serait rappelée aussitôt que les droits de la Congrégation lui seraient connus ; mais qu'il en est tout autrement, puisque, comme M. Ricau directeur, l'avait annoncé d'entrée, la réclamation a été écartée et que Mgr l'Evêque persiste dans la disposition que M. Ricau paraît seul avoir sollicitée relativement à la dite préséance.

« Qu'effectivement, Monseigneur l'évêque, dans sa lettre du 17 juillet, dont il a été donné lecture, sans contester ni l'ancien état des choses, ni l'innovation prise, de ce qu'aucune confrérie n'aurait jamais jusqu'à ce moment paru en sacq à la procession générale de la Fête-Dieu, sans parler en aucune manière ni des règlemens invoqués par la Congrégation, ni de la préséance qu'ils lui accordaient, s'attache à prouver la réalité d'un droit, qu'on n'a jamais cherché à lui contester, celui de régler l'ordre et la marche des processions :

« Ce droit est sans doute incontestable, mais il l'est aussi que la nouvelle décision de Mgr l'évêque prive, sans le plus léger prétexte, la Congrégation d'une préséance que les anciens règlemens, que Mgr l'Evêque n'a pas même formellement annulés, en ce qui la concernait, lui assuraient : ce qui laisse les raisons de la Congrégation dans toute leur force ;

« Que lorsque dans sa réponse, et pour appuyer de plus en plus sa détermination, Mgr l'Evêque suppose très gratuitement l'établissement d'un ordre religieux, en la présente ville, il ne fait que supposer ce qui fut autrefois et jusqu'en 1790, puisque les Capucins et les Cordeliers, établis dans cette ville, avaient aussi leurs places marquées dans les processions générales, et que personne ne s'avisa jamais de les leur contester ni de les changer, lorsque cette place fut une fois fixée par les réglemens ; mais pour abonder dans le sens de la réponse, supposons à notre tour qu'au lieu d'un ordre religieux, il s'en établisse successivement deux ou un plus grand nombre ; le premier établi n'aura-t-il pas la préséance sur le dernier ? voilà le siège de la question et la simple raison suffit pour la décider ; elle devrait aussi suffire par similitude pour faire statuer que les nouveaux venus en fait de confrérie ne devraient pas avoir de préséance sur leurs anciens ; et c'est ce que la Congrégation avait droit d'attendre de la justice de Mgr l'évêque, et c'est ce qu'elle espère encore d'en obtenir un jour.

« Sur quoi, eüe délibération, il a été unanimement arrêté que la Congrégation persiste de plus fort dans sa délibération du 20 juin dernier et qu'elle sera la règle de sa conduite, jusqu'à ce qu'il en aura autrement disposé et que les griefs qu'elle a exposé auront été réparés ; et les membres présens ont signé : Baron, Tuquet, Bellocq 1ᵉʳ né, Lamothe, Soubira, Darracq, Bernadotte, Jean Ferré, Bellocq 4ᵉ né, Courribet, Sempé, Cambeilh secrétaire. »

Les choses restèrent dans cet état jusqu'en 1830. Dans l'intervalle l'ardeur des Pénitents Gris était tombée ; ils avaient renoncé à leur cagoule traditionnelle et dès lors il n'y avait plus de raison pour leur donner un droit quelconque de préséance. La victoire restait aux Congréganistes ; le jour de la Fête-Dieu de l'année 1830, ils reprenaient leur rang dans la procession générale.

« L'an 1830 et le 13 juin, en assemblée convoquée à la demande de M. Ricau directeur de la Congrégation, M. le Préfet a dit que M. le curé s'était rendu chez lui le 11 passé pour le prévenir que nous aurions dorénavant le rang que nous avions anciennement dans les processions, et qu'en conséquence il nous invitait à nous rendre en aussi grand nombre que nous le pourrions à celle qui doit avoir lieu aujourd'huy.

« Sur quoi, nous membres de la Consulte avons unanimement adhéré à la demande de M. Ricau, à la réserve néanmoins de nous référer à nos délibérations précédentes, si nous étions de nouveau troublés dans le pas que nous avions sur les autres confréries.

[Signé] : Bernata, Nogué, Bellocq, Bernadotte aîné, Sempé, Tuquet, Bidau, Pédebéarn, Tuquet fils, Baron, Cambeilh » (1).

Avant la Révolution, on eût fait appel au Parlement pour trancher cette difficulté. Un arrêt serait venu statuer sur les droits respectifs de l'évêque, du curé et des Confrères. Ces temps n'étaient plus et bien que le vieux ferment de gallicanisme ne fût pas encore tout-à-fait éteint, les interventions du pouvoir civil en matière religieuse devenaient de plus en plus rares. Cependant la Congrégation aurait pu compter sur la haute bienveillance des pouvoirs publics. Les gazettes paloises de l'époque nous ont conservé un écho des senti-

_____

(1) *Registre de la Congrégation.* Délibération du 13 juin 1830.

ments de fidélité dynastique qui attachaient les Congréganistes aux Bourbons. Nous trouvons dans le *Mémorial béarnais* le récit des cérémonies qui furent célébrées sous la Restauration en l'honneur du roi-martyr et des victimes de la
Révolution :

« L'élan religieux avec lequel la France entière se presse autour
des autels au 21 janvier, pour expier par des vœux et des prières,
l'attentat des régicides continue à se manifester à Pau de la
manière la plus édifiante. L'impulsion reçue d'abord par les
paroisses s'y communiqua sur le champ aux confréries établies
dans chacune. Aussi avons-nous vu la cérémonie du 20 du courant se renouveler le lundi, le mardi et le mercredi suivant. La
Congrégation des Bourgeois et Artisans fit son service à Saint-
Jacques le 22.... Beaucoup de fidèles ont assisté régulièrement à
ces offices et s'y sont tenus dans l'attitude du plus morne recueil-
lement » (1).

« Le service expiatoire du 21 janvier a été célébré dans l'église
Saint-Jacques en présence des autorités civiles et militaires et
d'un grand nombre d'habitants. M. l'abbé Boyer a lu le testament du roi-martyr. La Congrégation des Artisans et Bourgeois
de la ville de Pau a fait célébrer le lendemain avec la même
solennité dans l'église Saint-Jacques un service en l'honneur du
vertueux Louis XVI. Un grand nombre de fidèles s'est empressé
d'y assister » (2).

Il ne faudrait pas conclure de là que la politique jouât un
rôle quelconque dans la vie de la Congrégation de Pau.
Nous sommes tellement habitués à l'heure actuelle à voir des
œuvres fondées dans un but syndical ou mutualiste fausser
leur esprit et devenir des instruments de politique, que nous
serions facilement portés à chercher des tendances analogues
dans les œuvres d'autrefois. Rien dans les registres de la
Congrégation ne nous permet de porter un jugement défavorable sur le compte de cette Société. Elle fut exclusivement
une œuvre de *piété* et de *charité*.

Elle avait pour but principal le perfectionnement religieux
et moral de ses membres ; elle imposait dans ce but les
moyens ordinaires de sanctification, prières, confession,

(1) *Mémorial béarnais* du jeudi 25 janvier 1816.
(2) *Mémorial béarnais* du vendredi 22 janvier 1819.

communion fréquente, retraites, exercices divers. La vie d'un Congréganiste devait être exemplaire et lorsque l'un d'entre eux avait commis quelque faute scandaleuse, l'honneur du Corps exigeait un prompt amendement, faute de quoi on procédait à son exclusion. A deux reprises, en 1865, sur la proposition du préfet, et après entente avec le curé directeur, le nom de deux confrères est rayé du registre pour « mauvaise conduite » (1). Dans une autre circonstance, en 1879, un membre, « s'étant porté à des scènes de désordre et d'ivrognerie » est « averti charitablement plusieurs fois par les officiers nommés à ces fins » ; ces observations ayant été inutiles, l'assemblée décide de suspendre pour une année le confrère incorrigible et de le « priver de l'assistance des membres à son enterrement et du drap mortuaire » (2). Le respect des vieilles règles allait encore plus loin ; l'article 10 de la délibération du 16 mai 1779 (3) conseillait aux Congréganistes de ne pas s'adresser dans leurs différends à la justice séculière, mais de faire trancher leurs discussions par les officiers de la Confrérie ; or, en 1898, un désaccord sur une question d'argent étant survenue entre deux associés et l'affaire ayant été portée devant le juge de paix, le Conseil impitoyable décréta l'exclusion des deux membres (4).

La charité mutuelle et l'édification réciproque étaient fortement recommandées par les Statuts. Nous ne connaissons pas de trait spécial en faveur de l'exercice de ces devoirs.

Nous avons des détails plus précis sur la piété des Congréganistes envers leurs défunts. Ils ont soin d'assister aux obsèques des confrères décédés et de faire dire tous les 3e dimanches du mois une messe pour les trépassés (5) ; ce pieux devoir est encore scrupuleusement rempli à l'heure actuelle.

L'exercice de la charité matérielle était l'une des préoccupations capitales de la Congrégation des Artisans. Parmi les

---

(1) *Registre de la Congrégation*. Délibérations des 27 août et 31 décembre 1865.

(2) *Ibid*. Délibération du 23 mars 1879.

(3) Voir plus haut, *IIe période, ch. III*.

(4) *Registre de la Congrégation*. Délibération de 1898.

(5) *Statuts et Règlemens de la Congrégation* (édition de 1784). Règles e Coutumes, art. XIV, p. 11.

œuvres de miséricorde, la visite et le soin des prisonniers avaient toujours été placés au premier rang ; il y avait comme une véritable émulation, parmi les Confréries du moyen-âge, pour secourir les prisonniers. Les Congrégations de la Vierge ne firent pas exception et c'est pour rester dans la tradition que nous voyons les Congréganistes palois quêter chaque année, le Jeudi-Saint, à la porte de l'église et remettre les offrandes ainsi recueillies à l'aumônier des prisons ; nous avons sous les yeux deux reçus signés par Philippon aumônier, l'un pour 1863 de 46 fr. 65 et l'autre pour 1865 de 57 fr. 45.

Mais plus encore que les prisonniers les membres pauvres de la Société étaient un objet de sollicitude. Les premiers rédacteurs des Statuts de la Congrégation de Pau avaient voulu fonder une œuvre de bienfaisance en même temps que de sanctification et de pratiques pieuses. La Société était plus spécialement composée de ce monde d'artisans qui se trouvent si facilement dans la gêne et le besoin lorsque la maladie vient interrompre le travail et on comprend dès lors que le souci de fournir des secours matériels aux membres nécessiteux ait préoccupé les Jésuites charitables qui firent les Statuts. Des officiers spéciaux étaient élus chaque année qui avaient pour mission de connaître les nécessités temporelles des confrères et d'avertir le Directeur et le Préfet, « afin qu'on y remédie le mieux qu'on pourra » ; c'étaient les préfets des bonnes œuvres (1). Il y avait aussi les Visiteurs des malades qui étaient exhortés à remplir très exactement leur « office de charité » (2). Les Règlements ordonnaient une quête, chaque dimanche de l'année, pendant la messe, pour en appliquer le produit au soulagement des pauvres ; ils voulaient que les pauvres secourus de préférence fussent ceux qui faisaient partie de la confraternité ; ils recommandaient de « s'informer religieusement de la situation et des besoins des Frères indigens et de partager dans une juste proportion les fonds destinés à cette fin » ; on devait encore conserver

(1) *Statuts et Règlemens de la Congrégation* (édition de 1784). Règles des Préfets des Bonnes-Œuvres, p. 32.
(2) *Ibid.* Règles des Visiteurs des Malades, p. 31.

sur l'argent des réceptions « un fonds qui put servir de ressource prompte dans les accidents imprévus » (1).

La Congrégation était donc une véritable *Société de Secours mutuels*. Vers le milieu du XIX° siècle on forma même une caisse des pauvres (2) et chaque année on augmentait ce pécule spécial en plaçant une certaine somme à la caisse d'épargne. Les secours qu'on accordait aux membres nécessiteux étaient variables ; on donnait des bons de 1 fr. ou de 2 fr. par semaine (3). Le 26 avril 1868 la caisse des pauvres possédait 1.180 fr. 20. On proposa en ce moment d'augmenter le secours accordé aux membres malades, la somme de deux francs par semaine paraissant insuffisante, « en raison de la cherté des vivres, de l'intempérie des saisons et de la hausse excessive de toute espèce de denrées » ; on décida d'accorder 3 fr. par semaine « pendant tout le temps que les ressources de la caisse le permettront » (4).

Ces quelques détails suffisent pour montrer la vie intérieure de piété en même temps que l'influence sociale de la Congrégation de Pau. Elle a, pendant un siècle, joué, dans la paroisse Saint-Jacques, un rôle souverainement bienfaisant, en formant des chrétiens solides et dévoués et en manifestant bien haut ce caractère de charité, de solidarité mutuelle, qui est le propre des œuvres inspirées par le christianisme.

---

(1) *Ibid*. Saintes pratiques des Exercices que les Bourgeois de Pau font dans leur Congrégation, p. 38 et 39.

(2) *Registre de la Congrégation*. Délibération du 5 février 1843.

(3) Les secours donnés variaient, selon les années, entre 100 et 150 fr.

(4) Le budget des dépenses de la Congrégation comprenait, outre les secours aux pauvres et aux malades, les réparations des divers ornements de la chapelle, la rétribution du *mande* chargé des convocations, l'achat des gâteaux que l'on faisait bénir le jour de la fête patronale de Saint Jean-Baptiste et que l'on distribuait entre les confrères. Ces dépenses furent, en 1806, de 513 fr. 50 contre 563 fr. 50 de recettes ; en 1823, de 320 fr. contre 332 fr. ; en 1832, de 155 fr. 90 contre 228 fr. 85 ; en 1855, de 251 fr. contre 229 fr. 90 ; en 1868, de 103 fr. 30 contre 196 fr. 85 ; en 1894, de 138 fr. 05 contre 148 fr. 75, etc., etc.

ÉPILOGUE

Cette Congrégation des Bourgeois et Artisans qui fut si vivante et si prospère, est en ce moment sur le point de mourir ; lorsque la demi-douzaine de confrères qui vivent encore aura disparu, elle ne sera plus qu'un souvenir. L'heure du déclin n'est pas venue tout à coup ; il n'y a pas eu mort subite, mais bien une marche progressive vers la vieillesse et la disparition.

En 1806, le nombre des membres de la Congrégation qui se reconstituait était d'environ trois cents. Ils ne sont plus qu'une centaine vers 1830, quatre-vingt vers 1860, cinquante vers 1880 et peu à peu ils descendent au chiffre de dix ou douze ; ceux qui restent à l'heure actuelle sont tous bien vieux, et comme ils ne recrutent plus de nouveaux membres, l'heure n'est pas loin où tout vestige aura complètement disparu.

Les registres des délibérations et des comptes témoignent eux aussi de ce lent acheminement vers la sénilité. Ces registres étaient tenus au début avec un soin minutieux par des anciens greffiers du Parlement ou par des maîtres d'école, connaissant les formes juridiques, la comptabilité, et c'est un plaisir de lire ces pages impeccablement orthographiées et calligraphiées. Mais peu à peu on sent un changement et finalement c'est dans une orthographe fantaisiste et dans le désordre d'un mauvais brouillon que les comptes et les délibérations sont couchés sur les pages du registre. Les réunions de la Consulte et les assemblées générales du Corps, qui se tenaient très exactement à l'origine, sont négligées et depuis 1906 nous ne trouvons même plus d'élection de préfet et d'officiers.

L'ardeur religieuse du commencement diminua aussi. Peu à peu on cessa de réciter l'office de la Vierge et de faire la plupart des autres exercices. En dernier lieu tout se bornait, le dimanche, à la messe de 9 heures, qu'on appelle encore « la messe des Confrères » ; les Congréganistes se tenaient dans les stalles du chœur et chantaient durant l'office en se balançant de droite à gauche, comme pour rythmer la cadence de la psalmodie. Le troisième dimanche de chaque mois, à vêpres, après l'encensement du maître-autel, le célébrant allait encenser l'autel de Saint Jean-Baptiste, précédé de quatre officiers de la Congrégation, gantés de blanc et porteurs d'immenses torches blasonnées des images de Saint Jean-Baptiste ou de l'Immaculée Conception. Le 24 juin, une messe spéciale était dite à l'autel de la Congrégation ; des agapes fraternelles réunissaient dans une dépendance de la sacristie les bons confrères et après les vêpres, une procession extérieure autour de l'église rappelait faiblement les grandes solennités d'antan. Il me souvient d'avoir été frappé, au soir de la Toussaint de 1905, par le spectacle de l'absoute des Morts, durant laquelle les officiers de la Congrégation entouraient le catafalque avec tous les insignes de leurs dignités. Le préfet et ses deux assistants portaient à la main une longue hampe surmontée d'un écusson ovale, sur lequel était peinte une image de Saint Jean-Baptiste ou de la Vierge ; sur deux rangs les conseillers et autres dignitaires tenaient des torches allumées, et cette mise en scène, dans sa forme un peu archaïque, avait un parfum touchant de piété et d'édification.

A l'heure actuelle, il reste de tous ces exercices, le dimanche, la messe de 9 heures, qui est pieusement servie par deux vieux confrères.

A quelles causes faut-il attribuer la disparition lente de la Congrégation ? Bien que, dans notre Midi, il reste encore quelques vestiges des vieilles confréries d'autrefois, on constate cependant que presque partout elles tombent et meurent ; c'est que l'esprit nouveau des générations actuelles s'accommode mal de ces cadres qui paraissent surannés et vieillots. Parfois aussi des institutions plus jeunes sont venues remplacer ces œuvres anciennes et absorber les forces actives de la piété populaire. Pour dire toute ma pensée, je dois ajouter que pour ce qui concerne la Congrégation de Pau un peu de ridicule s'était attaché à ses vieux usages et à ses pratiques de piété ; pour ce motif le chant en cadence et le balancement du corps pendant la psalmodie fut supprimé à un certain moment ; un jour même un esprit caustique alla jusqu'à chansonner les bons confrères ; chacun fut blasonné dans un couplet railleur et on pourrait encore trouver le souvenir de cette satire dans la mémoire de plus d'un paroissien de Saint-Jacques.

Mais la cause principale de la disparition de cette œuvre a été la création de nombreuses sociétés de secours mutuels. Le P. Mignou, Lazariste, un vieux Palois, qui connut la Congrégation dans toute sa splendeur, il y a une cinquantaine d'années, quand elle comprenait encore un bon nombre de négociants, de propriétaires du Hameau, de patrons des divers corps de métiers, me communiquait naguère des réflexions très justes sur ce point : « Il était plus commode, m'écrivait-il, de faire partie d'une société purement laïque et offrant d'excellents avantages matériels, que de se faire admettre dans une Confrérie qui imposait des devoirs religieux et dont les secours étaient moindres. Telle est la véritable cause de la disparition de nos pieuses et vénérables Fréries. »

Ce n'est pas sans un regret mélancolique et attristé que l'on voit mourir une œuvre qui eut son heure de gloire et qui surtout fut bienfaisante et utile. Si elle avait pu se renouveler progressivement, recevoir des éléments jeunes et pleins d'ardeur, peut-être aurait-elle pu se maintenir. Mais à l'heure actuelle il est peu probable qu'elle reprenne vie, même en admettant qu'elle soit un peu comme le phénix, puisque en deux siècles d'existence, on l'a vue trois fois naître et renaître de ses cendres.

APPENDICE

Noms des Préfets de la Congrégation de 1805 a 1906

	Date de l'Entrée dans la Congrégation.
1805. Martin Noulibos, tisserand........	25 mars 1755.
1806. Henri Belloc, père, serrurier........	25 mai 1753.
1807. Pierre Auture, cultivateur..........	20 mai 1759.
1808. Jean Fournets.....................	
1809. Henri Belloc.....................	
1810. Pierre Auture.....................	
1811. Jean Lamarque-Biron, fabricant....	30 juin 1779.
1812. Jean Tuquet, cultivateur...........	21 mars 1779.
1813. Paul Laslandes, chaudronnier......	21 mars 1779.
1814. Michel Bidau, charpentier..........	7 mars 1779.
1815. Jean Tuquet.....................	
1816. Jean Belloc, 1er né, tisserand........	7 mars 1779.
1817. Michel Bidau.....................	
1818. Jean Tuquet.....................	
1819. Pierre Lamothe, fabricant..........	8 septembre 1791.
1820. Paul Laslandes....................	
1821. Jean Tuquet.....................	
1822. Michel Bidau.....................	
1823. Jean Nougué, tailleur..............	25 mars 1785.
1824. Pierre Laborde-Baron, cultivateur..	25 mars 1779.
1825. Michel Bidau.....................	
1826. Jean Tuquet.....................	
1827. Jean Bernata, marchand...........	11 mai 1809.
1828. Michel Bidau.....................	
1829. Jean Tuquet.....................	
1830. Jean Bernata.....................	
1831. Michel Bidau.....................	
1832. Jean Tuquet.....................	
1833. Pierre Baron.....................	
1834. Michel Bidau.....................	
1835. Jean Tuquet.....................	
1837. Michel Bidau.....................	
1838. Pierre Lacoste, fabricant..........	20 mai 1830.
1839. Jean Belloc, 4e né, serrurier........	25 mars 1806.
1840. Michel Bidau.....................	
1841. Joseph Vigné, marchand...........	12 mai 1836.
1842. Jean Casebonne, tisserand..........	24 novembre 1816.
1843. Jean Nogué, tailleur..............	29 avril 1810.
1844. Jean Bournac, charpentier........	19 avril 1840.

1845. Jean Casebonne......................
1846. Jean Nogué........................
1847. Jean Bournac......................
1848. Jean Casebonne....................
1849. Marc Cames, ferblantier............ 20 mai 1841.
1850. Jean Bournac......................
1851. Jean Casebonne....................
1852. Marc Cames.......................
1853. Jean Bournac......................
1854. Jean Casebonne....................
1855. Joseph Vigné......................
1856. Marc Casenave, menuisier........ 25 décembre 1853.
1857. Antoine Pradère, marchand........ 20 mars 1842.
1858. Jean Baron, 2º né, laboureur...... 28 mai 1840.
1859. Joseph Vigné......................
1860. Pierre Cazanave, menuisier........ 24 juin 1817.
1861. Jean Baron.......................
1862. Pierre Trinchin, tailleur d'habits.. 1er novembre 1855.
1863. Bernard Cassagneau, propriétaire.. 25 décembre 1855.
1864. Jacques Laulhé, laboureur........ 28 mai 1840.
1865. Jean Baron, 1er né, laboureur...... 20 mai 1852
1866. Bernard Cassagneau...............
1867. Bernard Garrot, employé.......... 1er mai 1856.
1868. Jean Laulhé, aîné, cultivateur...... 28 mai 1840.
1869. Augustin Cazenave, jardinier...... 25 décembre 1857.
1870. Baptiste Pées, menuisier.......... 15 août 1835.
1871. F. Samsons, marchand de cuir.... 20 avril 1851.
1872. Marcel Carassus, charpentier...... 23 février 1840.
1873. Jean Garat, cordonnier............ 8 septembre 1850.
1874. Jean Arramonde, 3º né, laboureur.. 20 mai 1852.
1875. Pierre Soula, cordonnier.......... 16 mars 1856.
1876. Jean Bournac, charpentier.......... 24 juin 1850.
1877. Jean Hontaa, charpentier.......... 15 août 1867.
1878. Claude Veper, cordonnier.......... 13 mai 1858.
1879. Jean Anglade, plâtrier............. 25 novembre 1855.
1880. Jean Bournac.....................
1881. Julien Moura, marchand de bois.... 13 mai 1858.
1882. F. Samsons, marchand de cuir.... 20 avril 1851.
1883. Jean Pierroutou, valet de chambre. 15 août 1877.
1884. Jean Anglade.....................
1885. Julien Moura......................
1886. Dominique Verdier, charpentier.... 24 juin 1875.
1887. Jean Pierroutou...................
1888. François Arnaud, propriétaire...... 24 juin 1884.
1889. Julien Moura......................
1890. Jean Pierroutou...................
1892. Pierre Nabarrot, propriétaire...... 1er novembre 1888.

1893. Julien Moura.....................
1894. Pierre Lescoulier, propriétaire...... 15 août 1889.
1895. Pierre Nabarrot...................
1896. Jean Rebouilh, négociant........... 25 mars 1883.
1897. François Arnaud..................
1898. Pierre Nabarrot..................
1899. Bernard Pourtugau, cultivateur.... 5 mai 1864.
1900. Pierre Lescoulier.................
1901. Jean Sarthou, charpentier.......... 1er novembre 1883.
1902. Dominique Caparroi..............
1903. Pierre Lescoulier.................
1905. Jean Pouquet....................
1906. Pierre Lescoulier.................

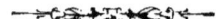

Table des Matières

TABLE DES GRAVURES

Extrait de la **Revue Historique et Archéologique du Béarn
et du Pays Basque** *(Juin 1910-Mai 1911).*